大笑迎貴夫

1

文創風 699

漫卷 著

目錄

序文

漫卷

常聽人說，一個人的童年經歷，對其後的性格形成，具有極重要的影響。

我與好友相聚時，談起懵懂童年，除了某些再難尋找的美味小吃外，還常會想起「降龍十八掌」、「東邪西毒南帝北丐」等武俠作品。

當年，不少小男生課間還要抓緊工夫練習「亢龍有悔、飛龍在天」，觀其一招一式，頗得黃日華大師的幾分真傳。

其實，那時我是極羨慕的，好想跟他們一起，嘿哈、嘿哈地勤學苦練。奈何那幫臭小子以我乃女流之輩，拒絕一代女俠的熱心參與。

光陰荏苒，一代女俠從歪紮著翹天辮的瘋丫頭，變成謹言慎行的成年人。然而，在她內心裡，仍舊深藏著一顆罕對人言的俠客之心。

後來，偶然的機會下，漫卷開始嘗試寫點東西。

這一寫，竟覺得天地如此寬闊！

寫《大笑迎貴夫》時，漫卷常常一臉高深莫測地敲著鍵盤，彷彿自己就是那「事了拂衣去，深藏功與名」的俠客。

寫至爽處，也會仰首舉杯，將熱牛奶一飲而盡，同時高喝一聲：「好酒！痛快！」

為此，家人也常取笑我一句：「該吃藥了！」

然而，藥可以停，夢——卻停不下來。

希望在這本書的世界裡，少些憋屈與苦悶——不平事，有不平之人來踩；奸佞凶惡之徒，能立時落個罪有應得的悲慘結局；善良無辜之人，順遂安寧，喜樂康泰。

當然了，也希望情侶間少些憾事，多些互信互愛。若能得一青梅竹馬，從情熱激蕩的少年相伴相隨，直到溫馨平靜的暮年，實屬人間大幸運。

夢想很好，奈何漫卷筆力有限，初初成稿時，情節有些散亂，常見錯漏之處。幸得狗屋編輯不厭其煩地提出修改建議，兩次大修後，終於到了醜媳婦見公婆的時刻。

從最初動筆，到編輯定稿，不知不覺已經過去了八個月。寫文時有歡樂，卡稿時也會大撓頭皮，憂愁地擔心自己未老先禿。書友們熱情提供若干增髮秘笈，感興趣者——請早睡早起，健康生活。

對於臺灣的朋友，其實漫卷不算完全陌生。幾年前，因某著名遊戲之故，曾在鄉下與數十位臺灣朋友共度一年多的閒暇時光；雖然現在大家不再有那麼多時間相聚，可每當我想起他們，總是感到特別開心。

所以，這次能出版《**大笑迎貴夫**》，除了衷心感謝出版方外，漫卷也很期待，能認識更多有趣的臺灣朋友。

伏案半年多，有歡喜、有艱辛，也有期待與忐忑，唯願這套書能讓大家歡笑，忘卻煩惱。

第一章

寧國升和八年，一個深秋的午後，枯葉凋零，寒意漸濃。

泥棚街上，一間破舊老屋的房檐下，掛了盞褪色的紅燈籠。

不知是秋風太疾還是地牛欲動，這盞破舊的紅燈籠竟是又搖又擺，顫顫抖抖。

伴隨著燈籠抖動，老屋裡斷斷續續傳出不堪入耳之聲，讓路過行人紛紛掩耳疾走。

屋內，一身肥肉的朱大正壓著白條條的窯姐兒奮力聳動，破窗邊卻突然傳來怪叫——

「朱老大！朱老大！你老娘被人欺了，快出來啊！」

話落，屋內一陣哐啷亂響，朱大匆匆套上褲子，披著短衫，敞胸露懷地推開木門。

「入他祖宗的，哪個王八蛋敢騎俺老娘?!」朱大怒極大吼。

門口，一名猥瑣男子乾咳一聲，拱背哈腰地說：「不是騎，是欺，欺辱的欺……」

「騎你個癟孫頭！」朱大一腳踹倒猥瑣男子，罵罵咧咧地直奔自家而去。

待他走後，老屋裡的窯姐兒衣衫不整地走出來，攀著門框朝朱大背影啐了一口。

「喪天良的王八犢子，又賴了老娘的辛苦錢。裝得像個孝子似的往回趕，也不想想就他老娘那瘋雞公的德行，倒貼錢都沒人敢騎，哼！」

賴掉了嫖金的朱大，晃著肩膀大步往家裡走。

此刻他的心情頗為愉快，想到今日不用掏錢就玩了女人，回去還能找那不長眼的傢伙再訛一筆銀子，實在是出門見喜，大吉大利啊！

一盞茶工夫，朱大便走到了自家巷子口，還沒到近前，就瞧見朱家大門已經被人圍得水泄不通。

「看個鳥！都滾開，你大爺回來了！」朱大張開肥厚大掌，把路人扒拉得東倒西歪。待他擠開人群，便看到自家老娘正伸長脖子，腦袋被兩扇木門夾住，進退不得。

卡住朱婆子腦袋的元凶，是堵在木門前的碩大磨盤。

朱婆子瞧見最凶惡的大兒子回來，嚎得越發起勁，跺腳罵道：「大郎，快，快拍死這賤丫頭，老娘快被她夾死了！」

朱大順勢看去，這才發現，碩大磨盤旁立了個嬌俏小人兒，小美人的一隻腳正穩穩地踩在磨盤上。

「喲，這不是謝老頭的閨女嗎？聽說前幾日妳病得要死，怎麼，這是想到我家找個男人來沖喜不成？」朱大不懷好意地盯著謝沛秀麗的小臉蛋，歪吊著嘴角，露出一抹淫笑。

朱大的粗嗓門一響，謝棟就忍不住打了個哆嗦。以前他曾挨過朱大一腳，後來咳了半年，才慢慢好轉。如今見到凶神來了，便想拉著閨女逃跑。

孰料，朱大來得太快，又沒人敢擋他的路，眨眼間，胖大魁梧的凶漢就到了謝棟跟前。見閨女擋在面前，謝棟再不濟，也沒辦法繼續縮著，兩步衝上去，擋住謝沛。

「朱、朱……大郎，我、我是來……來還磨盤的！對，還磨盤！」謝棟急中生智，給自己找了個掩耳盜鈴的藉口。

說起來，這磨盤還真是朱大他們家的。

半年前，因眼紅隔壁謝家小飯館的生意，朱家隔三差五就去找麻煩。朱婆子更是以謝家飯館的油煙熏壞她家棗樹為由，要小飯館分出三成利來。

廚子兼掌櫃的謝棟雖然平日不愛爭吵，可這次卻拚著挨踹，也沒答應。朱婆子氣不過，吩咐三個膀大腰圓的兒子搬來大磨盤，堵在謝家飯館的大門口。

這磨盤放了好些時日，謝棟也只敢稍微挪開點罷了，不想今日竟被人搬回朱家大門口。朱大瞪大了一雙牛眼，在謝棟和他閨女身上掃來掃去。

謝棟擋在前面，低聲對身後的謝沛道：「二娘啊，妳莫怕。等下動起手來，妳躲遠些，看爹怎麼、怎麼捶他……」

謝棟說著說著，臉紅起來，嚥了嚥唾沫，暗暗替自己加把勁。「去他娘個球，不就是打架嗎？小時候老子也是……也是挨打挨過來的！」

謝沛看著自家老爹挺胸疊肚、雙手扠腰地站在前面，心中好笑，又不禁泛起一陣酸澀。她這親爹從小到大，吵架沒贏過，挨打沒哭過，真不知道是勇是慫。

謝棟見閨女用詭異的眼神注視著他，連忙低頭檢查了下自己威猛的造型。

「哎呀，怎麼腿抖得活像得了雞爪瘋一般?!失敗！」謝棟用力挺直腿，衝著閨女憨憨一笑。

看熱鬧的閒人們看謝家父女還有空互打眼色，都覺得謝沛前些時候得的那場大病怕是沒好全，不然，怎會連朱家四害的凶名都忘記了？要知道，朱家上至朱婆子，下到三兄弟，就沒一個是善人，坑蒙拐騙、欺凌弱小，無所不為。

朱大這個渾人，見他老娘被夾得頭腫面赤，也不著急，反倒嘿嘿笑著打量她幾眼，轉頭對謝沛道：「小娘子，妳夾我老娘做什麼？她是個軟硬都沒貨的，把她腦殼子夾下來也沒用，不如來夾夾哥哥我，也好見識衛川第一的好對象。」

旁邊的地痞們聽見，頓時哄笑起來。

謝棟氣得臉色脹紅，可他天生嘴拙，一著急竟結巴起來。

「朱、朱大、大……」

朱大哈哈大笑。「瞧，連妳爹都知道我大——啊！痛死了！」

原本他正滿臉下流猥瑣地想再說點什麼，誰知話未出口，手卻突然摀住褲襠，慘叫著在地上翻滾起來。

眾人莫名其妙，只有幾個離得近的，彷彿看到謝家小娘子似乎動了動腳。

朱婆子正奮力推門，瞧見兒子忽然倒地慘叫，也愣住了。

「大郎，大郎？你……你可是又犯了絞腸痧啊？」朱婆子想起朱大幼時曾因這毛病痛得死去活來，不禁連聲問道。

謝棟原本已做好挨打的準備，誰知朱大竟自己倒下，心中默唸一聲老天有眼，拉拉閨女的手，朝自家方向撇頭。

在他看來，今天已然出了好大一口惡氣，還是趕緊見好就收吧！

謝沛收到老爹的暗示，點點頭，表示同意。

謝棟見狀，心下十分舒坦。雖然閨女病好後，突然變得滿身神力，但仍是一如既往地乖巧可愛。

然而，正當他準備偷溜時，身後卻傳來一片驚呼聲。

他一轉頭，就看到自家閨女竟無比輕鬆地把那三百多斤的磨盤舉過頭頂！

「朱家的人聽著！往日你們恃強凌弱、四處為惡，雖然衙門沒空管，但謝家不能容你們肆意踐踏。今日我先禮後兵，明明白白告知一聲，敢再來惹事，這磨盤就是你們的下場！」

說罷，砰的一聲，謝沛將三百斤的磨盤砸進了土裡，與謝棟轉身離去。

待謝家父女走遠後，眾人圍著深陷土裡的磨盤又摸又摳，咋舌稱奇。

稍稍緩過來的朱大搗住胯下，眼神陰沈地盯著磨盤，心中又驚又怒。

以後，該怎麼對付謝家人才好？

回到家的謝家父女開心地咯咯直笑。

「哎喲，我的寶貴閨女，妳太威風了！爹高興，太高興了！嗯，今晚咱們做一鍋金絲肚羹，再來一大盤香辣炒蟹。對了，多做道蔥潑兔……」謝棟嘰嘰呱呱說半天，手舞足蹈地做飯去了。

謝沛看著親爹的背影，嘴角浮起一絲笑意。看來，老實人真是憋久了啊！這還只是開頭而已，就高興成這樣，以後恐怕他要笑成個大傻子呢……

幾日前，謝沛從昏迷中醒過來後，發了許久的呆。

她明明記得，自己是在屍山血海中戰至力竭而亡，孰料再睜眼時，卻見到死去多年的父親。

鐵骨錚錚的鬼將軍再忍不住熱淚，痛痛快快地大哭一場。哭過之後，由病症引發的高熱隨之退了下去。

在床上煎熬了幾日，謝沛終於弄清現狀——她竟然回到了九歲這年！

上輩子，家破人亡後，她女扮男裝，跟著師父投軍，從此再沒把自己當成女人，浴血廝殺，只為將來能掙個替自家報仇雪恨的機會。

然而，誰能想到，當她憑藉戰功、不惜冒著殺頭風險得來將軍官職，終於可以報仇時，當年那些坑害謝家的歹人卻早已死的死、散的散了。

這輩子重來，謝沛對人生有了新的感悟——建功要趁早，在她看來，報仇這事也萬萬耽擱不起。

想到明年即將發生的慘劇，謝沛半刻都坐不住，別的不管，先把隔壁朱家的四個禍害修理一頓再說。上輩子謝家的禍事中，朱家四害可沒少摻和，於是才有了前面那場磨盤鬧劇。

吃過晚飯，謝棟才平靜下來，抓耳撓腮，吭哧半天，終於張口問道：「二娘啊，妳這一身神力，到底是、是如何來的啊……」

上輩子，謝沛被人用滾油燙成一張鬼臉，高燒昏厥時，只覺得血脈如被火焰焚燒，肌骨似遭重錘碾磨，那痛楚幾能撕裂靈魂，簡直難以描述。

然而，也許恰應了一句因禍得福，當她熬過高燒昏厥後，醒來即變得力大無窮。雖不清楚這分神力到底如何而來，但憑著這力氣，再加上勤學苦練，才成就日後鎮北鬼將軍的赫赫凶名。

讓她沒想到的是，這身神力竟然跟著她，一起回到了九歲這年。

此時聽見謝棟的問話，謝沛非常坦然地答道：「女兒也不清楚。之前昏迷時，隱約聽見有人一直在喊『豆妞兒乖乖』的話，醒來時，便覺得渾身舒泰，似乎有用不完的力氣了。」

她話音剛落，就見謝棟的鼻頭迅速紅了起來。

謝棟用力眨眨眼，深吸口氣，摸著閨女的頭髮，道：「是妳娘親保佑吶……妳剛出生時，因為月分不足，裹著小包被，也只有三斤八兩重，連臉上一寸多長的胎毛都未褪去，皮也皺著萬千個褶子。」一邊說、一邊皺起自己的胖臉，想模仿出當年閨女的醜模樣。

「而且耳朵尖還與腦皮黏在一起，沒長齊全，指甲也是一點都沒見著。接生婆說，像妳這樣的娃娃，肯定養不活，不如讓她帶走，埋了去。妳娘聽了，拉長臉，把人趕出門，抱著妳，也不嫌妳生得醜……咳咳，親啊蹭啊，硬說妳是豆仙兒投胎，所以總愛喊妳豆妞兒。」

陷入回憶的謝棟，伸手在自己後腦勺上摸了摸，訴苦道：「那時候，我說了句『妳恐怕是個毛豆仙』，結果腦勺被妳娘用硬枕砸出個大包……」

謝沛聽著老爹絮絮叨叨說著親娘的事，嘴角逸出一抹溫暖笑意。

上輩子，她重病之時，不知是痛極作夢還是怎麼的，確實聽見了那溫柔的呼喚聲。待她醒來後，也聽謝棟說起這些往事。

謝沛的娘親陳貞娘是個手巧又愛笑的婦人。可惜她自幼就有心疾，也不是什麼大家小姐，尋常人家都不敢娶她。好在世上還有個謝棟，他真心愛慕陳貞娘，實實在在備了禮後，向陳家求娶她。

兩人成婚後，夫妻甚是恩愛，三年後得了個白白嫩嫩的小閨女。

因擔心妻子的心疾，所以謝棟早早想好，這輩子就守著娘兒倆過了。為此，每次夫妻親熱時，他都束手束腳，不敢放肆到底。

雖有點小缺憾，但夫妻倆都是知足常樂的性子，一家人笑呵呵的，把尋常小日子過得煞是甜美。

然而，天有不測風雲。謝家大閨女六歲時，患了白喉，竟一病而亡。這下，陳貞娘痛得心疾重犯，險些跟著去了。

謝棟忍著喪女的悲痛，衣不解帶在床前守了兩個多月，總算把妻子留住。

只是，這一病，到底讓陳貞娘的身子弱了下去。過了五年，夫妻倆才慢慢恢復過來。可陳貞娘卻生了心病，總覺得對不起如此珍愛她的謝棟。於是，幾番嘗試，在謝棟喝了點小酒、有點暈乎的情況下，終於被娘子勾得來了次痛快之事。

待到陳貞娘以三十歲高齡再次懷胎後，他才追悔莫及，但已經於事無補。

對陳貞娘而言，打胎與生產都有危險，不論選哪條路，都沒法保證大人無事。謝棟只得日日祈禱，盼著母子倆能夠平安。

就這樣，兩口子戰戰兢兢地過了六個月，孩子還是早產了。

普通人家想養大如此孱弱的女嬰，可謂千難萬難，謝家兩口子自是想盡一切辦法，精心照料小閨女。再加上，彷彿天生知道自己來之不易，謝沛沒有浪費一絲體力在哭嚎上，全用來吃奶睡覺。

自從生下來後，謝沛就很少哭，也從不挑嘴，喝奶時，經常累得滿頭大汗，小鼻孔也大張著直噴氣。可即使這樣，她依然堅持不懈，吃一吃、歇一歇，直到吃飽了，才嘆口氣，呼呼睡去。

大人照料得精心，孩子又乖巧，才讓長毛皺皮的小猴崽子漸漸長成白嫩的小娃娃。

但謝沛三歲生辰那天，陳貞娘心力耗盡，撒手人寰。

臨走前，她拉著謝棟的手，什麼話都說不出來。

謝棟跪在床前，抽泣著道：「貞娘，妳放心吧，我會好好照顧豆妞，不會給她找後娘。嗚嗚嗚……妳別走，別丟下我們爺倆……嗚嗚嗚……」

在謝棟的嗚咽聲中，陳貞娘帶著遺憾，離開了人間。

原以為，按謝棟這老實性子，謝沛應該能平安長大，嫁人生子，直至老去。孰料日後會因為兩條毒蛇，給謝家父女招來滔天大禍。

曾經的鬼將軍默默伸出手，摸摸如今光潔柔嫩的臉蛋，心中冷笑一聲，暗暗把明年的事情又順了一遍。

謝棟說完，覺得女兒大難不死，還得了神力護身，定然是妻子不放心他們爺倆，在一旁默默相護。又想起戲臺上那些好心女鬼與書生相戀的段子，更覺得陳貞娘恐怕就在桌邊看著他們。

於是，謝棟起身拿了副碗筷，擺在左手邊，又挾了好菜放進碗中，對謝沛說道：「以前妳年紀小，我怕勾起妳追問娘親的事情，所以很少提起往事。如今妳懂事了，妳娘護著咱們爺倆這麼多年，也該歇歇了……」

說罷，他朝那副碗筷稍後的位置，輕聲說了句：「貞娘，快吃吧，有妳最喜歡的香辣蟹，看看我的手藝可長進了些？」

謝沛看著自家老爹古怪的舉動，什麼都沒有說。心中念頭微轉，她得設法徹底斷了那兩條毒蛇鑽進家門的機會。

不過，只是如此也太便宜了她們。她垂下眼簾，心中開始醞釀一條狗咬狗的好計。

第二章

緯桑街上，這幾天很安靜。往日滿嘴噴糞、攆雞打狗的朱婆子和她那三個地痞兒子竟都老老實實縮在家中，沒有出門。

倒是謝家飯館的生意比平時又好了幾分，來這裡吃飯的都是普通百姓，進門前都愛去隔壁瞅一瞅，看看只剩一半露在外面的大磨盤。

「嘿，老謝，你家閨女真神人啊！」

「當初那丫頭週歲時，我就說她生得不凡，我這眼光不錯吧！」

「跟你有什麼關係啊？要我說，人家謝小娘子是天生神力。以前日子太平，沒施展的機會，如今有人犯到她手上，自然一展神威！」

「沒錯，這才叫深藏不露吶！」

「謝老闆，你家閨女還沒說親吧？」

「去去去，人家才九歲，瞎打聽什麼。謝老闆，我家親戚中有個小子……」

謝棟笑呵呵地聽眾人閒聊，手上卻不停炒菜。小夥計阿壽也不搭腔，咧嘴笑著，手腳麻利地把飯菜送到各人桌上。

小小的飯館裡，人間煙火，燒得正旺。

另一邊，謝家飯館的後院裡，兩排曬衣竿上，幾件長褲與短衫微微飄蕩。

謝沛輕鬆地把謝棟和自己的髒衣服洗乾淨後，又把家裡打掃一遍。

這幾天，因為她生病，謝家飯館歇息，家裡更是因為沒人打理，而顯得有些髒亂。如今她好全了，飯館自然要再開起來，家務便被她接過去做。

忙完家務，謝沛仍覺得身子骨還沒開展，乾脆把院門一關，換下襖裙，練起上輩子那些拳腳功夫。

陽光和煦，練了一個時辰左右，臉蛋紅撲撲的謝沛打來一盆熱水，把身子擦洗乾淨後，坐在院裡的小凳上，才覺得痛快、舒坦許多。

她抬頭朝隔壁朱家看了一眼，心中有些好笑。這朱家往日看著也是強橫慣的，卻不想，只是稍微嚇嚇他們，竟直接變成縮頭烏龜。

不過，她知道，按朱家四害的品性，恐怕用不了多久，他們就該想出新的壞招了。

要不是想著留下幾人還有用處，按謝沛的性子，恐怕朱家連這點清靜日子也沒機會過。

為自己唸了幾聲佛號後，謝沛勉強壓下心中的惡念。

這段時日，她就在家練練拳腳、做做家務，只盼著朱家四害能自己送上門來，讓她過過癮啊……

然而，不知是門口那大磨盤太威懾人還是怎麼的，別說朱家四害了，最近連小地痞們也很少來謝家飯館附近閒晃。

正當謝沛有些閒極無聊、靜極思動時，這天上午，謝棟有些唏噓地跟她說起一件事來。

「唉，今早我去買菜時，看到老孫的醬鋪外躺了個小郎，想著會不會是老孫家的親戚，就喊他出來。結果他一開門，險些被嚇死，還以為有人死在他家房檐下了呢。不知是誰家的小郎，看著真是挺可憐的……」

謝棟說著，想到老孫那副驚惶模樣，忍不住搖搖頭。

「好在那小郎命大，灌點熱水下肚，竟活了過來。我看他餓得佝僂，就讓阿壽送點熱粥來。他吃得倒是挺快，只是吃完後，竟然又昏了過去。老孫沒法，總不能看著人倒在門口吧，我倆就把人抬到張大夫家去。

「張大夫把完脈，說是餓得太久，再加上驚憂過度才昏過去，不算難治。我看藥錢不多，就先墊了。如今不知那小郎醒過來沒有……」

原本謝沛聽著，還不太放在心上，可當她聽到後面的話，面色突然一變，鄭重起來。

上輩子，她之前生的大病還要晚幾天才好，連帶謝家飯館重新開張的日子，也因此推後幾天。

待謝家飯館再開張時，便聽老孫的醬鋪惹上大麻煩，據說有幾個地痞告了他一狀，說他謀害吳疤瘌的親戚，屍體在醬鋪外被人發現。

後來老孫不但挨板子賠了錢，還在縣牢裡蹲了一年多，後來總算把人撈出來了，可孫家卻險些被害得妻離子散。

「爹，你們救人時，附近可有人看著？」謝沛趕緊問道。

謝棟撓撓下巴。「誒，妳這一問，我倒想起來了。我和老孫忙亂時，還真看見幾個壞胚子。那個吳疤瘌妳知道不？就是經常跟著朱大他們一起坑蒙拐騙的傢伙，他帶著幾個地痞在對街貓著，發現我們餵水餵粥時，還跑來看。不過，我們把人送到大夫家後，那幾個壞胚子就不在了。依我看，他們搞不好是想著等小郎死了，把人家的衣服鞋襪全扒走呢！」

謝沛微微眯眼，心中有些狐疑。若光看吳疤瘌那幾人，這事便和上輩子對上了；可若再看那小郎，事情卻又與上輩子不太一樣。他不是應該死掉的嗎，怎麼還活著？而且除了餓壞，竟連大一點的毛病都沒有？

想到自己的奇遇，謝沛心中有些了悟，莫非，這也是個冤鬼不成……

謝沛心中好奇，卻不忘提醒謝棟。「爹啊，我想吳疤瘌恐怕不只是想圖謀衣襪那麼簡單。」

謝棟揚起眉頭，疑惑地看向女兒。

謝沛嘆口氣，道：「這世上的人惡起來，都是能害人性命的。您想想，如果你們沒給那小郎灌水餵飯，那人看起來是不是就像死了一樣？」

謝棟點頭。「老孫開門時，也以為小郎已經死了。」

謝沛聽了，拿過他手裡的水杯，放到桌上，才繼續道：「爹再想想，假若小郎沒挺過來，死在孫家鋪子前，又恰好被吳疤瘌那夥人看到了，孫家會如何？」

謝棟聞言，倒吸一口涼氣。「二娘……妳是說，那小郎是、是吳疤瘌他們特地弄來訛老孫的?!」

謝沛牽了牽嘴角。「不然呢？爹幾時見過吳疤瘌他們起這麼早，還什麼事都不幹，就閒著貓在街邊？」

「不行，我得去提醒老孫！」謝棟顧不上中午開店，猛地站起來，就要出門。

謝沛連忙拉住他的袖子。「爹，我跟您一起去。那夥人慣是欺軟怕硬，我幫爹漲漲勢。」

謝棟聞言，也不覺丟人，喜孜孜地牽著閨女直奔孫家了。

爺兒倆趕至孫家，聽說老孫還在醫館，又趕緊過去。

兩人還沒走到，就聽見前面吵吵嚷嚷。

謝沛拉著謝棟擠上去看，鬧出動靜的正是吳疤瘌和幾個小地痞，一群人正推拉著老孫，叫嚷不休。

「定是你這老傢伙貪了我表弟的財物，還不趕緊交還！」吳疤瘌露出兩顆大板牙，滿臉奸詐地嚷道。

雖然老孫的口齒比謝棟強些，但遇到吳疤瘌這等地痞，仍是心中生寒、兩腿發軟。

「吳兄弟誤會了，今早你表弟昏倒在我家門前，我餵了水，還把他抬到醫館，我完全、完全是一片好心吶！」老孫急道。

「放你娘的狗臭屁！你有那麼好心，無緣無故給吳家表弟餵水餵飯，還掏錢給他看病，誰信吶?!」一個生著鷹鈎鼻的地痞大聲道，覺得自己說得甚為有理，還得意地問周圍看熱鬧的閒人。「大夥說是不是？要是他不心虛，會掏錢給個無親無故的外人看病？」

那夥閒人中，還真有幾個應道：「可不是嗎，肯定是心裡有鬼啊……」

老孫一聽，頓時急了，剛想辯駁，看見謝棟也來了，連忙嚷道：「你們莫要誣賴好人，早上謝老弟也在，看病的錢，還、還是他出的！」

「哦，管他什麼謝老弟、謝老天，我只問他為什麼要出錢？是不是跟你一起謀財害命，所以心虛？我表弟可是帶著幾十貫錢來給我賀壽的，怎麼錢沒了，人也倒在醫館？你們肯定是見財起意，騙了錢財，又把他弄昏……」

吳疤瘌喋喋不休，越說越覺得自己真有這麼個白送錢的傻表弟了。

謝棟沒聽出老孫剛才那話的意思，憨直地開口說道：「吳疤瘌，你休、休要胡說八道。反正人沒死，到底如何，等他醒來，一問便知。」

吳疤瘌瞧見謝棟來了，眼裡閃過一絲煩躁。

以前不管再多來幾個謝棟，他也能一併收拾，可如今謝家出了個女妖怪，前天他還看朱三學過，謝沛能徒手抓碎手腕粗的木柴，而且朱家門前那大磨盤至今沒人能摳出來呢……

這種人，他們地痞不愛招惹，如今見著謝棟，就知道今天這戲恐怕很難演全了。

謝沛聽見孫老闆嚷了句看病錢是謝家出的，心中微微嘆口氣。這也是人之常情，沒危害到自己時，還是有不少人願意做點好事；可若因此惹來麻煩，便怪不得這些沒什麼大本事的平頭百姓急著撇清自己了。

吳疤瘌看了女妖怪謝沛一眼，發現她正瞅著他不懷好意地冷笑，不由打了個哆嗦。

吳疤瘌不敢囂張，把身後長著鷹鉤鼻的二流子一把推到前面。「你說說。」

那地痞在心裡暗罵了句，面上卻只能賠著笑，硬擋在前頭。

「謝二娘，咳，謝英雄，這事，真不是我們混賴……」他眼珠亂轉，急著想編一套說詞哄哄謝沛。

謝沛神色淡然地點點頭。「你們也不容易啊，深更半夜的，又是搬、又是抬……大清早還得來孫家守著，現在更要鼓動唇舌，等下說不定還得斷胳膊、瘸腿，真是怪辛苦吶……」說罷嘆了口氣，用同情的眼光把吳疤瘌和其他幾個二混子認真打量一遍。

那男子聽了前面幾句，頓時覺得心頭一酸，滿腹委屈終於有人明白了！這被人理解、被人憐惜的感覺，怎麼好像奶奶做的酸筍湯啊，嗚嗚嗚……

不過，他內心的感動還沒來得及化成淚水，就聽到那讓人肉疼的一句話——斷胳膊、瘸腿?!

他與吳疤瘌齊齊打了哆嗦，卻見謝沛突然抬起手，輕輕挽了挽袖口。

「等、等等！謝二娘有話好說！」吳疤瘌想起那塊三百斤重的磨盤，再無僥倖，趕緊舉手，鎮住吵吵嚷嚷的小弟們。

此時，老大夫走出門，看場面已經緩下來，開口道：「小郎已經醒來，你們要認親還是怎麼的，進去看看吧。」

吳疤瘌本就抱著趁人還沒醒，能訛多少是多少的打算，如今聽說正主兒醒了，便立刻打著哈哈道：「既然謝家娘子開口，咱們怎麼都要賣個面子。我們不看那人了，這事……權當作罷。」說完連臉都不抬，急匆匆就要離開。

剛才出來擋、現在躲到他身後的漢子也賠笑道：「以後謝家娘子有什麼事情，但請吩咐，小的沒什麼大本事，但跑個腿、傳個話，還是可以的……哎喲！」他捣著被吳疤瘌踹一腳的屁股，扭身顛顛地去了，一邊走，還不忘轉頭衝謝沛咧嘴點頭。

孫老闆眼看一場麻煩就此消解，長舒了口氣，擦著腦門上的冷汗，連連搖頭，垂首卻瞧見謝沛有些冷淡的眼神，心裡跳了一下，這才想起剛剛他似乎有些不厚道……

想到這裡，孫老闆的老臉有些掛不住了。

倒是謝棟毫無察覺，還樂呵呵地拉著他的手道：「我家二娘厲害吧！哈哈哈，你放心，如果他們再來找麻煩，你就來喊一聲。我家二娘那拳腳，嘿，要是兒郎，定是武狀元……」

謝棟一邊說、一邊拉著老孫和謝沛進了醫館。

三人跟著老大夫來到醫館後院，在小房中見到了剛剛醒來的病人。

「這位小郎，你是如何昏倒在孫家鋪子外的啊？」謝棟滿臉好奇地問道。

小少年還沒回神，傻乎乎地轉著腦袋，四下打量，半晌才冒出一句：「小狼？什麼小狼？」

他這一開口，讓屋中四人吃了一驚。

「欸？聽這小郎的口音，像是北地人啊？」開了飯館，見過外地人的謝棟道。

小少年終於回神，強壓下心中諸多繁亂念頭，瘦臉上露出一抹尷尬的笑容，低聲道：

「是、是嗎？其實我也不知自己是什麼口音……」

老孫疑惑地問：「你到底為何昏倒在我家門口啊？」

小少年微微斂目，片刻後，表情茫然而惶恐地說：「此刻我腦中一片空白，過往之事竟都記不起來了……」

謝沛聞言，眼中劃過一絲精光，倒是她那實心眼的老爹卻焦急了起來。

「大夫，這可如何是好？不是說他只餓著了嗎？怎麼腦子好像也壞了啊？」謝棟非常誠懇地問道。

謝沛和小少年聽見，幾乎同時抽了抽嘴角，只是一個在忍笑，另一個則是默默腹誹……

老大夫捋了捋自己的幾根鬍鬚，異常鎮定地說：「老夫從他脈象上沒看出什麼不妥。不過，既然曾經昏厥，此事也很難說。總之啊，人沒事就不錯了。那些該記得的事情，以後自然會想起來……」

老大夫這話說得頗有深意，只是一根筋的謝棟並未聽出來，轉頭打量小少年，問了句：「那小郎還記得吃飯穿衣、洗澡如廁這些嗎？」

謝沛低下頭，險些笑出聲來。

小少年眨眨眼，努力維持住臉上的表情，道：「這些倒、倒依稀記得。」

聽他這麼一說，謝棟鬆了口氣。既然能吃能動，看樣子也沒瘋傻，那就好辦多了。

見眼下無事，老孫開口道：「既然你沒有大礙，那我先回去開鋪子了。治病的錢是謝老闆出的，與我沒干係。」

謝棟看小少年身無他物，擺手道：「不用、不用，你剛醒，且想法子把日子過起來再說吧。藥錢不多，權當我送你了。」

小少年看兩人一副要走的架勢，心中暗道：「天啊，人生地不熟，我快餓成死狗了，這下，只好先對不起老實人了……」

於是，他立刻坐起來，不倫不類地抱個拳，道：「聽大夫說，是兩位恩公救了小子，剛才茫然慌亂，竟忘了道謝，還請見諒。」

謝棟與老孫連連擺手，直道不必上心。

小少年見狀，瘦尖的臉上忽然湧起一片潮紅，抿緊嘴唇，似乎下了很大的決心，睜大眼睛，哀求地看著謝棟。

「恩公，按說小子既受了恩惠，不該再求別的。只是……只是我一醒來，除了幾位，再不識得一人，又身無分文，更別提之前還險些餓死街頭……可否、可否求恩公暫時收留我幾日……小子雖身單力薄，但做些簡單活計，還是成的。小子厚顏求恩公贈幾日飯食，今後定會好好報答……」

說到後面，小少年的頭越垂越低，似乎羞慚萬分，快要語不成句。

謝棟看這孩子不過十來歲年紀，遭逢大難、又失了記憶，實在可憐。再看他低垂著頭，握緊床單的小手瘦骨嶙峋，肩膀還微微抖著，似乎就要撐不住而再度暈過去了。

於是，他心中一熱，欲開口應下，想到閨女正在身邊，遂轉頭瞧去，不想卻發現謝沛黑白分明的大眼中藏著一絲笑意朝他看過來。

見閨女微微點頭，謝棟心中踏實了，上前拍拍小少年的肩膀，道：「我家開了間小飯館，若你願意，先到我那裡幫幾天忙，我管你吃住。待你做熟了，就拿工錢。日後你恢復記憶，想回家還是另有打算，也只管去，不礙事的。」

小少年心中一喜，剛想抬頭道謝，就瞥見房中一直沒出聲的謝沛正定定瞅著自己……被個漂亮小丫頭盯著，若在以往，他免不了要對自己的魅力超越年齡限制而得意一番。只是，此刻謝沛那對黑亮眼珠中分明帶著幾分戲謔笑意，這……讓他險些演不下去了。

「咳！」某人的厚臉皮在關鍵時刻發揮作用，他飛快地衝謝沛眨了下眼睛，然後抬頭對謝棟道：「多謝恩公收留！小子不囉嗦，且看我日後言行表現。」

事情解決了，大家都鬆快下來。

謝棟這才想起，還不知道小郎叫甚名呢，於是開口問道：「小郎可記得自家姓名嗎？」

小少年瘦臉上露出笑意，點頭回答：「小子姓李，名彥錦，幸還記得這個。還未請教兩位恩公貴姓？」

「咳，別恩公、恩公這般叫，論年紀，你喊我謝叔好了。這位是孫伯，家裡開醬鋪。至於老大夫，你已經見過了。喔，這是我閨女二娘。」

謝棟把屋裡的人介紹完，就帶謝沛出去，讓李彥錦下床，打理好自己。

父女倆抬腳，老孫也跟了出來。

老孫想起自己想拉謝棟擋箭的事，帶著羞臊之意，拉住謝棟道：「謝老弟，剛才我那般……你千萬別往心裡去，改日老哥請你到家裡喝酒賠罪。一定要來，別推辭啊！」

謝棟微愣，糊裡糊塗地應下：「不會、不會，一定去、一定去……」

老孫見狀，更覺羞愧，向謝家的明白人謝沛點點頭，告辭離去。

謝棟看老孫走遠後，才小聲問閨女：「二娘，方才我是不是被他坑了啥東西啊？」

謝沛嘴角微翹。「並沒有。但孫老闆不是危難時能託付的人，爹爹記得就好。」

「嗯？」謝棟聞言，若有所思，片刻後，才恍然大悟道：「喔！爹記得了！放心吧，爹只信任妳，嘿嘿。」

「對了，李大郎來咱們家幫工，讓他先跟著阿壽學幾天。住的話，讓他留在前院飯館裡，免得妳在後院還要迴避。」關乎閨女的事，謝棟的腦子倒還算管用。

謝沛不甚在意地點點頭。

如果她想觀察一個人，前院、後院對前世的鬼將軍而言，又有何區別？

第三章

中午，李彥錦跟著謝棟父女回了謝家。

三人正好趕上飯館開門，夥計阿壽得知自己多了個小幫工，挺高興的，笑著拍李彥錦的肩膀。

「你運氣很好，找到縣裡最好的東家呢！」

李彥錦露出傻兮兮的笑容道：「確實好哇，病了能遇到謝叔和孫伯救治，還幫我找了活計，實在是……」

他話音未落，謝棟就在灶間喊道：「李大郎，今兒你先喝粥，養養腸胃，明天起再跟著我們一起用飯。來，先吃吧，等下你跟著阿壽學，且不忙著動手，緩一緩，把身體養結實點。如今你這小身子骨啊……嘖嘖。」

李彥錦還有點不適應「大郎」這種客套稱呼，總覺得聽著耳熟。片刻後，他才恍然大悟，心中暗道：「幸虧我不姓武啊……」

他一邊慶幸、一邊應聲，正準備過去拿粥，就被阿壽一把摟住脖子。

阿壽嘿嘿笑著，湊到他耳邊，小聲地說：「你可要好好幹啊，我瞅著東家是對你上心了，嘿嘿嘿……」

阿壽今年十五歲，家裡正在替他說親，平日總為此被旁人逗弄。如今可好，總算來了個能讓他開幾句玩笑的小兄弟。

因為看著謝沛從小奶娃長大，所以阿壽對謝沛只有兄妹之情，更別提見識過自家女英雄的驚人神力後，對未來妹夫生出無限的同情……

其實，這陣子，街坊裡也有不少碎嘴婆娘在說謝沛的事。

她們道起謝沛的天生神力時，總不忘做出好心模樣，擔憂地補上一句：「今後二娘怕是難找人家了，誰家兒郎敢……啊，咳咳。」

也有人說，衝謝沛這身本事，謝棟就該給她招個贅婿進門。謝沛拿捏得住不說，將來也不怕贅婿起了歪心，謀奪家產。

阿壽聽多了，也深以為然。謝棟是如此好的東家，不該絕了香火。招個贅婿，謝沛又壓得住，很適合！

因此，這天中午起，阿壽格外仔細地帶李彥錦了解謝家飯館裡的大小活兒。

李彥錦學得用心，他還不知身邊這位仁兄已經認定他為「贅婿一號」，只以為謝家飯館裡全是些實心眼的人。

不過，那個眼神清明的小丫頭除外。

每次見到謝沛，總覺得他好似被看穿一般，真真有點心虛啊……

李彥錦腦子靈活，記性又好，一天工夫就把飯館裡的活兒全學會了。

第二天，他已能做得像模像樣，讓阿壽和謝棟輕鬆不少，大家真心覺得，這是撿到寶了。

晚間關店後，三人才坐下休息。

謝沛做好消夜，幫他們端過來，香噴噴的酒炙肚肱、炒蛤蜊和魚辣羹，全是她上輩子學會的手藝，如今再做出來，更露出幾分傳自謝棟的精髓。

「嗯，好吃！」謝棟毫不心虛地給自家閨女捧場。

阿壽嘿嘿笑著，對謝沛豎起大拇指。他於廚藝實在沒有天分，做出來的味道比家常菜還不如，不然早跟著謝棟學了。

李彥錦有點驚訝地看看謝沛。在他心中，她不過就是個小學三、四年級的女孩，想不到竟已能做出好幾道菜，而且味道還不賴，真是很厲害啊……

謝沛看到自己做的消夜被吃個精光，心中也挺得意。

上輩子，十歲之後，她再沒有正經進過廚房。有戰事時，幕天席地，吃住隨意，誰還在乎什麼廚藝、什麼味道啊。

然而，即使戰事暫歇，偶爾的閒暇時光裡，謝沛也從未靠近廚房，只因那裡埋藏著她人生中最溫暖又最怕觸碰的記憶。

重生歸來，謝沛熬過最初那段日子，心中擇人欲食的魔焰漸漸變成溫暖的橙紅爐火，在廚灶間烹出鮮香可口的一道道美味。

吃完消夜，大家又閒聊片刻，才回了房間，各自安歇不提。

次日清早，李彥錦起床後，聽到後院傳來有節奏的砰砰聲。他穿戴整齊，好奇地從院牆上的十字鏤空花窗偷偷向後院瞄去。

這一看，讓他大吃了一驚，原本消瘦但算得上白皙清俊的面容突然扭曲變形，眼珠子更是瞪得滴溜滾圓，彷彿下一刻就要炸裂眼眶，直奔後院而去！

後院中，九歲的謝沛竟然輕鬆自如地拎著兩柄長長鐵斧，雙臂齊揮、左右開弓，把粗大的樹幹、樹樁如同切豆腐般，剁成一塊塊齊整的小木塊。

更讓李彥錦吃驚的是，切完一段樹幹再換下一段時，謝沛並不低頭去看，恍如跳舞般，用腳尖或勾或踢，在身側木料堆中輕輕一掃，就把下一塊樹樁穩穩地送到劈柴的墩上。

再看她劈出來的木柴，個個在空中劃出或長或短的弧線，然後乖乖排列成整齊的四方形，堆在牆邊。

「這是個高人啊！」李彥錦眼中賊光灼灼，小心肝撲通亂跳，不禁暗道：「我就說嘛，剛得了冠軍，還沒來得及領獎呢，怎麼突然跑到這鬼地方來了，敢情是讓我來學習神奇的古代武術啊！哇哈哈哈……」想到這裡，嘴角越翹越高，一張瘦臉笑出好幾道褶子來。

李彥錦默默幻想著，若是他日後學了一身飛簷走壁、穿雲逐月的本領，再殺回現代，換上緊身秋褲，做個造型後，就成了新世代的超級英雄啊！

穿到這個古怪地方之前，李彥錦活得可說是相當勵志。幼時父母忙於工作，他跟著爺爺在鄉下住了段時日，天生聰明，功課上從不用人操心不說，連爺爺教的農活，竟也一學就會。至於家務跟廚藝，更是不在話下。

高三下學期，爺爺去世，李彥錦含淚隨父母回鄉把喪事辦完後，順利考上一間還不錯的大學。

正當所有人都以為他念完書，畢業後會找個正經工作時，他卻投入了完全不被看好的電競行業。

李彥錦努力三年，在電競賽事打出成績。然而隨著年歲增長，不得不開始轉型，做解說、學經商，還當起遊戲主播，甚至為此特地去上表演和化妝課程。

後來，某個突然興起的益智類邏輯推理遊戲為李彥錦帶來生命中的重大機遇。

也許是天生就適合吃這行飯，李彥錦幾乎立刻在這個遊戲中紅起來。穿越前，他獲得該遊戲的全國大賽冠軍，正準備上臺領獎，發表感言，誰知一眨眼、一睜眼，便莫名其妙來到這鬼地方，還險些當場餓死……

不過，這些都不重要了，當李彥錦看到謝沛驚人的身手後，終於找到奮鬥目標，忍不住幻想起自己習得高深武藝之後，如何為國爭光、耀武揚威……

李彥錦正想得美呢，一隻大手突然啪的拍在他腦袋上，隨之而來的是謝棟咬牙切齒的聲音——

「小子，你瞅啥呢？瞅得樂成了傻子啊?!」

李彥錦在謝棟的怒目下，費盡口舌地解釋多遍後，才逃離魔掌。

「……謝叔，我真羨慕二娘這身本事。她才這麼小，就擁有如此深厚的功力，又謙虛，實在太了不起！我想著，要是自己也能這樣，那該多好啊！光想想便樂傻了，嘿嘿……」

雖然才來兩天，但李彥錦已經摸清謝棟的脾氣。不管遇到什麼事，只要拚命誇謝沛，不要臉地誇，就沒事了。

果然，剛才還滿臉不善的謝棟，此刻已經笑成一朵大喇叭花。

「沒錯，我家二娘就是如此厲害！你嘛，也別灰心，努力個百八十年，也許便能比得上她一根腳趾了！」

李彥錦暗想，謝棟這眼光還真是實事求是、客觀公平啊……

早已聽見動靜的謝沛終於劈完柴，擦擦額頭的細汗，走到牆邊，靠近花窗笑道：「爹，李大哥，你們在說什麼呢？」

謝棟兩眼一瞇，走到閨女面前，擋住李彥錦的目光，咧嘴笑答：「二娘，早上有想吃的沒有？要不要來碗賽蟹羹？」

李彥錦見狀，在謝棟身後偷偷扮了個鬼臉，心想他又不是變態，對小學三年級的女娃能動什麼歪心啊……不過，歪心沒有，倒是對拜師學藝起了分真心。

謝沛看著謝棟圓乎乎的下巴，笑著點頭。「爹爹做的都好吃！可是賽蟹羹太費事費火了，咱們用昨兒的大骨湯做個雜合羹吧。」

「嘿嘿，二娘真是乖巧，爹做給妳吃。中午妳想吃什麼就自己煮，爹和李大郎在前面吃，不用管我們。」

謝棟說完，不待李彥錦開口，便攬著他肩膀快步走開了。

謝沛目送他們離去，拂拂衣衫上的碎木屑，看著頻頻回頭、賊心不死的李彥錦，心裡忽然有了個念頭……

幾天後的早上，趁著還沒開店，謝沛對謝棟說起一事。

「下個月就是娘的忌辰了，女兒想著，往年不曾好好辦過法事，今年卻多虧娘庇佑，女兒才因禍得福，應該請個高僧為娘誦經。」

謝棟聞言，抬頭在家中隨意地看了一圈。「也是，就算咱們想給妳娘送點東西，不通門路，恐怕送不到她手上。不如請來高僧，且置備物事，好讓妳娘能過得痛快些。」

謝沛暗嘆口氣，想起前世今生的遭遇，心中又多了分虔誠，開口道：「我聽說古德寺中的慧安大師頗有名望，請他為娘親做法事可好？」

謝棟也聽說過慧安大師的大名，有些猶豫。「大師會答應嗎？」

謝沛垂下眼，道：「成不成，總要去試試。若他不應，許是與咱們家沒緣分罷了。」

謝棟點點頭。「咱們盡力。如果大師不願意，再請別人。」

「爹說得是。既然要請大師，咱們提早上門吧，好顯出誠心來。」謝沛說完，腦中浮現出上一世的諸多事情。

謝棟自然同意，於是在飯館外掛出布告，告知老客們，三日後歇業一天。又讓阿壽去車馬行訂下一輛牛車，準備去古德寺拜見慧安大師。

第四章

轉眼三天過去，出發當日清早，謝家就忙了起來。

古德寺不在城中，出了衛川縣，還得再朝西走十里，所以四人要早些出門，免得過午才到，顯得有些不敬。

李彥錦坐在車尾，跟著謝家人一塊穿街過巷，可把他樂壞了。在謝家住下後，因為身體不濟，再加上自己心裡也有些虛，所以他不敢到處亂逛，簡直憋壞了。

其實牛車上還有一人與他心境相似，就是醒轉過來後，一直沒出門玩玩的謝沛。

上一世，自十五歲離了老家衛川，她再沒回來過，如今家人安好，遂帶著故地重遊的喜悅，也四下看個不停。

阿壽見謝沛和李彥錦睜大眼睛瞧著路邊熱鬧，有些好笑地對謝棟說：「東家您看，平日二娘和大郎看著頗沈穩老練，可一出門就藏不住孩子氣了。」

謝棟望望身後的兩個孩子，樂呵呵地說：「他們這年紀，正是該玩該鬧，是咱們飯館太忙，總沒工夫讓他們盡興……也罷，明年正月，咱們痛快多歇幾天，出了十五，再給大家玩幾日。」

四人一路看熱鬧、一路閒聊。牛車走了一個半時辰後，終於到城外西山下的古德寺。

古德寺並不是衛川縣最大的寺廟，但因其建築異常精美、樣式與眾不同，再加上慧安大師的美名，也吸引不少信徒。

入寺後，謝沛心中微微躁動起來。

這次，除了請慧安大師做法事外，她最主要的目的是想見見上一世的師父——智通大和尚。那個在她毀容破家時，伸出溫暖援手教她功夫，護她性命，後來更與她一同在北寒之地並肩殺敵，亦師亦友的憨直大漢。

進了古德寺，小和尚引著牛車和車夫去側門外等著。

謝棟向細眉長眼、面容潔淨的知客僧合掌行禮，道明來意。

知客僧回禮，道：「施主請先隨我到客間稍候，待我稟明大師後，再來回話。」

謝棟四人老實安分地跟著他去了客間。

因他們來得早，前面沒人求見慧安大師，因此知客僧很快便來回話。

謝棟見狀，讓阿壽帶著李彥錦到附近玩，他與謝沛跟著知客僧去見慧安大師。

三人來到僧舍前，慧安大師已經在裡面等著他們。

進門後，謝家父女鄭重地向他行禮。

慧安大師溫和地請兩人落坐，讓人奉上兩盞清茶。

謝沛乘機抬眼打量慧安大師的面容，發現這慈眉善目的老者臉上隱隱帶了些愁緒，雙眉微微蹙著，似有什麼難以解決的煩心之事。

慧安大師畢竟是有德行的高僧，看看謝棟和謝沛後，輕輕舒口氣，坦然道：「讓兩位施主見笑了。出家人竟也逃不開紅塵，還要為凡俗之事煩擾。」

謝棟有些拘謹地乾笑一下。「大師慈悲。呵呵，呵呵……」

謝沛聽了老爹乾巴巴的奉承話，忍不住抿嘴欲笑。

慧安大師也笑呵呵地搖搖頭，說起正事。

聽完謝棟想為亡妻做場法事，再多送些祭物給她的請求，慧安大師算算日子，便點頭應了。

這回請慧安大師做法事所需的善資不多，讓謝棟打心底裡覺得，這才是真正的高僧做派。

談完正事，慧安大師還要處理寺中事務，就讓執事僧送謝家父女出去。

出了僧舍，謝沛輕聲對謝棟說：「爹爹，我聽說，大師們除了會唸經，有的還會武藝，不知是也不是？」

謝棟哪清楚這個，撓撓下巴，問身邊的年輕和尚：「小師父，那個……請問，平日你們也習武嗎？」

執事僧豎起單掌，行個禮後，笑道：「這位小施主怕是聽了些市井玩笑。尋常僧人並不練武，但有些人出家前就會功夫，所以才練習一二。」

父女倆聽了，對視一眼，有點尷尬地笑了笑。

謝過執事僧，謝棟便帶謝沛去尋李彥錦跟阿壽了。

因事情辦得很順利，時辰尚早，謝家四人就在廟中遊覽。

轉著轉著，謝沛不動聲色地把他們帶到寺中西南角附近。

眾人剛出佛堂，就聽見不遠處有些嘿嘿哈哈之聲傳來。

謝家四人，除謝棟外，都是半大孩子，正值玩心大盛、最愛湊熱鬧的年紀。謝棟又格外疼愛閨女，此刻見三個孩子都一副好奇模樣，只好護著他們循聲而去。

走了片刻，前面是圍起來的菜園，透過稀稀疏疏的竹柵欄，可以看到園邊的平地上，有個魁偉大漢正在打拳。

此人濃眉怒目、四方臉龐，旁人穿起來寬大飄逸的僧服，到了他身上卻有些縛臂勒腰，讓虎背熊腰的壯實身板更引人注目。

平日李彥錦起得晚些，沒見過謝沛練拳，倒是謝棟越看越覺得那大漢的拳法有幾分眼熟。

他想著，側首朝謝沛瞥去，就見她滿臉驚喜地對他點點頭。

謝棟眨眨眼，不太明白閨女是什麼意思，但看她的表情，應該是好事，遂心寬地笑起來。

李彥錦和阿壽則滿臉神往地看著大漢如虎熊之姿在平地上閃展騰挪、迅猛撲擊，忽聽有人怪聲吆喝一句——

「好個智通，讓你來打理菜園，你倒好，自顧自地玩到忘了！哼！」

話落，一個矮胖和尚邁著八字步，滿臉不屑地走進菜園。

智通抬眼看看他，也不搭話，只繼續練自己的拳。

矮胖和尚鼻子一皺，嘴角歪吊，伸手指著智通，大罵道：「你這是什麼樣子?!見到師兄，既不行禮，也不說話，還有規矩嗎？你不要以為仗著大師的勢，就能在古德寺裡橫行，不過一個落魄浪人罷了，如果不是大師心軟，此刻你怕是要額角刺字，流配千里！」

此時智通打完了拳，略整理衣衫，便朝他走去。

矮胖和尚見狀，不由後退幾步，面上一紅，咬牙切齒道：「我懶得與你廢話。既然你沒完成自己的活兒，那就老老實實把西舍的院落全打掃一遍。若早食前，地上還有一片落葉，今兒你就去佛堂好生唸一天經，再清靜肚腸！哼！」

說罷，矮胖和尚轉身欲跑，孰料智通一步竄到近前，劈手揪住他的衣領。

「智能，大爺忍你三天了！」智通微微用力，矮胖的智能就尖叫著被拎離地面。

「你這狗廝心腸太黑，自我來了寺中，便百般刁難。我看在大師面上，暫且忍下來，若當爺爺是可欺的，那今兒就讓你開開眼界！」

說完，智通也不揍他，拎著人，邁開大步朝外走去。

謝家四人見狀，彼此瞧了瞧，三個小的眼中滿是興奮，拖著謝棟，追著智通去了。

智通步子大，哪怕拎個胖和尚，依然大步流星，走得飛快。

謝棟等人連走帶跑，才勉強跟上。

智能一路上尖叫喝罵，兩條粗腿在空中不斷踢騰，很快吸引了其他僧人圍過來。人群中，謝沛見到眼熟之人，正是剛才替謝家人引路的知客僧覺明。

此時，幾個與智能交好的僧人企圖攔住智通，將人救下。

「師弟，快把人放了！」

「智通，你這是做什麼？」

「成何體統?!」

原來，智能在古德寺裡擔了個不大不小的僧職，仗著與副寺有些親戚關係，深覺自己很有希望成為慧安大師的入室弟子；不想半路殺出個外人，竟被瞎了眼的慧安大師直接收作弟子，平白無故成了智字輩的僧人。

智能很不服氣，於是挑唆眾人，為難新來的智通。

智通忍了三天，讓智能以為他是個好欺負的悶葫蘆，孰料今日這悶葫蘆竟然一戳就炸，炸得他顏面掃地、貽笑人前。

智通一手拎著智能、一手揮拳，便將礙事的人推開。

覺明見狀，偷笑了聲，也湊上前，藉著勸阻之勢，暗暗幫著智通趕人。

片刻工夫，智通來到僧舍前，打量了番，似在尋找什麼。

覺明見狀，小眼瞇得更細，嘴裡卻彷彿有些焦急地叫道：「左邊第三間是智能師父的房間，莫要讓小師叔闖進去！」

謝沛和李彥錦聽了，噴笑出聲，想不到看起來斯斯文文的覺明竟是個壞透的傢伙。

智通嘿嘿一笑，抬腳踹開智能的房門，把人拎進去。房中一陣砰砰亂響，智能慘叫連連，其他僧人心驚膽戰，想衝進去阻攔，又怕那鐵拳石腿落在自家身上。

正吵嚷間，房門一開，智通的左手依舊抓著智能，右手卻提了個大包袱走出來。眾人望向智能，發現這廝除了臉上沾了塵土之外，身上未有傷痕。

大夥正有些納悶，就聽見智通的大嗓門在頭頂響起——

「各位師兄弟，雖然智通才來不久，卻已聽聞古德寺中有幾隻野鼠、蛀蟲。大夥來看看這廝房中都藏了何物！」

說罷，他大手一甩，包袱隨即散落開來。

細眉長眼的覺明立刻湊近翻看，邊看邊大聲嚷道：「阿彌陀佛！罪過罪過！有近百兩白銀、數十條黃金，真真一隻碩鼠，快請戒堂堂主來！」

這一聲頓時讓眾僧騷動起來，雖然大家都知道智能貪財，卻不知他已暗中搜刮如此多的金銀。

智能聞言，原本胖乎乎的紅臉，此刻變得慘白一片。剛才他在房中見智通將他藏在床底的暗格搜出來，就知道今天必然沒法善了了。

此事鬧開後，寺中執事與慧安大師隨後趕至，準備嚴審智能。

畢竟是寺內之事，謝家人不方便再跟著看熱鬧，轉身離開僧舍。

謝沛見智通依然是粗中有細的性子，遂心滿意足地與其他人歸家了。

到家後，謝棟找來謝沛，小聲問道：「二娘，妳可是識得古德寺裡的智通和尚？我瞧他打的拳法，似乎與妳所練的一般無二啊？」

這幾天清早無事，謝沛便會練拳，他是看過的。

謝沛笑著點頭。「是同樣的拳法。前幾日，我在夢中聽見娘囑咐，要我去古德寺尋師學藝，說是有小人欲害謝家，要我練好功夫，護著自己還有爹爹。娘怕我認錯人，特地讓我看看智通師父練拳的模樣，我一時心癢，就記下招式。

「醒來後，我不知是夢是真，沒有聲張，想著去古德寺瞧瞧也好，不想……」

她話還沒說完，就聽到謝棟嗚嗚大哭起來。

「貞娘啊……妳怎麼不也給我託夢？想煞我也……」

謝沛看著哭得唏哩嘩啦的老爹，突然對去世多年的娘親生出一絲羨慕。

不過沒等她多想，謝棟便扯起袖子，在臉上胡亂擦了兩把，然後急慌慌地向她解釋：「二娘，妳莫多想。爹不是、不是嫉妒妳……」

謝沛無語地看著他，覺得當初自家娘親恐怕是多養了個娃兒。

「嗯，既然妳娘讓妳學，那就趕緊學。」謝棟瞧著閨女鄙視的眼神，故作嚴肅道。

謝沛也不戳破他，開口應下：「那看爹哪天閒了，咱們再去古德寺找智通和尚拜師。」

謝棟點點頭，飛快地把剛才丟的臉撿回來。「只要他願意教妳，以後每天早上，爹都陪妳去練功！」

兩人正說著，李彥錦不知從哪兒冒出來，賊笑著吱聲：「聽謝叔說，好像要去古德寺給二娘求個師父？」

謝棟嘿嘿笑著，轉頭拍了李彥錦一掌。「你小子屬耗子的吧？怎麼嗖的便鑽出來了？」

李彥錦被拍得趔趄，乾笑兩聲，道：「是謝叔身上沾了香油，所以我鼻子一動，就找過來了。」

謝棟哈哈大笑，伸手又想拍他，李彥錦趕緊溜到旁邊去，說起來意。

「不瞞謝叔和二娘，別看我長得瘦，卻是極想學武。且若智通和尚因二娘是女子而不願教授，我可以頂上去，待學會了，定一招不落地教給二娘。」

李彥錦沒說些虛言，如此坦白，讓謝家父女生出好感。

謝棟斟酌一會兒，道：「其實，就算多加你，也是沒差。每日你與二娘做伴學藝，我心裡多少能踏實一點。」

謝沛心中亦有此打算，因此並未阻攔，順水推舟地點頭同意。

李彥錦沒想到這麼快就能接觸古代武術，心中激動得不得了，竟伸出胳膊，用力抱了下謝棟。

謝棟一愣，呵呵笑著拍拍他的後背，見這小子居然還想轉頭去抱謝沛，便二話不說把人拖走了。

謝棟掐著李彥錦的後脖子，惡狠狠地說：「就知道你這小子壞透了！看我閨女又好看、又乖巧、又能幹，所以上了心吧？嗯？上次還死活不承認……」

李彥錦伸手抱住謝棟的胳膊，嚷道：「冤枉啊，青天大老爺！」

謝棟嘿嘿一笑，鬆開手。「你不要急，想做我謝家的女婿可沒那麼容易。在我點頭之前，你好好努力吧，臭小子！」

說罷，他負著手，哼著荒腔走板的小曲，回了自己房中。

見謝棟走遠，李彥錦揉揉後脖子，嘶地吸口氣，嘟囔道：「這個女兒控真是沒救了啊，看誰都像要打他女兒主意似的。我堂堂七尺……六尺？五尺？咳，我堂堂男子漢怎麼會因為小情小愛而放棄武道至尊的目標……」

他正嘀咕著，就聽見背後響起一道涼涼的聲音——

「哦？想不到你這五尺男兒竟有如此高志。武道至尊啊……嘖嘖，佩服佩服。」

李彥錦猛一扭頭，就見謝沛端著一盤橘子站在他身後。

謝沛見他呆愣，忍不住促狹地說：「五尺（無恥）男兒，別擋道啊。」

李彥錦見這大眼睛小蘿莉又露出那副可惡的笑容，才意識到，自己似乎又得了個不太妙的稱號。

「咳，二娘啊，妳莫要笑我，我倆的個子可是一樣高啊。要論無恥的話，恐怕妳也逃不掉吧？」李彥錦不懷好意地說道。

謝沛上下打量他幾眼，憐憫地嘆口氣。「我記得，你可是比我大上兩歲多呢……」

李彥錦張大嘴，半晌後，才語無倫次地反駁：「這、這是正常現象，本來女生就比男生發育得早。小學裡好多女生都比男生高，不過到了高中……咳咳咳。」說了一半，他才意識到自己似乎說漏了什麼。

謝沛微微眯眼，彷彿沒聽出李彥錦剛才用詞古怪般，只淡然地點點頭，從他身邊繞過去。

兩人擦肩而過時，李彥錦聽見謝沛幽幽說了句：「男女都能讀書的小學嗎？真是個好地方……」

李彥錦大驚，目送謝沛離開，心裡撲通撲通一陣亂跳，暗暗想著，自己果然是過得太舒坦了，竟然連嘴巴都管不住。而且這小丫頭好邪門，除了在謝棟面前乖巧點，其他時候，竟然有點老妖精的感覺……

「媽呀！」想到剛才可能已經露了老底，李彥錦忍不住哀嚎，猛撓頭髮。

頂著雞窩頭回房後，夜裡，李彥錦作了好幾個噩夢。

半夜驚醒，他還記得其中一個。

長著謝沛臉孔的黃鼠狼，獰笑著抓住一隻肥壯的老母雞。

至於這隻老母雞為何會生了張和他一模一樣的臉……長夜漫漫，這種問題還是不要深究了吧。

第五章

謝家人在準備去寺裡拜師的事，古德寺那邊，慧安也正為了智通而發愁。

之前智通從智能房裡抄出巨額銀錢，讓寺廟上下大為震動。

然而，智能才被關起來沒兩天，智通竟然又對上副寺慧真。

慧真心疼他的本家姪子智能，對智通有些怨忿。因此，在講經課和其他地方多次訓斥智通，終於惹惱這魯直大漢，兩人竟不顧身分地吵起來。

慧真自然忍不下這口氣，於是去見慧安大師，質疑智通根本不通佛法，又沒有悟性，如何能成為他的親傳弟子。

慧真這麼說，不完全是瞎編。智通確實對佛法毫無興趣，平日的講經課幾乎快要了他的小命。

然而，慧安大師與智通頗有淵源，且對這命運多舛的年輕人多有憐惜，但因為某些原因，不好對旁人明言。

為此，古德寺的住持與副寺之間有了疙瘩。幾日下來，寺中人心惶惶，小輩弟子中竟有不少人漸漸無心修佛。

慧安知道，這事必須盡快解決。奈何慧真除了有些護短外，並無其他可指摘之處，且多年來，他對古德寺也是盡心盡力。

可若是把智通趕出寺院，那麼等待他的，絕不會是什麼好結果。
兩廂為難之下，慧安愁得險些把自己的禿腦門撓出血花來……
正在他愁眉不展之際，謝家人再次來到古德寺。
謝棟按規矩，先求見慧安大師，問了能否請古德寺僧人教授武藝的事。
他剛開了個頭，就見面帶鬱色的慧安大師突然雙眼一亮。
「謝施主是想請寺中僧人當武藝師父嗎？」慧安頓時覺得多日的煩惱似乎有了化解之道，語氣中生出期盼之意。
「啊？是、是啊。」原本謝棟打算，若慧安大師不同意，要來個哭鬧耍賴，可瞅著眼下情況，怎麼像是慧安大師正盼著他來呢？
慧安心中歡喜，面上笑容格外慈祥，道：「謝施主來得可真是巧！以前古德寺沒有會武藝的僧人，恰好不久前我收了個徒弟，若論武藝，確實是極厲害的，不管拳腳還是刀槍，說是樣樣精通也不算太過——」
謝棟有點傻眼，結結巴巴地打斷慧安大師的瘋狂引薦，尷尬地說：「大師，對不住，我們家是想請那位叫智通的師父……大師的弟子那麼厲害，肯定會有別家請的，呵呵……」
慧安愣了半晌，忽然哈哈大笑起來。
謝棟眼角直抽，心中暗道，慧安大師莫不是被他氣傻了吧？
慧安笑罷，長嘆了口氣。「果然是個緣字啊……我費了這些口舌，不想他已經給自己謀了出路……好極了！」

慧安一高興，破例吩咐廚房送來點心，伸手指著一盤小素糕，十分豪邁地請謝棟隨便吃。

謝棟又傻眼了，他要是真隨便的話，一仰脖子就能把這六塊和拇指差不多大的點心一口吞了吧……

兩人再客氣幾句，慧安便讓人把自己新收的弟子叫來。

待謝棟見到人後，也不禁哈哈直笑，原來兩邊說的竟是同一人，拜師的事就算談定了。

最近，智通看慧安大師愁眉不展，心中也有些不安。之前他勉強忍了許久，要不是慧真言詞太過逼人，觸到他的逆鱗，恐怕也不會徹底與其撕破臉。如今這樣，倒讓慧安大師夾在中間，左右為難。

若讓智通自己做主，恐怕早已打算收拾行囊，告辭而去。可一想到他那開口便噴火、出手就要命的叔叔，不禁腿軟心虛，只好硬著頭皮，繼續待在古德寺中。

如今有人請他做武師父，為了給慧安大師減少麻煩，更是乾脆提出要住到謝家去教授。

謝棟聞言，喜不自勝。若謝沛能在家裡學武，自然是再好不過，於是忙不迭地點頭應了。

不想智通比他更急，當即回僧舍收拾包袱，跟著謝棟下山而去。

只是，智通萬萬沒想到，謝家求他來，竟是為了教一個小娘子！

「這、這不行！」智通光光的腦門險些冒出冷汗。

謝棟沒練過功夫，不知內裡的問題，賠著笑，說道：「大師恐怕不知，我家二娘天生神力，且悟性極高。那天在寺廟，無意中瞧見大師打拳，回家後，竟自己琢磨出來。不信、不信讓小女打給大師瞧瞧？」

老實人難得說了次謊，竟差點把自己說服了……沒錯，就是這麼回事！

謝沛也不傻，微笑著衝上輩子的師父行了個禮，隨即掐頭去尾，將那套拳打了一遍。打完拳，像謝棟這樣的外行自然是看個熱鬧，胡亂幫閨女叫好鼓掌，只怕不夠大聲。但像智通這樣的內行人，卻實實在在吃了一驚。

要知道，不管內功還是外功，展現出來的都是一股勁道。剛才謝沛打拳時，所施展的勁道已經達到內家高手的境界，除了招式上還有些瑕疵以外，智通簡直不知道自己還配不配讓人家喊一聲師父了。

「天生的武學奇才啊！」智通瞪大雙眼，心中暗道。

他看得出這小姑娘確實只有九歲，但她打拳時散發的流暢勁道，也絕對不是假的。這個年紀能做到這樣，除了讚一句天才，再沒法說出別的了。

在練武這事上，智通沒服過誰，他叔叔曾說過，他的資質極為難得，只要認真練，三十歲之前，必將成為寧國屈指可數的高手之一。

此刻，這位未來的頂尖高手卻對謝沛生出一股強烈的好奇。如此天資、如此悟性，這小丫頭將來又該如何呢？

謝沛瞧著他的表情變化，暗想，其實智通誤會了，要說天生神力，這沒什麼問題；可要說悟性，她還真沒達到那個地步。她心裡清楚，現在所倚仗的，都是上輩子用汗水與淚水澆灌而成的功底。

遇見如此好苗子，智通自然心癢難耐，更加為難起來。教授武藝，難免碰觸身體，他一個光頭和尚自然心懷坦蕩、無所畏懼，但對方卻是個秀美小娘子，他日若是傳出難聽話，恐怕妨礙不小……

謝棟看著智通神情一時驚喜、一時扭曲，有些莫名其妙地朝謝沛抬抬眉頭，又衝智通努努嘴，意思是——這和尚魔怔了嗎？

謝沛自然知道智通猶豫不決的原因。上輩子，他傳授武藝之前就言明，此舉難免觸碰身體，要指點穴位、拍擊關節、矯正姿勢，若是在意這些，那就不要學武。

那時她的面容已然被毀、父母皆亡，家也被人占去，成了天地間孤零零野鬼一個，哪還有心情在乎這些。

因此，她頭磕在地，嘶啞著嗓子說了一句：「今生徒兒只當自己是男人……」

於是，這才造就出日後大名鼎鼎的鬼將軍謝沛。

這一世，謝沛不打算再走老路，但師父還是要認下來的。所以，某位早在一旁急得冒火的五尺男兒，終於有了用武之地。

謝沛給謝棟遞了個眼色，謝棟會意，說出他與李彥錦的打算。

智通咧嘴看著面前的小瘦猴，有些嫌棄地問：「謝施主，你的意思是，由我先教這小郎，然後讓謝小娘子在旁邊自學？」

謝棟呵呵笑著點頭。「他倆年紀都小，互相指點，也不礙事。您看如何？」

智通明知這根本是在開玩笑，可他實在捨不得浪費謝沛這麼好的練武奇才，又不認識適合教她的女師父，只得抽著眼角，勉強同意了。

「咳，我醜話說在前面啊……」智通想起自家的傳統，並沒立刻收徒，而是講了規矩。「我的師門傳了兩條規矩，想要拜師，得先做到。一是品性好，不能為非作歹，也不能是無賴地痞；二是得有一定的資質，如果實在不適合練我們的功法，亦不能收徒。所以，咱們先練一段時日的基本功，若合適了，再談拜師收徒的事情。」

智通一邊說、一邊暗自琢磨，最後這兩個恐怕都當不成他的徒弟，一個太弱，另一個則是女娃，可惜，唉……

李彥錦渾不知自己已經被人嫌棄，滿臉興奮地鞠躬行禮。「弟子一定好好練功，大師等著瞧吧！」

原本還有點瞧不上李彥錦的智通聽了這話，覺得這小子挺對他脾氣的，是個痛快人。嗯……或許還能挽救一下？

謝沛很了解智通，瞧著他倆這表情，心中不禁暗樂起來。

她記得，前世智通只收她一個弟子，兩人陷入絕境時，智通有點遺憾地嘆道，一門好功夫，可惜要斷了傳承，怕是沒臉去見師父了……

這輩子，謝沛不知自己能不能安然到老，但讓智通多收個徒弟，總是好事。尤其是疑似與她有相同遭遇的李彥錦，想來定有異於常人的地方，如果人品沒問題，多個這樣的師弟，穩賺不賠呢。

次日一早，智通就帶著兩個小的，在謝家院子中操練起來。說是基本功，但並不是李彥錦想像中的紮馬步之類的。智通教了八個動作一套的健體拳，比謝沛之前打的那套要簡單些。

體會到基礎拳法的妙處後，李彥錦好像撿到金元寶般，樂成了傻子。他這一高興，倒把另外兩人給逗樂了。

智通摸摸自己的光腦殼，嘿嘿笑道：「學功夫就這麼高興嗎？」

李彥錦用力點頭。「比撿錢還高興！」

「哈哈哈……」在旁邊圍觀的謝棟和阿壽都大笑起來。

冬日的初陽中，晨風微寒，謝沛嘴角噙著淺笑，在謝棟憨直的笑聲中，一遍遍打著簡單的八式拳。

上輩子，她學武時，內心絕望又苦悶，後來武功漸成，總被智通說是戾氣過重，不能渾然天成。

如今心境平和，渾然天成的境界，今生說不定有望達成啊！

接下來的日子，智通過得非常充實，兩個孩子都學得很快，尤其是謝沛，可謂進展神速。

過了十來天，李彥錦得到一個讓人心碎的消息。

原來，經過這段時日的練習與相處，智通告訴他，他倆不可能成為師徒了。李彥錦確實不適合學他的功法，不是因為他的身體太弱、底子太差，而是因為他的性格。

在智通看來，雖然他的功法裡，招式非常陽剛，大開大合，若想練好，練功者不一定得是滿身肌肉的壯漢，但必須有灑脫和狂放的心性，才不會苦練數十年後，淪為庸手。

然而，相處半個月後，智通雖喜歡李彥錦這愛鬧小子，但論及心性，他敏銳地發現，李彥錦骨子裡並不是個灑脫之人。即便有時李彥錦表現得油嘴滑舌，不過他極能體察旁人的反應。說難聽些，他應是非常善於察言觀色之人，心有城府，卻不露神色。

智通並不討厭這樣的人，如此之人有好有壞，不能一概而論，可這樣的心性並不適合練他們的功法。因此，哪怕李彥錦的悟性和毅力都是上上之選，智通依然不能收他為徒。

雖然沒能拜成師父，但李彥錦得了智通的承諾，先帶著他打熬基礎，今後若有適合的師父人選，會再為他想法子。

五尺男兒的武道之路剛起步便險些夭折，可李彥錦並沒有灰心喪氣。

「主角嘛，誰沒經歷個退婚啊、當廢柴啊，甚至功力全失的階段？哼哼，等小爺哪天不小心遇見歐陽鋒或洪七公，再掉下懸崖碰到別的高手之類的……」

李彥錦一邊認真打著健體拳、一邊用前世的武俠小說幫自己胡亂打氣，繼續夢想著至尊之路。

轉眼便是十一月，緯桑街上的鄰居們都知道謝家請來了一個厲害的光頭武師。聽著謝家院子中整日響起的嘿哈練功聲，朱家四人有些坐不住了。

「大郎，你說他們這是要對付我們了嗎？」朱婆子急慌慌地問。

朱大不耐煩地踹桌子。「妳聒噪什麼，謝家要對付咱們，還用再練個鳥啊？」

朱二和朱三對視一眼，有些畏懼地對朱大說：「大哥，這日子忒憋屈了些，就不能想想法子嗎？」

朱大瞥兩個弟弟一眼，沒好氣地說：「忍了個把月才想起這些，早做什麼去了？都滾一邊去，別妨礙老子睡覺！」

朱二、朱三早習慣朱大開口就罵、抬手就打的說話行事，如今捱他罵兩句也不生氣，倒是放下心來。

沒錯，這段時日，朱大還真是在想法子對付謝家，去求同姓的乾爹朱屠戶幫忙。

朱屠戶是個黑心爛肝之人，還真替朱大想了條毒計，若是能成，謝家不落個家破人亡，就算他朱屠戶心善！

如今他們還在尋找能一起作惡的人，一時半會兒，不能拿謝家如何，只能先等著了。

轉眼到了十一月下旬，陳貞娘的忌日將至，於是智通帶著謝棟回古德寺去，請慧安大師來做法事。

經過一個多月，古德寺中的鬧劇也漸漸平息。

智能因偷盜、貪墨及剋扣銀兩，原本應該送官，最後看在副寺慧真的面子上，只是趕出寺院，消了僧人的文牒。

這樣一來，雖然慧真依舊瞧智通不順眼，卻也不好再糾纏，頂多視而不見罷了。因此，慧安見智通時，偷偷問道：「智通，你可願回寺中居住？畢竟這裡更安全……」

智通撓撓頭。「師父，您知道我的性子，之前在寺中學佛唸經，險些要了我的命。如今在謝家，我反而過得快活些。」

慧安搖頭，嘆口氣。「你叔叔之所以把你交給我，無非是想藉著這方外之地庇佑你幾年，即便真有人來尋，好歹有個藉口拖延一陣。你去了謝家，雖然明面上仍是古德寺的僧人，可若人家來硬的，他們小門小戶，恐怕……」

智通聽了，露出古怪笑容，揉揉鼻子道：「師父，我原本也沒想在謝家長住，如今卻不一樣了。那謝家小娘子天生一股神力，於武道上悟性極高，如果教好了，他日恐怕是個無人能敵的角色。

「徒兒想著，真有仇家找來，明面上必然不敢硬攔著我回寺中。若是要對我下黑手……說實話啊，恐怕整座古德寺的僧人加起來，還不如謝家小娘子頂用……哎喲！」

「咳！你這張嘴啊……」慧安收回敲徒弟的手，心中默唸了句「罪過、罪過」。

師徒兩人說完話，這才請謝棟進來，約好明日慧安帶著其他僧人去謝家做法事。

當天，智通留在古德寺中，待明日再跟慧安一同過去。

而謝棟中午吃過寺中的素齋後，又特意買了不少古德寺自製的豆腐，一起帶回了謝家。

第六章

牛車一停，謝沛與李彥錦到門口接謝棟時，發現了兩大板豆腐。

「這是？」謝沛一邊幫忙搬豆腐下來、一邊問。

謝棟嘿嘿笑了兩下，低聲道：「雖說慧安大師有點吝嗇，可他們寺裡的豆腐做得真是好。晚上我煮給妳吃，妳就知道了。嘿嘿……」

晚上，謝家的飯桌上多了幾道豆腐菜，尋常點的如紅燒豆腐、香煎豆腐；麻煩點的有豆腐圓子、蔥香豆腐餅；還有甜味的糖醋豆腐和湯品三鮮豆腐等等，吃得四人直咂嘴。

「好吃！」阿壽愛吃酸酸甜甜的糖醋豆腐。

謝沛更喜歡酥脆的豆腐煎餅，邊吃邊對她爹比個大拇指。

謝棟得了閨女的誇獎，樂得很，一個勁兒說道：「回頭全教給妳。以後想吃了，咱們就去古德寺多買點豆腐來做。」

倒是李彥錦撈著三鮮豆腐湯裡嫩白的豆腐塊，憶起了家鄉……

古德寺的豆腐確實做得好，細膩清香，實屬上品。

李彥錦邊吃邊幻想著，這要是做成炸豆腐，再配上蝦皮、高湯、蒜泥、香醋調出的醬料，肯定棒極了！

想到這裡，李彥錦兩眼一亮，腦中冒出了賺錢的主意……

次日，謝家飯館歇息一天，接來慧安大師等人，在家裡做法事。

中午，謝棟親自下廚，做了一大桌齋菜請古德寺僧人用飯。

飯後，李彥錦偷偷尋來智通，嘀嘀咕咕說了半天。

兩人說了幾句，就見智通咧嘴欲笑，好在及時搗住，才沒笑出聲來。

他倆又商量了一會兒，決定把跟過來的覺明拉下水。

覺明還不知道自己被人盯上了，吃完飯，正老老實實在草堂裡坐著，就見剛跟著謝家人出去的智通走回來。

智通低聲對闔目養神的慧安說了兩句，慧安睜開眼，對覺明點點頭，又閉上眼休息了。

智通站起身，衝覺明招招手。

覺明瞪大眼，伸出手指指自己，嘴裡無聲問了句：「我？」

智通點點頭，又用力揮了下巴掌。

覺明瞧著那像鐵板一樣的大手，不敢磨菇，趕緊過去。

兩人走到門外，覺明小聲問道：「師叔，找我有何事啊？」

「來來來，咱們到那邊說話。」

智通拉著覺明走到院子裡，確定在這邊說話不會被其他僧人聽見後，才開口道：「覺明啊，你想不想發個小財？」

覺明聽了，細長眼睛突然睜大了一咪咪，然後又一本正經地唸句佛號：「阿彌陀佛，出家人不愛財……」

不知從何處鑽出來的李彥錦麻溜地接了句：「多多益善！」

覺明半張著嘴，呆愣地看著李彥錦，聽他一股腦兒說了賣豆腐的事。

「……你看，這其實是樁大好事。第一，咱們買豆腐，給寺院添收入；第二，待咱們將豆腐做成小吃食賣了，也讓你智通師叔得份善財；第三，若是豆腐賣出名，說不定去古德寺的人會更多……」

「那、那我回去試試？」覺明聽了一會兒，細長眼睛微微彎起，搗著嘴對智通說：「師叔放心，我會避著偏心眼副寺的。」

三人說了片刻，約好五日後，智通帶著李彥錦去古德寺中買豆腐，價錢則按市上的豆腐價算。

原本覺明還覺得這價錢是不是高了些，擔心智通他們回頭賣不掉，李彥錦卻很得意地擺擺手，道：「放心，咱們寺裡的豆腐值這個價。」

覺明和智通一聽，都樂起來，就這麼一會兒工夫，這小子便自認是古德寺的自家人了。

說好買賣的事，覺明又想起一樁閒事來。

「師叔，您還記得被逐出去的智能吧？」

智通點頭。「記得。那廝又作惡了？」

「前些時，他跑到寺門外，又嚎又跪地想進來，被攔住了。今天早上我跟著大師出門時，看到一個人影跟在後面，矮矮胖胖的，彷彿是他。我就想著，這廝不上來說話，偷偷摸摸地跟著我們，怕他有心對師叔使壞……」

覺明是個心裡極有數的人，因沒看清楚那人面目，不好直說就是智能，但提醒智通一下，還是可以的。

智通聽了，眉頭微皺，冷哼一聲：「那驢球還想來坑害大爺不成？這事謝謝你了，回頭請你喝……咳咳。」

這陣子，智通在謝家早不知破了多少次戒，酒喝得酣暢，肉也吃得爽快。有李彥錦幫著遮掩，謝家父女又睜一隻眼、閉一隻眼，只當沒看見，讓他險些忘了自己是該吃素的和尚。因此，剛才智通差點脫口而出請覺明喝酒這種話來，還是旁邊的李彥錦撓他一下，才想起僧人的戒律……

覺明並不戳破他們，心裡幻想美酒的滋味，嘿嘿笑著，道了句「阿彌陀佛」，就回草堂，準備下午的法事了。

申時，法事做畢，古德寺眾僧告辭而去。

謝家人忙著收拾院子，智通心裡有事，走到大門外，四下打量起來。

另一邊，李彥錦也把賣豆腐的事告訴謝沛，他還想請謝沛調炸豆腐的醬汁呢，自然要把事情說個清楚明白。

謝沛對賣炸豆腐的事沒什麼意見，倒是聽到覺明提醒智通的那番話後，心中微微一動。既然智能想知道謝家所在，今後說不定會做點什麼壞事來。

之前她暫時放過朱家，是因為日後還要用到那家人。但對別人，她沒這個顧忌，因此想著先下手為強，免得麻煩。

「行，回頭你把豆腐炸好，我嚐嚐原味，再調製醬料。」

謝沛很爽快地同意李彥錦的請求，然後放下手裡的笤帚，朝門外走去。

到了門口，她就見到智通正轉著腦袋四下打量。

「欸？妳怎麼出來了？」智通扭頭看見謝沛，詫異地問。

謝沛微微抬眉。「我聽說智能的事了。」

智通有些不好意思，是因為他，才招來心懷惡意的傢伙，於是撓撓頭，悶不作聲。

謝沛沒再開口，繞著謝家的院牆查看起來。

智通不明所以，卻不由跟著她一起走。

上輩子十幾年軍旅生涯，謝沛從小兵做起，直到當上將軍，讓她不但武藝精進，更是學成一身好本事。像追蹤、防禦、偷襲等等，對她來說，都是玩得精熟的。

因此，當她看到堆放柴火的矮牆外有某些痕跡後，便對智能想幹的壞事有了猜測……

晚間，謝沛打著探討武藝的藉口，把李彥錦和智通叫來一起說話。

因三人就待在還沒來得及拆掉的草棚裡，謝棟瞧著沒啥好擔心的，自去洗漱安歇。今天他身心皆疲，吃完飯便睏得兩眼發澀。回房後，沒多久即打起了呼嚕。

草棚中，謝沛把自己觀察到的痕跡和推測說了一遍。

智通聽完，心中湧起了一股殺意。

「這個矮矬奸賊！我不欲大師煩惱，才放他一馬，不想他竟琢磨起放火殺人！我這就去把他找出來，直接打死了事！」

智通怒氣沖沖地站起來，就要朝外走。

「師父且慢！」

「大師！」

謝沛和李彥錦連忙拉住他，若真讓智通為那傢伙犯下大罪，可就太虧了。

「師父勿急，我有法子讓那歹人再不能作惡。」謝沛知道自家師父的火暴脾氣，趕緊說道。

李彥錦也在一旁勸：「大師，咱們不能做虧本買賣，犯不著為那壞蛋搭上一輩子，他不配！」

智通被謝沛一拽，竟再也邁不動一步，睜大眼朝她看去。

謝沛微微一笑。「師父且坐，聽聽我的計策如何……」

三人湊在一起，嘀嘀咕咕說了小半個時辰，才各自回房安歇。

再說智能，他被逐出古德寺時，副寺慧真給了兩貫錢，讓他回老家去，自謀生路。

智能在古德寺中享福享慣了，一朝被逐，可謂天塌地陷。

他猶不死心，總覺得還能靠著族叔重回古德寺，於是日日在寺外徘徊，想再哀求哭嚎一番。

但因當初他剋扣、貪污太甚，古德寺上下竟無人願意再幫他。磨蹭了十幾日後，智能的錢花乾了，回寺的心也漸漸死了。

餓了兩日後，他竟在某天清早搶了來上香的老婦人。

至此，智能彷彿打開一扇為惡的大門。知他又搶了一次後，古德寺僧人開始提防，智能便不敢再待在寺院附近。

孰料，正當他要離去時，卻冷不防看見智通帶著謝棟出現在古德寺外。

他看著智通滿面紅光、身高體健，心中諸多惡念凝為一把殺人尖刀，只覺得自己如今這般慘狀，皆是智通所害，遂起了殺人害命的歹意。

他跟著僧人們摸到謝家門外，四下轉了圈，想出一條放火殺人的毒計。

不過，想藉著火勢害死智通，不是那麼簡單的事情。為了掩蓋形跡，智能乾脆出城，去鄰鎮採買物事，做好準備。

次日，智能到鄰鎮買油買刀，卻不知謝家飯館開張後，很快傳出消息，說是外地有個慣犯脫逃，似乎正朝衛川縣而來。

那慣犯常用的手段就是挑選富裕人家，放火殺人，再乘機劫財。

衛川縣裡的地痞們，平日就算為惡，也不會殺人放火。因此消息一傳出來，眾人更加留意附近的陌生人和自家院子的安全。

於是，三天後，當智能揹著味道怪異的大包袱進城後，就發現老是有人盯著他瞧。智能心裡有鬼，琢磨片刻後，只覺得是自己心虛所致，遂不再多想。

閒逛一天，智能等著天黑後好摸進謝家放火燒人，卻不知早有人去官府報案。衙頭得知消息，頓時興奮起來。他正愁沒立功機會，這消息來得正是時候，真是瞌睡了就有人遞枕頭啊！

為了逮到現行，衙頭不讓衙役去盤問追查，直接帶人埋伏在附近，只等歹人動手時，抓個罪證確鑿。

另一邊，智能還不知情，正想著謝家看似有些家底，回頭把人全燒死後，可趁亂進去摸些錢財，然後離了衛川，找個地方逍遙快活。

他等得有些難受，好不容易熬到金烏西墜，夜幕升起，才想起自己還餓著肚皮。幸好包袱裡塞了兩顆饅頭，此刻雖然沾上油味，但也顧不得許多了，先填肚再說。

他邊吃邊站起來伸胳膊踢腿，讓盯梢的衙役們興奮得精神一振。

待智能吃完饅頭，又熬過一個時辰，四周終於靜下來。

他伸個懶腰，揹好包袱，摸去謝家。

智能熟門熟路地來到謝家堆放柴火的矮牆後，藉著月光攤開包袱，取出一大捆浸滿麻油的粗繩，纏在腰間，又摸出火摺子揣進懷中。

正當他準備翻牆時，不知何處傳來一聲悶響。

智能有些疑惑地扭頭朝周圍窺探，確定沒什麼動靜，才又趴回牆邊。

在他右後方的巷子裡，徧頭無聲地捶了手下，用嘴形道：「要是敢壞了老子的好事，別怪我把你當那賊人的同夥一併抓了！」

原來，剛才智通掏出火摺子時，還吹了裡面的火星。那絲光亮一起，就有個小徧役想衝上去抓人。

可徧頭早想好了，定要等賊人把火燒起來，再上去抓人。這樣一來，他的功勞肯定跑不掉，至於無辜被燒的人家就……自認倒楣吧。

經過剛才那點風吹草動，智能心裡也有點發毛，沒有立刻翻牆進去，而是撿了塊石頭，朝院中扔。這叫做投石問路，是前陣子跟著地痞、小賊們學來的招數。

謝家院子裡靜悄悄，毫無動靜。

智能心中一喜，翻牆而入。

謝家院子不大，且前幾天他就探好了路，躡手躡腳地抱起牆邊的木柴，開始佈置。

約莫一炷香工夫，智能來來回回走了幾十趟，謝家各個房間的門窗下，便堆上一排木柴。

為了助長火勢，智能解下腰間粗繩，鋪在木柴上。如此，待他將浸泡過痲油的繩子點燃後，謝家所有房屋就會很快燒將起來。

做好這些後，可把智能累壞了，但一想到那該死的智通很快就會被燒成焦炭，頓時覺得自己又生出了點力氣。

眼看大仇得報，智能在夜色中忍不住無聲獰笑起來。

他擺好麻繩後，牽著繩子尾端至牆邊，盤了好幾個圈，才爬回牆頭，掏出火摺子。

智能把火星吹旺後，暢快得意地將火摺子朝那堆麻繩拋下去——

燒吧，燒吧，燒死了智通，他就能痛快逍遙了！

夜色中，紅色的火星從智能手中劃了道弧線，眼看就要從牆頭跌進院中……

突然，牆頭上伸出一隻素手，兩根纖纖手指不早不晚、又穩又準地夾住下墜的火摺子。

智能臉上還掛著獰笑，就聽到耳邊有人幽幽嘆道：「這麼喜歡放火，想必燒燒自己，也是極樂意的吧……」

話音未落，謝沛夾著火摺子的手忽然一翻，掐住智能的下巴，將一團物事塞進他嘴裡。

接著，謝沛一巴掌將智能拍下牆頭，這矮矬子連喊叫的機會都沒有，就被智通抓住。

智能見狀，才明白過來，今日怕是要栽在仇人手裡，於是低聲嗚嗚著，拚命掙扎。

可沒等他嗚嗚兩聲，就見一個小子將他剛才擺放的浸油麻繩全收起來。

不但如此，那小子反將這些極易著火的繩子一圈圈纏回智能身上。

此時，謝沛藉著樹木遮掩，從牆頭溜下。

她手腳麻利地把那些木柴堆回原位後，朝智能走過來。

智能最怕掐著他脖子的智通，但此時卻被這個月光下向他走來的半大丫頭嚇得渾身毛骨悚然。

謝沛走得不疾不徐，除了嘴角掛著一抹冷笑外，看起來閒適隨興。可此時此刻的她，瞧著竟比怒目擰眉的智通更讓人害怕。

智能只覺得迎面而來的是一隻睥睨山林的妖虎，而自己則是難逃一死的可憐獵物……

埋伏在外面的一干衙役等了許久，不見謝家冒出火光，正納悶間，就聽見院子裡突然有人暴喝——

「什麼人！」

一陣噼哩啪啦亂響後，有道黑影從謝家牆頭躍出，帶著星點火光，直接跳進隔壁的朱家院子。

衙頭看傻了，不知如何是好，就聽到謝家有人嚷起來。

「街坊鄰居們快起來啊，有賊人闖進來啦！」

隔壁朱婆子睡得淺，聽到動靜後，立刻醒過來，不過她惜命得很，才不會出屋子，只用力拍響隔間的窗戶，喊道：「老二、老三起來看看，外面是什麼事啊？」

朱二不耐煩地吼回去：「不用去，謝家進賊了，管他們去死！」

朱婆子一聽，咧嘴笑道：「活該！他們成天快活，這下遭報應了吧，哈哈！」

朱家人沒出屋，各自躲在被窩裡等著看謝家的笑話。

可他們不知道，自家後院裡，有個腰上纏著一大捆浸油麻繩的矮胖男子正一動不動地趴在地上。

過了一會兒，男子身上的點點火星忽然砰地炸響，火苗舔著麻繩，飛快竄了起來……

一刻鐘後，趴得腿都快麻了的衙頭，終於看到他盼望已久的火光。

著下一步。

「上！抓賊去！」衙頭忍著腿腳的痠麻不適，大喝一聲。

一排衙役站起來，在低低的哎喲聲中，跌跌撞撞朝火光所在的方向跑去。

謝家院子中，師徒三人相視一笑，兩個小的轉頭進屋，只留下智通在院中守著門戶，等著下一步。

另一邊，朱家三人正在被窩裡幸災樂禍，忽聽後院傳來一陣吆喝聲，大門被拍得山響。

朱大不在家，朱二、朱三被朱婆子趕出屋子查看。

朱二到前面開門，朱三則去瞧鬧哄哄的後院。

朱三剛走過去，便嚇了一跳，只見有個火堆在後院中燒著，還有幾道黑影趴在牆頭上。

「走、走水了！」朱三見狀就要向後跑。

牆頭有人喝道：「趕緊給官爺們搬梯子來救火！」

此時朱二追著五、六個衙役跑到後院，嘴裡還念叨著：「不是我們家，你們找錯了，是隔壁謝家遭賊……」

他話音未落，就見到了火堆，後半句卡在喉嚨裡，說不出來了。

此時，原本還不算很大的火勢，突然爆響一聲，火苗頓時竄高了幾尺。

眾人嚇得縮了下，卻聽火堆中突然有人慘叫、翻滾起來，但火勢太大，一群衙役生怕燒到自己，紛紛跑開來，連朱二、朱三也不敢湊上前去。

火堆中本就有油麻繩，更是助長火勢，隨著那人的翻滾，火星很快散得四處都是。

衙頭見狀，急道：「快，快喊人救火！」

於是，朱家很快就響起了「走水啦」的呼喊聲。

原本還躲在家中的街坊鄰居，為了自保，慌忙拎著桶盆前來救火，離得最近的謝家更是直接從牆頭上潑水過來。

眾人忙碌半天，終於在天亮前把火撲滅了。

焦頭爛額的衙役們弄來一塊門板，把被燒成烤豬的賊人抓回縣衙。

賊人到了縣衙，竟然還有口活氣，奈何傷得太重，只嚎了幾聲，就徹底歸了西。

衙頭一看，這不行啊，忙了一晚的功勞可不能就這麼沒了！

於是，他一口咬定，這人就是前陣子傳言中的放火大盜。

至於案情嘛，昨日這賊人剛想犯事，就被機智的衙頭識破，衙頭帶著一班衙役不辭辛苦地埋伏一夜，又勇猛地與賊人搏鬥，這才抓住賊人，保護了城中百姓的安寧。

當然了，這一切都離不開縣令劉洪文的諄諄教誨和以身作則。若論功勞，當屬他最高！

衙門裡的馬屁官司，並沒多少老百姓知道，倒是緯桑街上的朱家人，如今可有些淒慘了。

雖然屋舍未被燒毀，可畢竟遭了災，再加上潑了一夜的水，院子裡黑乎乎、爛兮兮，讓人難以下腳。

朱婆子癱坐在爛泥中，滿臉鼻涕眼淚地哭嚎：「天殺的惡賊，賠我屋子啊！他從隔壁跑來的，怎麼就害了我們家……」

朱二、朱三也在門口嚷嚷，說是那賊人偷光他們家多年的積蓄，三兄弟的娶媳婦錢和朱婆子的棺材本全沒了云云。

不過，朱家人不敢去衙門口喊叫，他們家什麼情況，自己心裡有數。之所以如此吵鬧，不過是想誆著謝家賠些錢財，若是能藉此博得縣衙憐憫，讓賊人家裡也賠些銀子來，那就更好了。

謝家人自然不會上當，而衛川縣的縣令劉洪文也不是什麼慈悲善人。平時，他可是連清水裡都想撈出點油花來，更別提把無主的銀子送給別人花用了。

不過，還沒等他開始審案，謝棟竟與古德寺的僧人一起敲鑼打鼓地送了塊「為民除害」的牌匾給他。

劉洪文是個貪財又好名的傢伙，之前聽衙頭稟報，得知苦主家是破落戶，家裡面除了幾個地痞，就只剩下一個老婆子，半點值錢東西也沒有。因為撈不到好處，便對這案子不太上心。

原本，他懶得審這破案子，不想卻突然得了塊大大的牌匾。

雖然這牌匾用料簡陋，值不了幾個錢，但至少是民望的象徵，記進縣誌，也是一樁美談。

加上謝家送牌匾時，敲鑼打鼓搞得非常熱鬧，讓城中百姓都知道放火殺人的歹人已經被抓去縣衙了。

高興之餘，百姓們很直接，你送一把小菜，我送幾顆雞蛋，對原本不太像樣的縣令大人，有了幾分感謝。

於是，在衛川待了一年多的劉洪文，沒養出什麼名望來，如今卻稀裡糊塗地賺了點好名聲。

因此，他對這沒油水的案子判得極快。智能頂下殺人放火的罪名，便匆匆結案了。

第七章

兩天後，正是李彥錦與覺明約好上門買豆腐的日子。

謝棟聽說這事，乾脆租來牛車，讓智通和李彥錦多買些回來。要是賣不完，飯館裡也能用得上。

臨走前，謝沛塞了個錢袋給李彥錦。「別讓師父出錢。回頭賺了，再還我就是。」

李彥錦沒推辭，笑呵呵接過來，眉毛一跳一跳地說：「妳就等著當小富婆吧，哈哈！」

謝沛搖搖頭，笑著送走他們。

謝棟摸著下巴，對閨女道：「這小子比我強啊……當年都是我把錢袋子交到妳娘手裡，如今他還沒進門呢，就能從妳手裡弄到錢袋子了……嘖嘖。」

謝沛笑容一滯，沒好氣地瞥謝棟一眼。「就您那點心眼，還敢算計人入贅？別回頭被人賣了，還幫著數錢吶！」

「嘿嘿！」謝棟被閨女說了，也不惱，繼續道：「其實有點心眼也好，別一家子都是木頭，吃了虧都搞不清楚吶。只要他有分真心，咱們就不怕……」

「都說是木頭了，還能知道別人有沒有真心嗎？」謝沛好奇地問。

「呃……」謝棟呆立在當場。

中午，李彥錦和智通帶著五大板新鮮豆腐回來了，同行的還有覺明。

覺明辦事穩妥，提前找了飯頭和典座，只說謝家想長期贈些財物給寺中，但因家境一般，無法大筆施捨，故想了個法子出來。

今後，謝家飯館中用的豆腐就從古德寺中進貨，按市價來買，雖然每次只有幾串錢而已，但細水長流，時日一長，也是一筆不菲的善財。

典座聽了，自然樂意。寺中豆腐從豆子到人力都是自給自足，如今能換些銀錢，當然再好不過。

不過典座也有點小心思，若直接換成錢，用在何處，便不是他說了算。於是，他吩咐覺明，讓謝家不要送錢來，直接換成實物即可。至於換成什麼，就只有他與覺明才知道了。

因此，一行人回到謝家後，謝沛和李彥錦就被指使著出門採買了。

下午，覺明帶著一車日用雜貨回了古德寺。別看東西好像挺多，但都不太值錢。其中最貴重的，不過是鹽糖醬料罷了。所有東西加總一起，也就值三百多文錢。

而這批用物是謝棟指定捐給僧人智通，如何分配，就不用再經副寺等人同意。

於是，分管庶務的典座笑呵呵地把東西分下去。

飯頭領了一大份鹽糖醬料，樂得直拍胸脯道：「下次智通師弟還要多少豆腐，只管說來，必給他備得妥妥的！」

如此安排，也算是皆大歡喜。

古德寺裡，眾僧樂呵呵地分著東西，謝家卻忙碌異常。

李彥錦正指揮著謝沛試製香炸豆腐。炸豆腐不算難事，最多是炸得外酥裡嫩要點功夫罷了，但調味的醬汁勾芡卻能弄出許多花樣來。

花了兩天，最後謝沛調出三種口味，有清淡的蝦皮海鮮汁、酸甜可口的糖醋汁，和香辣的紅油藤椒汁。

有了三種醬汁，炸豆腐就像畫龍點睛般，頓時變得美味饞人。因醬汁中都放了大骨熬出的高湯，所以豆腐也沾上肉香，吃起來還挺解饞。

「行了，醬料調好了，接下來呢？」謝沛擦擦手，歪頭問李彥錦。

李彥錦嗯嗯啊啊地把嘴裡那塊熱豆腐嚥下去，喘了口氣才說：「如今每日我只有早上要練功夫，而飯館中就算多我一個，也沒多些生意，實在不太划算。我想著，不如弄個擔子，在碼頭上賣香炸豆腐，生意應該不錯。到時有了進項，咱們三人均分。」

謝沛琢磨了下，道：「師父恐怕不會要你的錢。你先試試看吧，若是不成，也虧不了幾個錢。」

李彥錦嘿嘿笑。「放心吧，我不白給他錢的，到時候還要請師父幫忙鎮鎮場子呢。」

「哦？什麼場子？要去哪兒踢場子？嘿！好香的味道，那炸豆腐做成了？」剛從前院過來的智通一推門，進了小廚房。

其實智通才二十來歲，別看平日頂了個師父名頭，經常故作老成，不過還是個跳脫的年輕人而已。

謝沛笑著點頭，李彥錦搶著舀了一小碗熱騰騰的炸豆腐，澆上紅油藤椒汁，遞給智通。他接過小碗，夾起一塊醬汁淋漓的炸豆腐塞進嘴，立刻「嗯」了一聲。

嗯完之後，他沒再多言，吭哧吭哧，眨眼工夫就把那碗炸豆腐吞個乾淨。

「不錯，這法子把豆腐做得忒香，二娘的手藝也是極好。」吃完後，智通又恢復了師父的沈穩，還對謝沛豎起大拇指。

李彥錦笑嘻嘻的又給智通添一碗，然後說出自己的打算。

智通歪著頭想一會兒，道：「行，你能想著給謝家添點進項，也是有心了。以後每天中午，我陪你把擔子送到碼頭，賣完再回來。」

李彥錦本想說只讓智通幫忙送去，他自己賣炸豆腐就行，卻被謝沛搶先開口：「如此也好，碼頭上總有些無賴地痞，師父幫忙看著，會更穩妥些。」

李彥錦聽了，低頭瞧瞧自己乾巴巴的小身板，沒再多說什麼了。

炸豆腐的事情商量好後，李彥錦就去雜貨鋪訂了一副特製的挑擔。兩頭不再是普通的籮筐，而是一個爐子再配一個三層小櫃子。

這些東西，都是找謝沛借錢買的。她只管出錢，隔幾天幫忙做一鍋醬料，其他事，便全交給李彥錦。

李彥錦一邊忙、一邊暗暗嘆氣，心想不知這一世還能不能長成胖子了。

上輩子，他是個小有名氣的胖子，但在電競圈，幾乎個個是瘦子，連男人也要控制體重，他就是個異類。因此，哪怕他的實力是公認頂尖，卻也得了個不算好聽的外號——沒脖子。

幸好他的身高有一百八，哪怕體重不輕，也不至於胖到傷眼的地步。

這輩子穿越過來後，他先傻了幾天，接著驚喜地發現，自己成了個瘦子！

只是……似乎瘦得太過了，咳。

終於體會了敞開肚皮吃喝，有肉吃肉、肥瘦不懼的痛快之後，李彥錦發現，這蘆柴棒的身子似乎是個無底洞啊，不論怎麼填，都沒個動靜！

在謝家住了一個多月，只有臉上多了點肉，身上的骨頭還是清晰可見。每次洗澡時，他低頭看，都感覺這身子像是上輩子醫學院的教學器材——骷髏架子，還是成了精的那種……

原本因為變瘦而能胡吃海喝所生出的欣喜，很快就變成濃濃的擔憂和憋悶。不長肉也就罷了，他竟然還、還不長個兒！要命了，莫非他這輩子真的姓「武」，名「大郎」了嗎？

因此，李彥錦非常羨慕謝沛，瞧瞧人家小姑娘，骨肉亭勻、不胖不瘦，高腰長腿還身負神力，真真嫉妒死人……

為了將來不至於真的變成「大郎」，李彥錦打算幫自己好好進補。別的不說，每天喝點奶，那是最基本的。

只可惜，如今他身無分文、寄人籬下，就算厚著臉皮想給自己弄個童養婿的身分，人家也看不上啊……處境如此尷尬，更沒法子開口要這要那了。

所以，李彥錦才想著做炸豆腐的生意，乘機存點錢，好弄些牛奶或羊奶幫自己補身體。

他的這番「苦心」，沒人清楚，但謝家人卻非常支持他的小生意。

沒幾天，特製擔子做好後，李彥錦就跟著智通和尚一起擺攤去了。

開工第一天，智通挑著擔子，跟李彥錦在碼頭待了一個中午。

起初沒什麼人來買，但一個大和尚帶著個瘦小子，也引來了不少目光。

李彥錦在家練熟了，俐落地架起爐子，燒滾了油，然後就聽見嗤啦啦油花炸響，很快散發出一股豆香混著油香的氣味。

然後，智通目瞪口呆地見識了李彥錦的隱藏技能。

「嘿～～瞧一瞧、看一看，油水裡滾出了金豆花！」

「金豆花蘸滿肉脂醬，一碗只要您三銅錢！」

「三文錢，叮噹響，換一碗油汪汪潤肚腸！」

「俊大哥、壯叔伯，頂梁還需要油水旺，三文錢一碗吶，您嚐嚐！」

隨著油香、豆香、醬料香越來越濃郁，終於有人上前搭話。

「嘿，怪香的啊，來一碗嚐嚐，要是不好吃，我可要掀……咳咳。」

一個漢子邊掏錢、邊順嘴道，可話沒說完，就見淋醬料的大和尚突然抬頭看來，於是，後半句話就卡在喉嚨裡了。

好在香炸豆腐確實美味，尤其是配上紅油辣醬，大冬天裡，竟讓人生生冒出一股熱意。碼頭上有不少窮苦力，他們自然捨不得花三文錢來買一小碗炸豆腐，但像那些大小管事們，以及過往的客商，則完全不介意花幾個小錢來嚐嚐鮮。更有一人吃飽全家不餓的光棍，被油水醬香勾得把飯錢拿來換了碗香炸豆腐解饞。

李彥錦和智通只花了一個多時辰，就把整桶豆腐賣光了。和眾人說好，明日中午還來，兩人才挑起擔子、拎著桶子，從人群中擠出來回去。

回到家，李彥錦把小箱子裡的錢倒出來，清點一番。

此時正值中飯和晚飯之間的空閒，謝家人圍在一旁，看他算帳。

「嗯，今天用了十八方豆腐，要價三十六文。豆油……就算耗了一斤吧，十五文。醬料……誒，二娘，妳看看這要怎麼算啊？」李彥錦扭頭向謝沛求助。

謝沛看看三個罐子，除了紅油藤椒汁用了一半，其他兩種約莫只用了三成，想了下，道：「一個罐子算你六文錢吧。」

李彥錦卻搖頭。「這也太便宜了些，恐怕只夠妳做醬的材料錢。不能這麼算。」嘴角一歪，道：「就算十文錢一罐。今兒約莫用了一罐多一點，嗯，那就是十一文。」

三樣成本一加，共是六十二文。

接下來，李彥錦又把今日賺到的錢點了一遍。

「一共是一百二十九文，淨賺六十七文！嘿嘿！」李彥錦絲毫不覺得六十幾文錢太少，反倒開心得咧嘴笑起來。

隨後，他把豆腐錢、油錢和醬料錢全交給謝沛，畢竟這些東西都是從謝家拿來的。

謝棟在旁邊看著，突然笑了起來，惹得其他人扭頭看他。

謝棟吭哧吭哧憋著笑，擺擺手，扭頭跑開了。

剩下三人有些莫名其妙，唯有謝沛想到前幾日謝棟說起關於錢袋子應該交給誰的那番話，再配上眼前情況，忍不住想仰天長嘆。

接著，李彥錦又把六十七文的利潤拿出來，分作三份。

「嗯，剛才那些都是材料錢，這三份就是辛苦錢了。每人二十二文，多出的一文錢，留著跟明天的進項一起分。」說罷，他把兩串錢硬塞給智通與謝沛，自己則揣了二十三個銅錢，哼著怪調回房去。

智通和謝沛都不是愛拉拉扯扯的人，雖然對李彥錦這種分錢法有些不忍，還是收了下來，且非常有默契地同時想著，今後再把這錢花到他身上就是。

就這樣，炸豆腐的買賣做了起來。李彥錦賣掉的豆腐越來越多，到了年底，碼頭上更是熱鬧，他賣個半天，就能賺到將近五百文錢，扣去成本，三人平分後，也有近百文的利潤。

這讓謝棟更正視李彥錦的豆腐生意，每天買菜時，還會特意讓菜販子送一把小蔥或香菜，再轉送給李彥錦，讓他的香炸豆腐越發好吃，生意越來越旺。

第八章

轉眼年關將至，謝家也開始備起年貨。因自家開飯館，所以臘肉、臘腸、風乾的雞、鴨、鹹魚自然要比普通人家更多些。

於是，謝沛練功的院子也變得面目全非。

健體拳擊出臘肉香，擒龍掌催動鹹魚腥……連出家人智通也會練著練著就忍不住偷瞟那串串紅腸兩眼……

所以，沒心沒肺的謝棟就這樣將全新的考驗放到三位習武之人身上，自己還時常火上澆油地端個小碗，在一旁美滋滋地邊吃邊看熱鬧。

上午，師徒三人一起練功，練好後，李彥錦和智通提前吃完中飯，便挑起擔子、拎著桶子，去碼頭賣炸豆腐。謝沛則在家收拾家務，間或再琢磨某些不能為外人道的心思。

日子過得平靜又充實，臘月十六這天，豆腐耗得差不多，清早練完功後，李彥錦就與智通一起去古德寺買豆腐，順道把上次的豆腐錢換成覺明要的東西，一併送去。

兩人回來時，見大街上圍了些人，因為趕著把豆腐送回家，以免被擠壞，就沒心思湊過去看熱鬧。

路過時，人高馬大的智通越過一群人頭，無意中瞥見隔壁的朱大和朱婆子正拉著個婦人說話。

見那婦人並無掙扎哭求之意，智通便沒放在心上了。
回到家中，兩人把豆腐卸下來，送走牛車，開始準備中午要賣的炸豆腐。
為了縮短現炸豆腐的工夫，李彥錦想出先把豆腐切塊，在家炸過一遍，就會省事許多。
這個提議得到眾人贊同，謝棟還毫不見外地把它用在自家飯館的備菜工序上。
於是，此刻廚房中，李彥錦便與謝沛一同將今日要賣的豆腐塊切好，過油。
智通也沒閒著，他在其他豆腐上灑鹽水，再覆上一層濕布，以便保存。
三人一邊忙、一邊閒聊，說著說著，說到了隔壁朱家。
自那場火災之後，朱家的日子越發難過起來。
朱婆子原被三個兒子奉養著，不用再出門做事，這才有閒工夫在鄰居間挑事胡鬧。
可如今不同了，家裡房子要修繕，物什要補齊，再加上平日的吃喝用度，朱大時有時無賺的幾個銅錢早就不夠了。
以前朱二、朱三也時常坑蒙拐騙些錢財回家，可自從被謝沛嚇到後，至少在緯桑街附近，他們不敢再為惡。而想去別的地方撈錢，也不是件容易的事情。
這樣一來，朱婆子花光了手裡那點餘錢，朱家日子便艱難起來。
為著養家，朱婆子只得撿起過去的營生，又開始幹起說媒牽線、跳大神紮小人的活計。
智通想起方才所見，道：「今日我瞧朱婆子似乎想給她家兒子說親，在大街上拉著個婦人講個沒完，旁邊還有好些人看熱鬧。」
「哦？可看清是誰家的娘子？」謝沛停下手。

智通搖搖頭。「不認識，不過那婦人穿得素，彷彿是戴孝……對了，她身邊還跟了個十來歲的小娘子。」

謝沛心裡一緊，手卻動起來，一邊輕輕推動油鍋裡的豆腐塊、一邊琢磨著。

上輩子，害了她和她爹的兩條毒蛇是明年二月才出現的。

可聽智通剛才的話，難不成，這兩人其實早兩個月就與朱家勾搭在一起？

想到這裡，謝沛放下手裡的鍋鏟，又問：「師父，您是在何處看到他們的？」

智通見謝沛臉色慎重，也認真起來。

「就在夕水街東頭。要我陪妳去看看嗎？」

謝沛擺手。「那邊離這裡不遠，師父太顯眼了，我自己去。」

李彥錦也停下手，接了話：「我個子小，不容易被發現，我去幫妳看吧。」

「沒事，我去去就來，放心。」

謝沛解下圍裙，朝外面走去，留下一頭霧水的智通和李彥錦在廚房中大眼瞪小眼。

謝沛去了前院，與謝棟說句出門買東西，便飛快地朝夕水街走去。

她一邊走、一邊打量路上行人，生怕錯過什麼。

一刻鐘左右，謝沛靠近了夕水街，方才圍觀的閒人已經散開，但她還是從路人嘴裡聽到消息。

「嘿，那對娘兒倆真是長得怪俊的。」

「可不是嗎？大的那個像熟透的桃子，小的那個像青溜溜的梅子，欸嘿嘿嘿……」

「得了，反正也到不了你手裡，瞎惦記啥？」

「且今兒是朱大走了狗屎運，要不然那對母女能被他弄了去？」

「嘿，這事啊，要說還是朱婆子刁鑽。分明是騙那對母女嘛，說什麼幫忙找個好人家，結果卻便宜了朱大，好白菜都讓豬拱了。」

「我聽說啊，這母女倆是因喪夫被婆家趕出門。可你瞅瞅，人家穿戴的可一點都不便宜。不然你以為朱婆子費那麼大勁，真是為了給兒子娶個嬌娘？」

「哎喲，那可不是要人財兩得？當真好算計！」

「得了吧，你別瞎操心。以為那對母女是好人啊？之前不是有人想騙她們，結果呢？」

「哈哈哈……」

謝沛耳力好，又聽了幾句葷話，才快步離開。

待她快要走到東頭時，就見朱婆子和朱大一左一右夾著一對母女閃進背街的七彎巷。

只看背影，謝沛就認出，果然是上輩子那兩個吃人不吐骨頭的蛇蠍女子——程惠仙跟她女兒程大妮！

謝沛看著朱大一行人的背影，眼珠微轉，立即想起，朱大的乾爹朱屠戶正是住在這裡。她扭頭朝兩側看看，悄悄跟了上去。

朱屠戶名叫朱彪，頗有些家底，他家的房舍是七彎巷中最大的。

且朱彪為人霸道蠻橫，早年不但強占了兩條巷子之間的通道，後來更用極低的價錢把合仁巷中一戶人家的後院搶過來。

因懼怕朱彪，合仁巷中的居民蓋宅子都不願挨著他家，結果倒讓謝沛能從合仁巷中輕易地翻進朱家後院。

謝沛走得快，爬上院牆時，朱婆子等人才剛剛進了朱家大門。

此時朱彪並不在家，兩個兒子也在肉鋪中幫忙，家裡只有兩個兒媳和孫子們。

大兒媳並不喜歡朱大和朱婆子，但礙於公公的面子，還是打起精神把「三弟」一行人迎進來。

幾人進了堂屋，朱家大兒媳讓弟妹送茶水來，這才問道：「三弟，這兩位是？」

朱婆子搶在朱大之前開口道：「咳，這是我家朱大的遠房表妹，因家道敗落，特來投奔。但我家多有不便，想著能不能先到他乾爹家暫住幾日，趕明兒就讓朱大去租個小院，再讓他表妹帶著孩子搬進去。」

朱家大兒媳聽了，心中著實不願收留朱大的「表妹」，但她扭頭去瞧那對素服母女時，卻起了絲憐憫之心。

大的那個，臉上脂粉不施，眼簾微垂，膚色淡黃，看著就有些憔悴傷懷；小的那個，長眸尖臉，正有些不安地打量眾人。

朱家大兒媳想著，自家公公平日所為，定會禍及後代，因此打著積德的心思，道：「也罷，既然朱婆婆開口了，且暫時在我家落腳。三弟快去租院子吧，你乾爹那個脾氣，恐怕要嚇壞你家表親。」

朱婆子聞言，心中暗暗呸了聲，轉頭囑咐那對母女：「我家除了我這老婆子，其他俱是男子，如今名分未定，不好同居一處。這裡是我兒乾爹家，妳們且在這裡安住。過幾日，租好院子，就來接妳們過去。」

程惠仙心中有些疑慮，但面上卻乖巧地低頭應了。

朱大看著程惠仙一副嬌弱姿態，偏又長了對肉奶奶的酥胸，再配上細柳兒的纖腰，簡直快要把他的魂勾了去。

要不是朱婆子連掐帶踹好幾下，朱大恨不得先就地把人辦了再說。

待朱婆子與朱大走後，朱家大兒媳帶著程惠仙和她女兒程大妮，找了間屋子安置下來。

朱大跟著朱婆子離開朱彪家後，就忍不住埋怨起來。

「幹啥還要把人送到我乾爹家啊？」

「老娘當初怎麼生了你們這三個蠢貨？你也不想想，現在咱們家是什麼樣子，那小婦人長得標致，卻不是個好拿捏的。你來之前，早有人硬是被她一張嘴奚落得無地自容，要不是你娘嘴裡能開出水仙花，那小婦人會乖乖地跟來？」

「我還怕個小娘子？回頭把人辦了，諒她也翻不出什麼水花。」

「你知道個屁！天天就記著褲襠裡那二兩肉，真以為那婦人是好擺布的嗎？剛才人家說了，不但身上有戶籍跟路引，還識得幾個大字，若有人敢糾纏，就到縣衙告狀，說是光天化日強搶民女。除非咱們捆了這娘兒倆，鎖在家裡，不然，你可強留不住人家。」

朱大被訓得有些訕訕，乾脆無賴地說：「反正強留不住，能弄一次也不算虧嘛……」

「弄你個頭！聽我的，咱們先騙那婦人嫁進來，落了戶籍後，她想跑就沒法了。在這之前，先按她說的，去租個小院，把娘兒倆安置好，正兒八經地辦親事。回頭還要請你乾爹多幫襯幫襯呢。」

兩人邊說邊走，完全沒留意剛才那番話已經被跟蹤他們的某人偷聽了去。

回到家後，謝沛陷入了沈思。

聽朱家母子的話，他們分明是打算騙娶程惠仙，那為何前世自家老爹會在路邊救下狼狽不堪的程家母女，甚至出於道義，不得不收留兩人？

上輩子，謝家的禍事中，這對母女可謂罪大惡極。起初，她們與朱家勾結，故意裝暈，訛上謝棟。想盡辦法賴進謝家後，程惠仙不但面甜心酸地暗中搬空謝家財產，還時常與朱大、朱三無恥廝混。

後來，謝沛長成，被府城胡通判的長子看中，想納回府中，孰料竟招來程大妮的嫉妒，買通地痞用熱油毀了她的容貌，自己卻假惺惺地扮作姊妹情深，代她入了胡公子的後院。

程大妮出嫁後，程惠仙越發沒了顧忌。謝棟本就是被迫接納程惠仙，平日對她不甚上心，於是程惠仙四處放浪，居然與剛回城的富戶徐家大郎勾搭在一起。

他們太過放縱，竟不避人，被謝棟無心撞破。徐家大郎狗急跳牆之下，直接砸了謝棟的頭顱。

程惠仙出於私心，非但不把謝棟送去醫館，還活活拖死他，說是失足跌落樓梯而亡，與旁人無關。

謝沛雖知父親死得蹊蹺，然而劉洪文早被程惠仙和徐家收買，加之胡通判私下傳話，竟是上告無門、哭求無處。

因此種種，才逼得一個被毀容的弱女子拜師學藝、背井離鄉，女扮男裝、戰場拚殺，咬碎銀牙也要混出名堂來，為自家報仇雪恨。

謝沛被往事激得心情起伏不定，連著深吸幾口氣才平靜下來，決定晚上再去探朱彪家。

中飯前，李彥錦湊到謝沛跟前，小聲道：「可是遇到什麼煩心事嗎？本軍師外號賽諸葛，要不要幫妳點撥點撥？」

謝沛好笑道：「快吃吧，吃完賣你的炸豆腐去。生怕別人不知道你一肚子壞水似的。」

「喂！我滿腹的良策錦計怎麼能說是壞水呢？妳肯定是嫉妒我的才華！」李彥錦看謝沛不欲多說，貧嘴兩句，便繼續吃飯了。

晚間，用完飯後，謝沛很快就回房去。

謝棟以為女兒累了，連說話聲都壓低，怕吵著她。智通拎起小酒壺，躲回房間偷著過癮。只有李彥錦眸光微閃地盯著謝沛的房門看了幾眼。

待天色漸暗時，就見一道黑影從謝沛屋子的後窗翻出，輕輕一躍便出了院牆。

李彥錦貓在窗臺上，嘆口氣，心中暗道，這謝沛果然藝高人膽大，不知黑天大夜裡，要去何處劫富濟貧啊……

罷了，且幫她守一守，萬一出了亂子，好拖延片刻。

謝沛摸去朱屠戶家，發現自己來晚了，程惠仙母女竟然已經熄燈睡下。沒奈何，乾脆去朱彪窗外探上一探。

這一探，倒讓她看出點端倪來。

朱屠戶喝多了，此刻正癱在躺椅上，發著酒瘋，嘟嘟囔囔說著醉話。

「小娘們怪俊的，嘿嘿……」

「嗝……朱大這王八蛋，有好貨也不想著老子。」

「嘿嘿嘿，他也不想想，肥肉都到了嘴邊，老子不啃一口才怪咧！」

說著說著，這廝竟然還亂唱了起來。

「妳在東來，我在西。妳無男子，我、我無妻……我無妻時悠閒可，妳無夫時好、好孤淒……」

謝沛無言了，翻牆離開朱彪家。

次日，朱大沒有立刻去看院子，而是拍響左右鄰居的大門。

很快地，緯桑街上的住戶們聽說朱大要成親，但因家中遭災沒錢，所以想出一個法子。

謝沛面無表情地看著門外的朱大，實在沒想到，這廝竟然還敢來她家要錢。

朱大嚥了口唾沫，賠笑道：「往日都是我不對，二娘莫要和我一般見識。我辦筵席時，謝家就不用送賀禮或紅包了。」

謝棟被謝沛攔在身後，聽見這話，有些驚訝。

不過還沒等他開口問，就聽見朱大繼續道：「因此，我想著，能不能先把賀禮折成銀錢給我，這樣我能辦筵席，各家也沒什麼損失。」

謝沛哼笑一聲。「你可真是個聰明人。」

朱大謙虛地說：「哪裡，哪裡。」

謝棟在閨女身後道：「朱大，你辦親事，我家可沒準備去啊。你倒好，自己成親，竟打算不掏一文，全靠著街坊們送錢。這主意是你老娘想出來的吧？」

他話音一落，旁邊圍觀的鄰居都笑起來。眾人皆知，朱婆子摳起來，可連兒子都不認。

朱大心頭火起，之前去的幾家，有怕事的，零零碎碎只給十來個銅錢；膽子稍大點的，就推說，要是謝家給了，他們再考慮給錢。

為此，朱大才硬著頭皮來謝家要。不過，就算開口，他也不敢硬來，更別提威脅了。

聽了謝棟一番話，朱大原以為今兒討不到錢。孰料，謝沛瞇起眼琢磨一會兒，竟掏出十文錢遞過來。

朱大一愣，連忙接住，聽謝沛說道：「雖你我兩家不睦，但看在你要成親的分上，且隨個十文錢的賀禮。不過我醜話說在前面，若是一個月內，不見你成親，不但要把錢還來，而且……哼哼……」

其他不願給錢的鄰居原本還指望謝家和朱大吵起來，他們就不用破財，此時見狀，只得自認倒楣，回家拿錢。

謝沛不在乎那些鄰居心中的怨言，畢竟這些人平日不曾幫過謝家一點忙，上輩子更是有幾戶還幹出落井下石的惡事。

看著朱大跟鄰居們走遠後，謝棟有些不解地問：「二娘啊，妳不是最討厭朱家嗎？怎麼這次……」

「嘿嘿，我這錢給得可沒安什麼好心……」

謝家幾人聚在一起，聽謝沛細細說起來。

「我偷偷去朱屠戶家探過，朱大看中的女子，也被他乾爹盯上。若是朱大沒錢成親，最多是心中有點不滿。可若聘禮都湊了個七七八八，卻發現乾爹搶人……你說朱大和朱彪還會再好嗎？」說完，嘴角微翹。

李彥錦眼睛一亮。「對！這就是個連環計啊！先讓敵人自己鬥起來，狗咬狗！」

謝棟和智通聽了，都笑起來，智通摸摸李彥錦的狗頭道：「你還知道連環計啊？」

李彥錦笑著回答：「前幾天從碼頭上的人講古聽來的，嘿嘿嘿……」

第九章

接下來幾日，謝沛並沒鬆懈，還是會抽空去朱彪家打探一番。

這天，朱大終於找到一間便宜的小院子租下來，正想回家跟朱婆子說一聲，路過謝家時，就見謝沛目光詭異地看著他。

「朱大，你那親事還要辦嗎？」

朱大愣了下。「辦啊。怎麼了？」

謝沛揚揚眉頭。「那你最好早點辦吧。今日我可聽到了閒話……」也不說完，便轉身進了門。

朱大不敢上前追問，皺眉琢磨片刻後，轉身朝朱屠戶家走去。

今日朱彪的兩個兒媳俱不在家，帶著孩子去喝親戚的喜酒。而程惠仙因為剛出了孝，又是寡婦，就和女兒程大妮留下。

因此，之前朱家大兒媳還拜託朱大幫忙看著門戶，畢竟家裡住的可是他未來的娘子。

朱大急匆匆趕著，想到早上只露了一面就不見蹤影的朱彪，心中越發焦躁起來……

因為走得太急，冬天裡，朱大竟冒出一頭汗。

到了朱彪家時，他發現院門緊閉，家裡似乎沒什麼動靜。

朱大左右瞧瞧，轉到後院，費了勁兒翻過院牆，躡手躡腳朝程惠仙房中摸去。

房中悄無聲息，朱大不死心，伸指捅開窗紙，發現程大妮正趴在床上睡著。

他又仔細打量一圈，確實沒見到程惠仙的身影，忽聽得西邊傳來了「哐啷」一聲。

朱大抬頭望去，那聲音竟是從朱彪房內傳來的。

朱大的臉頓時黑了，眼角抽搐，又摸過去瞧。還未靠近，便聽房中有古怪的喘息聲。

朱大貼到窗邊，小心翼翼地伸指蘸了點口水，將窗紙捅破，就見到極為不堪的一幕——

朱彪正張開雙腿，大剌剌坐在床邊，上身衣襟敞著，露出長了一卷卷鐵絲般汗毛的肥壯胸脯，胸脯下挺著肚皮，黑得發亮。

再往下看，就見他雙腿間有個腦殼正起起伏伏著。

朱彪微瞇著眼，臉上滿是淫笑，一副極為舒坦的模樣。

他正過癮，埋頭吞吐的人卻突然停下來，抬起頭嬌滴滴地說：「彪哥，奴奴好累……」

窗外的朱大見狀，險些撓穿牆皮，因那說話之人，正是之前一直擺出貞潔烈女模樣的程惠仙！

房中，朱彪因程惠仙停下動作，有些難耐，伸手抓住她的髮髻，用力按向自己胯間，要她繼續，嘴裡喘息著道：「仙兒放、放心，先讓老子快活了，自然有妳的好。妳看這家裡，可有人能攔得住我？」說罷，挺了幾下腰，才一個哆嗦，鬆懈下來。

程惠仙低頭將口中穢物吐出，一副可憐模樣依偎在朱彪身邊。「我見那朱大頗有些兇惡，彪哥……」

朱彪渾身放鬆，腦中一片茫然，聞言有些不耐煩地說：「他是我兒子，還敢跟我齜牙不成？」說罷拍拍程惠仙的屁股，閉上眼，似要睡去。

程惠仙趴了一會兒，聽見朱彪打鼾，才緩緩起身，撿起窩成一團的豔紅肚兜，漫不經心地穿戴起來。

程惠仙邊穿、邊暗自嘀咕，這朱彪眼看都四十多歲，不想竟折騰了一上午才甘休，看來日後行事且要多留點心才好……

窗外，朱大心頭怒焰高漲，極想衝進去打殺了這對狗男女，卻又畏懼朱彪，只把程惠仙恨個半死。

他咬牙切齒大半天，硬是把屋裡的肉戲都看完了，才悄悄離去。

忍辱負重的朱大蔫頭耷腦地回了家，恰遇上他老娘滿臉得意地推門進來。

朱婆子跑了一上午，又從某個無知婦人手裡騙來兩串錢，正哼著小曲呢，一抬眼卻看見大兒子如喪考妣般癱坐在堂屋中。

「欸，老娘跑斷腿賺了點錢回來，你就只會在家哭喪？讓你去租院子，都這些天了，也沒個動靜。喪良心的傢伙，洞房那天，莫非要老娘去入那小騷貨？」

朱婆子正罵得起勁，不想朱大猛地跳起來，嚇得她險些咬到舌頭。

「幹、幹什麼？」朱婆子哆嗦了下。

朱大不敢動他乾爹，卻對他老娘無所畏懼。

「都是妳這老虔婆找的賤貨！還什麼正兒八經地娶回來，在朱彪家這麼幾天工夫，她就灌了滿嘴陽貨，騷得比窯姐兒還浪些。這就是妳給我找的好媳婦！」朱大吼得唾沫橫飛。

朱婆子被兒子噴了一臉口水，腦子還沒轉過來，愣了下，才跳腳大罵。

母子倆罵了半晌，累到沒勁了才消停，開始嘀嘀咕咕商量起來。

一會兒後，朱大竟興匆匆地又出門去了。

朱家牆頭上，偷偷跟來的謝沛眯著眼，琢磨了一會兒。

上輩子，她沒聽到朱家鬧了這麼一齣，如今瞧見，心裡便有了算計……

晚間，謝沛抓著李彥錦，去旁邊說話。

院子裡，謝棟端著熱茶，假裝專心賞月。若是他不轉著眼珠去偷瞄謝沛和李彥錦，就更像那麼回事了。

此刻謝沛正面帶微笑地盯著李彥錦，嘴裡說著非常溫柔的話語。

「……務必要讓我爹對那母女倆心生厭惡，若是沒做到或把我捅出來……嘿嘿，也許你那醬汁就要變味了，又或者師父會讓我帶著你多練練基礎功吶……」

李彥錦眼角抽搐地說：「就算謝叔要續娶，肯定不會看上朱大的未婚妻，妳這心操得啊……行行行，我來做這個惡人，定不讓妳那父女之情受一丁點影響！」

接到如此重要的任務，李彥錦並沒有立即行動。直到第五天，才在吃晚飯前說起來。

謝沛還在廚房炒菜，因此桌前只有大小幾個男人。

李彥錦滿臉八卦地道：「謝叔，今兒我聽說了一件事。」

謝棟也是個愛聊天的，哽都不打就接了句：「啥事兒啊？」

李彥錦瞧了瞧廚房，壓低聲音道：「隔壁朱大不是要成親嗎？二娘還給了十文錢。原本咱們不是以為朱大和他乾爹都看上那女子，要鬧翻嗎？結果，今兒我聽說，那娘子不但主動爬了朱屠戶的床，竟還把朱大籠絡住。如今，碼頭上的人都說他們是『媳婦婆婆一肩挑，兒子乾爹同上床呢』。」

「咳咳咳，這、這女子太……朱大和他乾爹也不是好東西，壞了人倫啊。」謝棟兩眼冒著精光，一本正經地說道。

智通在旁邊聽得皺眉。「所以說，成什麼親，找什麼女人吶？有那工夫，還不如多練練武，或者出去揍幾個壞廝來得過癮！」

如今智通已經成了碼頭大哥，起初他是揍那些來找碴的地痞，後來卻變成，他要主動去尋地痞來揍了……

所以，李彥錦的炸豆腐攤也不再需要智通親自看護。那些地痞恨死當初找碴的幾個王八蛋，瞧瞧，他們招來了什麼人？

「咳。」李彥錦被智通的話逗樂了，憋住笑，說道：「我聽那些人說，那不要臉的婆娘平日總做出一副可憐樣，見著男人就低頭露脖子，一走三扭不說，還慣會假哭抹淚，附近好幾個男子都險些著了她的道……」

謝楝點頭。「瞧這做派就不是好人家的女子，以後咱們避著點。萬一被沾上，那多噁心人吶。」

其實，今晚李彥錦說的話，還真不是他隨意瞎編的。

起初他聽了謝沛給出的線索後，便藉著擺攤的機會，悄悄散播出去。這種香豔八卦傳起來最是飛快，而且傳了兩天後，竟有住在朱屠戶家附近的居民說出更驚人的內容。

當初，李彥錦只道程惠仙嫌棄朱大家窮，不顧廉恥地爬了朱彪的床，可朱家的鄰居卻說，朱彪與朱大竟和諧友愛地鑽了同一個婦人的褲襠。

這下，碼頭上的漢子們簡直要笑死了，各種葷笑話都編排到朱大和朱彪頭上，而程惠仙的名字也在李彥錦的宣傳下，成了遠近聞名的蕩婦代稱。

不過，真要說起來，程惠仙也有點冤枉。原本她不想一女事二夫，打算做個名正言順的乾娘呢。

可惜朱彪本就是哄著她玩玩的，起初愛她是良家婦人，所以情熱幾分。後來發現程惠仙在床事上竟比窯姐兒還精通些後，心裡生出了疙瘩。

朱彪有些閒錢，十年前喪妻後，沒打算再娶，平日裡在窯姐兒身上練本事、長見識，一看程惠仙的架勢，就知道她恐怕也是從樓子裡出來的貨色。

沒兩日，朱屠戶就對程惠仙沒了興趣，反倒對特別識相、特別孝順的乾兒子朱大起了絲愧疚之心。

於是，朱彪大手一揮，讓朱大接收程惠仙——來，不是稀罕這女子嗎？乾爹還你！

朱大面上笑嘻嘻，心中罵娘。

不過當初朱婆子和他商量好了，這女人騷浪，既然留不住，乾脆大方地送給朱彪，以後自然有機會算總帳。

從發現朱彪和程惠仙的姦情那天起，朱大便絕口不提成親接人的事，後來還直接對朱彪說出，應該讓乾爹先幫他驗驗貨這種無恥之言。

果然，才不到幾天，朱彪就玩膩了，於是朱大也不客氣，不用錢的窯姐兒，生得又好，能白上誰不上啊？

程惠仙也發現朱彪對她不太上心了，便不敢太過推拒朱大，想著留條後路也好。

結果，朱彪看乾兒子玩得痛快，有時候興致上來，還會來個二龍戲珠什麼的。

他們浪得飛起，動靜太大，自然露出了馬腳。

再加上李彥錦的推波助瀾、煽風點火，僅僅五、六天工夫，朱家幾人和程惠仙的名聲已經臭得賽狗屎了。

這時，李彥錦抬眼看到謝沛端著菜走來，便衝她偷偷揚揚眉毛，意思不外乎是給自己表個功。

結果，他這動作被謝棟看在眼裡，頓時覺得他分明是在勾引自家閨女……

謝沛耳力好，早聽到了他們說的話，心裡滿意，對李彥錦露出微笑。

然而，這笑容也被正扭頭觀察敵情的謝棟看個正著，於是百爪撓心起來。

閨女剛長大點，怎麼就被狼崽子盯上了呢？唉，雖然這狼崽子是他撿的，可他沒打算讓閨女這麼早訂人家啊。那把狼崽子趕走吧？可萬一閨女傷心了，那怎麼辦啊……

謝棟愁緒萬千，連晚飯都吃得不香了。

之後幾日，謝棟出門買菜，也陸續聽了些傳聞，對程惠仙自是唾棄萬分，覺得世間怎麼會有如此淫蕩又不知廉恥的女子，自然小心不提。

大年三十，謝沛瞅著時機，告訴謝棟，她娘又託夢了！

謝棟強忍著淚水，聽閨女轉述陳貞娘的話。

「娘說，名聲臭大街的程惠仙與朱家都不是好人，尤其程惠仙母女，恐怕對我家多有妨害，讓爹小心提防。若見到路邊有女子哭訴求助，千萬莫要胡亂上當！」

謝棟聽了，連忙擺手。「下次妳娘再託夢，妳告訴她，我都記下了，絕不會和別的女子有一絲糾纏，讓她別誤會，更不要胡亂傷心。若有不放心的，趕緊找我託夢啊……」

大年夜裡，謝家父女說完悄悄話，都有些傷感，好在還有李彥錦和智通兩個愛湊熱鬧的，大家聚在一起吃吃喝喝、說說笑笑，也就掩過去了。

這邊謝家日子和順，隔壁朱家卻鬧起來。不為別的，只一個窮字要命。

俗話說，有錢沒錢，過個好年，可朱家卻連個歹年都快過不下去了。

因朱大名聲太臭，衛川縣裡的婦人再不敢與朱婆子來往，直接讓朱家斷了錢路；再加上之前租院子、買彩禮，已把街坊們送的賀禮花個精光，於是一家四口險些在大年夜斷了糧。

「娘，那院子的主人回鄉過年去，咱們先給的租金討不回來了。」朱大灌了一肚子稀粥，有些煩躁地開口。

朱婆子呸了聲。「你只租半個月，如今租期滿了，還指望人家能退錢吶？」

「他敢?!如果不退錢，老子打斷他的腿！」朱二在一旁惡狠狠地說道。

朱大嫌棄地瞥他一眼。「你當是哪家敢租房子給咱們？是縣尉的小舅子！還打斷人家的腿咧，老子都不敢說這話。」

「都是大哥非要娶媳婦，如今人也沒弄回來，錢倒花個精光。」朱二小聲嘟囔著。

「弄回來？弄回來做什麼?!」朱婆子跳腳開罵。「弄回來你養啊？現在你們哥兒三個都沾了那騷貨的便宜，又用不著掏一文錢，還想怎樣？信不信老娘抽死你！」

朱家三兄弟聞言，彼此瞄了瞄，不吭聲了。

朱婆子罵了幾句，忽然停下來。

「說起那賤人，如今妳乾爹對她沒了心，白白養著，恐怕有些不甘。不如你們把人弄到租來的小院裡，給她開個暗門子算了。她那閨女也長了張騷狐狸臉，過兩、三年，也能接客，給咱們賺些銀錢來花……」

朱婆子越說越起勁，不想卻被朱大打斷。

「暗門子怕是不行。娘不知道，那騷貨是看在吃住不花錢的分上，才留在乾爹家，若逼著她們去做暗娼，人家手裡有戶籍、路引，又能寫能說，想告咱們逼良為娼，也不算難事。」他早動過這心思，只是剛提個頭，就被程惠仙連敲帶打地堵回去。

「哼，這騷娘們還成刺蝟了！」朱婆子憤憤道。

這時，一直沒出聲的朱三忽然開口道：「程惠仙雖不願當暗娼，可她提過，想找個好人家嫁了，當正頭娘子。」

「哈！她妄想還找個好人家，哈哈哈！」朱婆子扠腰大笑起來。

朱大也嗤了聲。「要是她名聲沒臭之前，這事倒也不難。如今這樣，在咱們縣裡，卻是不好辦了。」

朱三眼珠亂轉，壓低聲音道：「其實，我有個主意。咱們隔壁的謝家不是有個老光棍嗎？咱們把程惠仙塞進去，不說謝家飯館的錢財今後要歸了咱們，就是礙事的謝沛恐怕也不好為難繼母娘家。若是她與謝棟為此事鬧翻，程惠仙完全可以把她胡亂嫁掉，不但除了禍害，還能再撈一筆彩禮……」

朱家人聞言，全呆住了。朱三描繪出的遠景實在太過美好，他們早覬覦生意不錯的謝家飯館，以前沒理由，又顧忌謝沛，只能乾看著流口水而已。

如今有希望，四個惡人立時轉起了所有心眼。

「明著來，謝棟肯定不同意，乾脆生米煮成熟飯，咱們再去抓姦，這事便成了謝家不占理。要是謝沛動手，咱們就告她。劉縣令貪慣了，謝家落在他手裡，自然跑不掉。回頭就算謝家賠光，咱們只要抓著謝棟繼續開館子，以後也不愁吃喝了！」這陣子朱三都在琢磨此事，所以一開口便很是周全。

「好兒子！你真是喝了娘的奶，腦子就是好！」朱婆子笑得滿臉開花，恨不得現在就去謝家接管一切。

四人又嘀嘀咕咕商量半天，這才由壞心眼最多的朱三去說服程惠仙。

幾天後，朱三去見程惠仙，說了欲謀算謝家的事。

程惠仙聽完，當即就想應下，不過，她好歹是在樓子裡混出來的，只說要考慮考慮，便打發了朱三。

她心想，雖然手裡攥了點銀錢，可錢財最不經花，能賴在朱彪家白吃白喝，哪怕偶爾要伺候幾個男人上床，她也不以為意。

不過，她更希望能正經嫁個老實人，吃穿不愁，出門也不用藏頭露尾。之所以沒立刻答應，是防著朱三騙人，必須親眼瞧瞧謝家，才能放心。再者，她端著架子抬抬身分，到時也能多分一些好處不是？

第十章

新年過後，便是升和九年。

正月，謝棟放大家多歇了幾天，到十八這日，飯館才重新開張。

正月十八日中午，程惠仙精心打扮一番，朝緯桑街上的謝家飯館走去。

她來回路過飯館幾次，瞧著裡面不說座無虛席，但也稱得上生意興隆。

程惠仙眼珠微轉，裝成虛弱模樣，蹭到飯館門口。

因她有幾分姿色，館裡的男子頓時瞪著眼珠子瞧過來。

程惠仙心中得意，卻佯裝出哀怨難受的神情，一手扶著門框、一手摀著胸口，嬌滴滴地說：「還請店家好心給口水喝，我這舊疾又發了……」

說完，她微抬頭，卻瞧見店裡的小夥計撒腿朝後廚跑，有些納悶，不是應該先來關心她兩句，然後再去請老闆來嗎？怎麼直接跑了？

另一邊，溜到後廚的阿壽滿臉興奮地對謝棟道：「謝叔，那個壞女人真的來了！」

原來謝沛想著自家老爹並未見過程惠仙，打算先弄張畫像給他瞧。只是，讓她畫城防圖還行，描出人像實在有些為難。

正當她對紙嘆氣時，李彥錦冒了出來。上輩子他學了幾年素描，雖然稱不上精通，但至少比謝沛這抽象得似塗鴉的畫法強。

為確保畫得逼真，謝沛還拎著李彥錦摸去朱彪家，反覆觀察幾次後，終於弄出一幅與真人有七成相似的畫像。

於是，謝家人都看過了，暗暗記下，縣裡名聲最臭的程惠仙就長這副模樣。

正因如此，阿壽才立刻跑來通知謝棟。

謝棟聞言，眉頭一皺。「請二娘來，把事情告訴她。我肚子不舒服，要去解手。」

阿壽一愣，喔了聲，便出去找謝沛了。

飯館裡，程惠仙已被人讓著坐下，有那好色的，早把自己桌上的茶壺遞過來。

「這位娘子，先喝點熱茶，緩一緩才好。」

程惠仙低下頭，露出白膩脖頸，輕聲道：「多謝了。」

謝沛到時，恰好瞧見這一幕，心道李彥錦還真沒講錯啊……

「各位大哥叔伯讓讓、讓讓，我聽說有人在我家門口犯病了。」謝沛力氣大，輕輕鬆鬆便擠進來。

程惠仙聽是女子聲音，心中暗驚，抬頭看去，見是個與她女兒年紀相仿的丫頭，正皺眉看著她。

這應該就是謝家閨女了吧？程惠仙心中不喜，面上卻露出溫柔笑容。

「小娘子包涵，奴家受寒，犯起舊疾，在店中歇息片刻，就好了。」

旁邊有個年紀大些的漢子見狀，道：「二娘啊，不如妳請這位娘子去後院坐，飯館裡畢竟……」

程惠仙眼睛一亮，可還沒開口，就聽見謝沛慢悠悠地說：「大叔莫說笑了，我家可不敢請這大名鼎鼎的程娘子進來吶……」

這話一出，程惠仙便知事情不好，連忙站起來，不發一語地朝外走，但飯館裡圍了不少看熱鬧的閒漢，竟沒能脫身。

剛才開口的大漢好奇地問：「程娘子？哪個程？」

謝沛聲音清脆地回答：「喔，就是朱大原本要娶的程娘子啊～～」

「哇，就是跟朱彪和朱大那個的……」

「嘿，我就說這娘子看著不太對勁，竟然是她！」

「果然是……啊哈哈，哎，朱大這龜公當的，哈哈哈……」

程惠仙脹紅面色，埋頭擠出人群，心中對謝沛恨之入骨。

「待我進了謝家，不把這賤丫頭折磨死，老娘就不姓程！」

程惠仙咬牙切齒地罵著謝沛，低頭飛快離了謝家飯館。

隔日，阿壽來上工時，興匆匆地對李彥錦道：「誒，你聽說沒，明天戲班子要來咱們縣唱大戲了，嘿嘿嘿。」

李彥錦瞅著他，哼笑了聲。「阿壽哥想去看吧？」

阿壽撓頭，笑得憨傻。

「好吧，明兒我不出攤，幫你頂一天，等下我們去和謝叔說一聲。」

上輩子，他就沒看懂幾部戲曲，如今變成古人，哪怕娛樂項目實在稀少，依然沒培養出欣賞曲藝的細胞來。

阿壽聞言，眼睛亮得直冒光。他是正宗戲迷，往日衛川縣裡雖然有戲班子，但都在富貴人家演出，沒他看的分。

一年裡，也就正月時，縣中幾個大戶會出錢請戲班在百草街上演一天大戲，一來是為每年秋季的藥市求個紅紅火火的好兆頭，二來也算是為同縣鄉親們做點好事，積些福氣。

因此，像阿壽這樣的尋常百姓，想看戲的話，這天便是個好機會。

往年因飯館裡只有阿壽一個夥計，所以他忍著，沒開過口。今年多了李彥錦，這才動了心思。

中飯忙完，李彥錦就對謝棟說起這事。以他對他的了解，肯定不會為難阿壽的。

然而謝棟聽完後，竟然半天都沒說話。

阿壽見狀，臉上笑容變得有些尷尬，正想開口，就聽見謝棟一拍手，大聲道：「嘿呀！說起來，二娘好幾年沒聽過戲了。乾脆明兒咱們歇息一天，大夥都去看戲，看完去吃老孫家鵝鴨簽，儘量吃，吃到飽！」

阿壽一聽，高興得臉都笑紅了。

李彥錦擠眉弄眼地對謝棟說：「謝叔啊，你說話要算數吶，那鵝鴨簽一根就要三文錢，別看我和阿壽哥瘦巴巴的，要知道，半大小子吃窮老子咧，嘿嘿嘿……」

謝楝拍著圓潤肚皮，樂道：「你小子那點飯量算啥，連智通大師都要請去！人家一個能頂你十個，哈哈哈！」

三個人在屋中樂著，智通不知何時出現在門口，嚴肅地說：「出家人怎能食葷？明天謝大哥借我頂帽子用用。善哉啊，善哉……」

四個人對視幾眼，哄堂大笑起來。

另一邊，正在院子裡翻曬臘味的謝沛，微微翹起嘴角，在一片笑聲中，對明日的社戲也生出了些期盼。

上輩子此時，她還只是個普通的小娘子，既沒有神力，也還未遇到師父。飯館因為朱大他們的騷擾，生意沒什麼起色。

謝楝日日辛勞，加上思念亡妻，心情鬱鬱，所以也沒想著要帶女兒出去遊樂。當然，更重要的是，謝楝已經察覺，朱大似乎對謝沛懷著齷齪念頭，更不敢輕易放她出門。

每到過年，就是謝家氣氛最低迷的時候。謝楝的強顏歡笑根本騙不到女兒，除夕這天，父女倆更是一不小心就紅了眼眶。

重生後，今年家裡多了兩口人，從大年三十直到正月十五，都熱熱鬧鬧、笑聲不絕。

因此，謝沛發現，上一世那些痛苦與鬱忿似乎淡去許多，雖然心中的帳本上依然清楚地記著仇人們的姓名，可鬼將軍翻騰如黑霧般的惡念，已連同那張筋肉交錯的可怖面容一起日漸消散了。

次日清早，阿壽就帶著小板凳，興匆匆地跑來謝家。每天謝棟都要早起買菜，今天不用開店，便多睡了一會兒。倒是謝沛、李彥錦和智通三人，因為日日都要晨練，依然早早就起來。阿壽知道謝沛和李彥錦學武是正事，不能耽誤，直接跑去廚房，把謝棟昨日泡好的米放進鍋裡煮粥，再去喊謝棟起床。

謝棟睜開眼，就發現房裡的窗戶被某人掀開了，正瞅著他嘿嘿傻笑。

「謝叔，粥熬好了，您要吃白粥，還是放點糖？」

「臭小子，戲班子下午才到，大清早跑來，是怕在家挨你爹的揍吧？快把窗戶關上！」謝棟被鑽進屋的冷風吹得哆嗦，邊罵、邊爬起來穿衣服。

阿壽縮頭，放下窗扇，趕緊跑了，放聲嚷：「謝叔睡醒了，二娘快熱菜吧！阿錦把小板凳全找出來，咱們吃完就去占位置，中午不回來了……」

現在，謝家人跟阿壽早把李彥錦當自家人，不稱「大郎」，改叫「阿錦」。

「這是要瘋啊……」謝棟沒好氣地嘟囔。

謝沛聽見阿壽的話，乾脆多炒了榨菜肉絲，再把昨日的剩飯挖出來，包好菜，捏成團子，又在團子外面裹了層蛋液和麵粉調成的糊糊，放進油鍋中炸。待謝棟收拾好，大家坐上飯桌時，發現面前多出了一大盆炸得金黃的大團子。

「欸？這是啥玩意兒？」謝棟先伸出筷子夾起一個，咬了一口。

「噓……燙燙燙……」謝棟嘴裡發出一串怪聲，逗得大家嘿嘿直笑。

謝沛也夾一個吃起來。「這是我胡亂弄的。中午阿壽和阿錦不是要占座，不能回來嗎？揣些炸團子放在懷裡，好歹能頂頂餓。」

上輩子她領兵時，曾在一次大捷後，說要犒賞手下，請他們吃頓好的。奈何軍糧一直不夠，廚房中除了雜糧米麵，就是酸菜榨菜，一點葷腥之物也無。

最後，她親自出馬，也只在一片老林子裡摸出三顆鳥蛋和一隻瘦得剩毛的老山雞。

不過，有個火頭兵卻用這一點東西，硬是做出了一頓好吃食。

老山雞熬的湯也就罷了，讓謝沛留下深刻印象的，是那盤叫糯米雞的炸團子。咬開帶著蛋香味的酥脆外皮，鹹香的團子中，軟糯米粒和脆口榨菜，還有些山雞肉，幾乎讓人忘記了它們原本的寒酸模樣。

火頭兵有些可惜地說，因為沒有糯米，只能拿剩飯拌榨菜做餡，再把老山雞的肉撕碎了加進去，才勉強做出糯米雞的幾分滋味。

十個糯米雞，吃得七個硬漢紅了眼眶。

謝沛趁他們眨眼忍淚的工夫，雙手如電般伸出，兩根筷子上面各插一個團子，嘴裡叼著一個，然後一軍之將在一片吼叫聲中，咻的溜了出去……

如今吃到自己親手做的糯米雞，謝沛心中滿足之餘，也想起那些陪她出生入死、最後共赴黃泉的好兄弟，心裡默禱，但願今生都安樂平順地活著吧……

吃過美味的炸團子，阿壽和李彥錦毫不客氣地拿了好幾個，用油紙包好後，揣進懷裡，便出門占位了。

且不說兩人帶著五張板凳如何在擁擠的占座大軍中殺出一條血路，謝家父女與智通吃過中飯後，也隨後出了門。

智通戴上搭耳帽，放下兩側護耳，就看不出那光溜溜的腦袋，可以放心吃喝。

三人走到百草街，街心處那片空地上，此刻已經搭起戲臺。雖然還沒開演，但戲臺外早圍滿了人。

謝棟四處張望，智通個子高，一眼就看到李彥錦和阿壽。

「在那邊。」智通說了聲，撥開人群，帶著謝家父女擠過去。

「謝叔！你們可來了，我們險些保不住位置啦。」阿壽見到謝家人，頓時鬆了口氣。

「怎麼？有人欺負你們？」謝沛開口問道。

阿壽擺擺手。「沒有沒有，只是擠來擠去，位置越來越小了。」

阿壽和李彥錦來得早，占到比較靠前的位置。最前面的好位置，自然是幾家出錢大戶的，這是約定俗成的規矩。

正因為位置好，左右兩邊和後面的人不斷湧來，才讓兩人差點被擠走。

智通等人一到，那些人便識相地讓開些。可即使如此，五人坐下，仍是緊緊挨挨。

上次謝棟帶謝沛來看戲時，是陳貞娘沒去世前。因謝沛還小，謝棟就把她抱在懷裡，而且他們也沒搶到前面去，所以沒遇上這麼擁擠的情況。

如今謝沛已經十歲，謝棟看她被擠得與李彥錦靠肩，心裡有些發堵。可戲臺前已經擠成這樣，也不好硬要其他人再騰出地方啊……

謝棟苦惱半天，只能默默安慰自己，咳，好歹閨女是被親爹和準童養婿夾在中間，也不算吃虧……

看完社戲，謝棟帶眾人去吃鵝鴨簽，飽餐一頓後，才心滿意足地回去。

第十一章

過了幾日，謝沛、李彥錦和智通去古德寺買豆腐。

月餘未見，慧安大師留智通多住兩天，謝沛和李彥錦帶著一車豆腐返回謝家。

兩人剛到門口，還沒進去，就聽到飯館裡傳來熟悉的聲音——

「謝老闆，你不是大善人嗎？怎麼今兒如此無情！」

說話之人，正是安靜了一段時日的朱大，此刻站在飯館內，陰陽怪氣地嚷嚷著。

李彥錦和謝沛走過去，見館裡有十來個食客，他們一邊吃、一邊不住扭頭看向朱大。

除了胖大魁梧的朱大外，還有個嬌小人兒伏在地上。

阿壽滿頭是汗地扭著手，攔在廚房門口，嘴裡一個勁兒說著：「我們東家不缺人手，且館子裡也不招女夥計，你們趕緊走吧！」

地上的女子聞言，哭得越大聲了。

朱大聞言，轉轉眼珠道：「這有何難，不招女夥計，謝大善人不如收個乾女兒，像之前養那餓死鬼一樣，給口飯吃，不就好了？」

「乾、乾女兒？」阿壽嚇得結巴。

他身後，謝棟揮著鍋鏟道：「老子不要！什麼乾女兒、乾娘子的，都給老子滾！朱大，你再鬧，我就去古德寺把人喊回來。我勸你省點事，念在街坊一場，且不與你計較！」

朱大聞言，微微一僵，硬撐著辯駁：「二娘回來，我也不怕。如今我是勸你向善，你家小娘子又有何理由打我——」

他話音未落，卻聽背後有人嘆了口氣。

「有何理由？我揍你，簡直天經地義！」

說罷，眾人只覺眼前一花，一道黑影從門口竄進來。接著，伏地的女子與立著的朱大竟同時尖叫一聲，就被丟出飯館。

「閨女！」

「二娘，你們總算回來啦……」阿壽一著急，說話帶出了哭音。

謝沛解下身上的包袱，頭也不回地輕輕一抛，丟進李彥錦懷裡，對謝棟等人說：「莫急，我且打發了那兩人。」隨即一挽袖口，大步跨出門。

原本被嚇著的食客們見狀，立刻嘩啦啦追過去看熱鬧，還不忘捧著自己的飯碗……

門外，朱大見到謝沛出來，眼角猛抽幾下，只覺自己實在倒楣。爬起身，連塵土都來不及拍乾淨，便嚷了句「謝家忒心狠」，扭頭就想跑。

但今日謝沛要徹底解決這個禍害，哪肯放人。

於是，她一閃身竄到朱大身前，揚手啪啪兩下，朱大就慘叫一聲，跪倒在地。

「我的腿！謝家娘子斷了我的腿！」朱大捂住膝蓋，哀嚎連連。

旁邊與他同來的女子驚恐地從地上掙扎起來，也想逃跑，嘴裡喊道：「娘子饒命！」

「站住！」謝沛一聲清喝，嚇得那女子一僵，不敢輕舉妄動。

謝沛冷笑，轉頭對看熱鬧的街坊鄰居、路人閒漢道：「想必大家都認識朱大，他是什麼人，自不用我多說。為何今兒這位竟說出勸人向善的話來，其中原因，只要問清楚他身邊這女子的來歷，即可知曉。」

謝沛話音一落，那女子便抖了下，驚懼地抬起頭，飛快地瞥她一眼。

此時，眾人才瞧清楚，原來竟是個十三、四歲的嬌俏小娘子。

謝沛盯著這張臉，心中滿是寒意，朗聲道：「大家也許不認識她，可她娘卻是咱們衛川縣鼎鼎有名的人物，正是與朱大說親未成、還險些讓兩人成了母子的程惠仙！」

「哇！」眾人一片譁然。

程大妮渾身發抖，抬頭看看謝沛的秀美小臉，又垂下頭，帶著哭音說：「小娘子莫要再羞辱奴家。家母行事雖不妥當，可奴家卻一點壞事都沒做吶……」

她把這話說得婉轉動聽，再加上長得嬌嬌弱弱，讓不少剛過來的閒人生出憐憫。

「這小娘子也不容易啊，有那樣一個親娘……」

謝沛冷眼掃了下說話之人，轉頭對程大妮道：「莫要再說妳與妳娘沒有關係的話。今兒我動手之前，自然會把道理說清楚，大夥聽完，再想想他們該不該罰。」

「謝家與朱家是什麼關係，看看那大磨盤就知道了；而程惠仙母女與朱家是什麼關係，縣城裡的人，應該也都清楚。

「前些時日，程惠仙打扮得像狐狸精一般跑到我家飯館，既不吃飯也不離開，話裡話外竟是想攀上我爹，後來被我道破，才摀臉逃去。

「這也罷了，不想今日她女兒又跑來鬧事。娘沒攀扯上，就派女兒出來認乾爹，若真認下，她娘豈不是更有理由賴上我家？真真是好手段、好臉皮啊！」

眾人聞言，哄堂大笑。

謝沛擺手，繼續道：「不知大夥想過沒有，為何程惠仙母女死乞白賴地要進謝家門？」有閒漢搭腔：「看上謝棟了唄！」

眾人又是一陣竊笑。

謝沛看看朱大，搖搖頭。「我爹在我心中，自是千好萬好，可在程惠仙母女眼中，恐怕不是如此。為什麼今天程小娘子來我家，幫她說話的是朱大？朱大可沒少想著法子訛詐我爹，雖然都沒成功，可這分用心，我卻不敢忘記……」

「哎喲，這分明是個仙人跳！」有腦子靈活點的客人，頓時想明白了。

謝沛點頭，那人見狀，臉上露出得意神色，說道：「朱大眼饞謝家的錢財，卻幾次三番沒弄到手，就喊了姘頭程惠仙一起設計，想把她塞進謝家。然後，程惠仙只需說自己是被騙、被逼，就能把謝棟整死！」

「哎呀！好生狠毒啊！」

「可不是，他們肯定是見程惠仙沒弄成，不死心，又讓她女兒出馬，還能告謝老闆誘拐良家閨女。嘖嘖嘖！朱大是要把謝家徹底弄垮啊……」

眾人經謝沛提醒，你一言、我一語地就把朱大與程惠仙的計謀說了個七七八八。甚至，連兩人原本沒想到的，也被這夥人編出來。
謝沛看看面色慘白的程大妮和癱在地上起不來的朱大，心中生出快意。
此時，朱婆子帶著兩個兒子，哭天搶地地擠進來。
「哎喲，我的兒，哪個鑿腦殼的害了你啊……」
她還沒嚎完，卻聽身後兩個兒子也慘叫起來。扭頭去看，發現謝沛不知何時動了手，竟也將兩人揍得滿地打滾。
朱婆子見狀，大喊起來：「殺人啦！謝家娘子殺人啦！」
謝沛冷道：「這樣喊，莫不是逼我把妳也殺了嗎？既然如此，便成全妳！」
「啊——」朱婆子見謝沛朝她走來兩步，竟然尖叫一聲，昏了過去。
謝沛無奈搖頭。「這可不是我幹的。」說罷，抬腳把朱家三兄弟踹到一起，順帶將程大妮踢過去，才在原地站定。
「各位鄉親。」謝沛朝四周抱拳。「老話說得好，不怕賊偷，就怕賊惦記。謝家被朱家盯上，各種骯髒手段都用出來。如今我被逼無奈，為了自家，也為街坊鄰居日後少些禍事，今日必要讓他們吃點苦頭才行。」
這些年來，緯桑街上不少人家都吃過朱家四害的虧，是去年十月起，謝沛一腳踹飛大磨盤後，朱家老實了，情況才有所好轉。
可多年的欺壓豈有那麼容易忘掉？聽到謝沛要出手懲治朱家時，圍觀人群竟爆出一陣叫好聲來。

謝沛挽起袖子，正準備先把朱家三個地痞的腳筋挑斷再說，不想，待在旁邊、並未出聲的李彥錦忽然湊上來，對她低聲嘀咕幾句。

謝沛皺眉聽著，有些不太情願地說：「忒麻煩了些。」

李彥錦瞪眼。「不怕一萬，就怕萬一。他們可不是好東西，還是聽我的吧！」

謝沛看看地上滾成一堆的人，吸口氣，非常遺憾地點點頭。「也罷，你想得更周全些。這道理，你來說好了，我去盯著朱大他們。」

於是，李彥錦撓撓頭，站到眾人面前，先咳了聲，再抱拳行禮。

「各位，今日雖要罰他們，但還是得把道理講清楚，免得日後誤會咱們欺負人。」

「欸，他們不欺負旁人就算好了！」有人忍不住大聲嚷嚷。

謝沛眉毛微揚，轉頭吩咐阿壽：「阿壽，請你跑一趟，把街口算命兼代人寫信的老半仙請來，說這裡有人請他代筆。」

其實，前世她在軍營中已跟著智通學會讀書認字，然而這輩子，她還沒正經拿過紙筆，自然不好太過突兀。

阿壽應下，飛快去了。

不久，老半仙揹著吃飯傢伙，跟著阿壽趕來了。

謝棟搬來店裡的座椅，請老半仙坐。

謝沛道：「老先生，稍後請您執筆，將這幾人的話全部記下。完事後，我爹自會將費用送上。」

謝棟趕緊點頭稱是。

老半仙撚撚幾根稀疏的鬍鬚，笑道：「好說、好說，且待我準備好筆墨。」

謝沛幫著老半仙備下文房四寶，李彥錦則繼續對圍觀的眾人道：「今兒不只謝家的事，等我們的事說清，各位有什麼委屈，也請講來。但凡能做到的，謝家定會盡力幫忙。」

這話一出，四下立刻騷動起來。

說起來，光論緯桑街上，被朱家坑騙走的銀錢就不在少數。再算附近來往過客，可以說，圍觀的人，幾乎有一半吃過朱家四害的虧。

此時聽這小郎的意思，竟是要幫他們也算算帳，當即有人動了心思。畢竟誰家的錢也不是大風颳來的，有家裡正好急著用錢的，頓時認真起來。

圍觀的人正亂哄哄地交頭接耳，謝沛也沒閒著，幫老半仙備好筆墨，便走到朱大跟前，在他驚恐的目光中蹲下身，低聲道：「你的膝蓋被我用獨門手法卸了，想治，只有我能做到。來，我治給你看……」

謝沛說幹就幹，直接伸手在朱大膝蓋窩裡連戳兩下。

朱大先是被嚇得哀嚎，緊接著發現——欸？腿不疼了?!還能動了！

可還沒等他高興完，謝沛又轉過手，在他膝蓋上重重捏了幾下。

然後……朱大再一次癱了！

「如果你肯老實認帳，等等我就再戳兩下，讓你恢復。當然了，你若有興趣當廢人，也可以試試我的手段……」

謝沛說完，不疾不徐地站起來，拍了拍手。

朱大掙扎幾下，發現自己確實癱了，剛才那瞬間的正常，彷彿只是他的妄想。

片刻後，痛得滿頭大汗、青筋直冒的朱大終於崩潰地哭嚎起來。

「我、我說，我都說……嗚嗚嗚……」

於是，老半仙執筆，將朱大與程惠仙三番五次謀害謝家的事情寫成白紙黑字。

寫完後，老半仙大聲讀了一遍，這都是他代人寫信時養成的習慣。

朱大聽完，巴巴地在供詞上按下手印，哪怕膝蓋上火燒火燎地疼痛難忍，也不敢催促謝沛，欺軟怕硬的他早被嚇得喪了膽氣。

謝沛拿了朱大的供詞，還不罷休，又如法炮製修理朱二、朱三等人。

輪到程大妮時，她淒淒慘慘地哭求：「娘子饒了我吧，奴家也是被他們逼的。一個弱女子，實在沒辦法……奴家再不敢了，求娘子發發善心……」

她哭得可憐，加上之前又沒與衛川縣的人結過仇怨，因此不少人覺得有些不忍，紛紛開口勸謝沛，不如饒她一次。

謝沛盯著程大妮，腦中想著，前世因為莫名的嫉妒，程大妮竟買通人將滾油潑到她面上，雖然後來她險險熬過去，最終卻變成一個面如惡鬼的可憐女子。

憶起那些往事，謝沛眼中寒光閃閃，更不可能放過程大妮。

不過，還沒等她開口，一旁的李彥錦便詫異地說：「奇怪了，我們只是想留份證詞而已，妳這麼一哭一求，搞得好像誰要殺妳一般？莫非妳做了大家不知的惡事，心虛不成？」

程大妮聞言一呆，原本只是怕疼，又跟親娘學過扮可憐的伎倆，平日用慣了，剛才不自禁便使出來。卻不想，這番做派竟被不解風情的李彥錦三言兩語說成是做了虧心事的表現。

這下子，連剛才開口為她說項的路人，也露出了疑惑的神情。

謝沛懶得再等程大妮辯解，語調陰森地說：「妳不願說實話也無妨，反正有朱家三份供詞，已經足夠了。只是這樣一來，罰妳的法子就要變一變……不如，在臉上刺幾個字，免得妳日後再去欺騙旁人……」

程大妮最在意自己的容貌，聽聞要在臉上刺字，簡直比殺頭還可怕，立時驚呼：「奴家願意說！奴家知道的，比他們還多！」

於是，接下來，除朱大與程惠仙的謀劃外，眾人還聽了一場關於朱家三個兒子與朱屠戶、程寡婦之間不得不說的故事……

原本還表情嚴肅的老半仙，此時竟越寫越興奮，唰唰唰筆走龍蛇、揮灑自如，好似寫的不是供詞，而是了不起的驚世大作。

李彥錦四下打量，不禁暗道，原本不是在說朱家害人的事情嗎？怎麼轉眼變成了香豔奇聞呢？這恐怕就是古代版歪樓現場了吧……

眾人聽完這份口供後，謝沛又請老半仙多抄寫幾份，逼著程大妮與朱大等人挨個在各自的證詞上留手印，親自收好，才算把自家的事情收拾完。

李彥錦見狀，笑呵呵地對大家揮手，道：「謝家之事，現已辦妥。現在，請被朱家坑害過的叔伯鄉親們說說各自的冤屈吧。不管錢財也好、物件也罷，能在朱家找回來的，自然要找；實在找不回，也要讓朱家交出欠條，免得回頭混賴過去。大夥說是也不是？」

「是是是！」這種好事，自然沒人反對。

於是，家裡急用錢的人站出來，說出某年某月某日，因何被朱家訛了多少銀錢。

謝沛看看，開口的都是些老實人，俱是實打實說，便點頭讓老半仙一一記下來。

記完後，又找朱家人按手印，連昏在一邊的朱婆子都沒放過，這欠條才算是寫好了。

但如今朱家沒錢，根本無法還債，所以朱大幾個按手印時，並不在乎，以為定能賴帳。

孰料，李彥錦卻笑咪咪地讓拿了欠條的人直接去朱家轉轉，不管看中什麼，搬得動的，只管拿走。不過，走時要算錢，少的繼續欠著，多了補上。

為了不出亂子，謝沛搬凳子守在朱家門口，讓大家排好隊，一個個進去。每人限半刻鐘，拿了什麼，要價幾何，都記在欠條背後。

朱家雖然遭了火災，但家什壞得並不嚴重，仔細找找，還是有些能折換成銀子。而且像鐵鍋、刀具、被褥這些，不換成錢，也有人要。更何況，比起拿不回一文的結果，這已經很讓人滿意了。

起初，只有幾個人敢站出來要欠條，但見他們真從朱家拿到東西後，頓時就有許多人擠到謝沛面前來。

「前日，朱大搶了我攤子上的五個炊餅！」

「朱二拿了兩根油果子，沒付我錢！」

「我孫子的敲糖也被朱三搶了！」

李彥錦聽著，不禁眼角直抽。這家都是些什麼鬼啊，連小孩嘴裡的敲糖都不放過……

這一文錢、兩文錢的欠條，實在太瑣碎了些，謝沛乾脆一揮手，道：「這些不用分開算了，記個總帳吧，也如之前那般多退少補，如此可好？」

「甚好，甚好！」

就這樣，一個下午的工夫，朱家竟被賣個精光。除了幾件實在搬不動的笨重家什外，其他東西全被眾人拿去抵債了……

謝沛滿意地拍拍李彥錦的肩膀，然後把朱家四害丟回他們的院子。

她看著癱在地上的朱大，冷笑道：「今兒先給你一條好腿，真老實了，再把另一條治好。」一說罷，在他左腿膝蓋彎裡戳了兩下，又止了朱二、朱三的腹痛，才起身離去。

剛走出朱家大門，就聽見那裡爆出一陣十分淒慘的哭聲。

謝沛嘴角微翹，想到上輩子被朱家欺壓到屢屢吐血的自家老爹，不由深吸了口氣，默默想著後續要做的事。

原本，她準備在朱家人和程大妮身上留些陰毒暗手，讓他們痛苦死去，再收拾朱彪跟程惠仙。

孰料，李彥錦竟然提議，與其如此，不如讓朱家變得赤貧，為了生活，他們只有兩條路走，一是賣了唯一的財產——房子，然後去別處謀生；二是去謀算程惠仙手上私藏的錢。

按朱家人的爛性子，顯然會選第二條路走。

而程惠仙本就名聲臭大街了，再加上今日這齣戲，她不敢再用告官來威脅朱家。沒了這道保命符，朱家與程惠仙必然會撕破臉皮。

謝沛不得不說，李彥錦的主意確實更為穩妥。畢竟衛川縣令劉洪文是個貪財之人，如果不讓朱家和程惠仙忙著狗咬狗，把彼此耗得精光，之後他們會不會買通衙門，轉頭對付謝家，可是難說。

其實，她也考慮過這些，但覺得根本不是問題——因為在她心裡，劉洪文早是個死人了。上輩子，就是這貪官用兩文錢強買謝家飯館，還收了黑錢，將謝棟的死因歸為不慎跌死，逼得謝沛不得不背井離鄉，北去投軍。像這樣的王八蛋，早點死掉也是好事！

她有把握能神不知、鬼不覺地弄死劉洪文，才沒有去想更為妥貼的法子。

可李彥錦不一樣，他沒對誰動過殺心，也不知身邊的秀美小娘子前世是個殺人不眨眼的鬼將軍。因此，當他覺得謝沛的做法可能不妥時，便趕緊獻計。

由於他的插手，謝沛多想了想，也考慮了謝棟的感受。若是她太凶，恐怕會嚇到當了一輩子良民的老爹……

於是，謝沛只好藏起不能大開殺戒的遺憾，把某些算計轉到暗處。

忙了一下午，看熱鬧的人們終於散去。謝沛輕輕拍拍衣襟，回頭看看朱彪家的方向，不緊不慢地回了謝家。

謝沛和李彥錦進飯館時，已過了晚飯時辰。

謝棟看閨女還餓著肚子，趕緊關了大門，去廚房煮了一大鍋筍潑肉麵，送到後院。

謝沛和李彥錦吃著麵，謝棟坐在一旁問個沒完。

「智通大師怎麼沒和你們一起回來？剛才揍人時，沒傷著自己吧？二娘啊，妳的手疼不疼？明兒想吃啥，只管跟爹說……」

李彥錦看著這父女倆一個念念叨叨、一個嗯嗯啊啊，不由想起了自己的父母。

童年的幸福實在太過短暫，初中時，父親的出軌、母親的崩潰，讓他變得敏感安靜。

再來，雙親離異，各自再婚。在他們各自匆忙地構築新生活時，李彥錦也默默長大了。

說起來，他有三個家，父親家、母親家和宿舍。可對他而言，這三處沒有一個地方像家。

大學畢業後，李彥錦早早用賺來的錢買了小房子，以為這下就有家了。然而，當他回到安靜的一室一廳中，獨自泡麵、獨自洗衣、獨自發呆時，才發現，這裡也不是家……

因此，穿越以來，他忙忙碌碌這麼久，竟一次都沒想起家人，直到……方才瞧見謝棟和謝沛的相處方式。

怎麼會有這麼廢的爸爸啊？怎麼會有這麼不講形象的男人啊？怎麼會有這麼好笑的父女啊？怎麼……他怎麼好羨慕他們啊……

李彥錦一邊想著、一邊吃完麵，揉揉鼻子，對謝沛聳聳肩，扮個鬼臉，便悄悄回房了。

而他身後，謝沛一邊吸著麵條、一邊琢磨剛才某人變幻的神色，默默思索起來……

第十二章

朱家的事鬧完後，緯桑街上的太平日子似乎又回來了。

沒過幾天，朱大果然夥同乾爹朱彪，把程惠仙的錢搶過來。

朱家總算能勉強度日，但程惠仙母女卻倒了大楣。

如今，就算她想隨便找個人嫁了，也沒男子願意娶。衛川人都知道，這娘子不但放蕩，而且心思狠毒，就算貪便宜娶回去，誰敢保證，第二天會不會去見閻王？

程惠仙手裡沒了銀錢，朱彪對她又不上心，如今竟以食宿為由，硬讓她重操舊業。不過，為了臉面好看，都打著陪人喝酒的幌子。

程惠仙打滾多年，能屈能伸，看情勢不利，且咬牙忍下來。趁著朱彪和朱大不備，又偷偷存了點錢財。

三月初，消息傳進謝家飯館，程惠仙母女竟然跑了！不但跑了，臨走前，竟然還偷出朱彪家的房契，賣了房子！

買房子的，不是旁人，是劉洪文小妾的弟弟，有縣令姊夫撐腰，根本不怕朱彪這種人。

另一邊，程惠仙母女得了銀子後，當天便逃離衛川。

她們走的那日，謝沛也出門逛了大半天的街。

她這一逛，程惠仙母女就倒楣地遇了賊。

更要命的是，這蒙面賊人竟是個瘋子，搶完錢財後，還在兩個女子臉上刺了大大的黑字。

程大妮看著親娘左側太陽穴上兩個黑紅色的大字——「女犯」，再想到她臉上同樣的刺字，不由痛哭欲絕。

今後，莫說騙人，她們連見人都沒法子了啊！

幾日後，要不回房子的朱彪，理直氣壯地搬進乾兒子朱大的家。

原本朱婆子想著，朱彪還有些餘財，倒也願意兩家合一家，好占些便宜。

不想，朱屠戶吃過大虧後，竟變得格外吝嗇了。

從此，朱家三天兩頭地唱大戲，什麼誰偷了誰的東西啊，誰白住不幹活啊，誰躲在房中吃獨食啊，成日為些雞毛蒜皮吵得沸反盈天。

謝家人把朱家的事當成不要錢的好戲看，飯館的客人偶爾還隔著牆挑唆幾句，樂此不疲。用李彥錦的話來說，就是把謝家的快樂建立在朱家的痛苦上。

當然了，若朱家實在太吵，謝沛自會爬上牆頭，讓他們閉嘴。

至此，謝沛重生之後，終於把日子過順了。每天練功，有閒暇便逗逗老爹、惹惹貓狗。

唯一說不出口的不順心是，上輩子因長年裹著束帶而一馬平川的胸口，這輩子依然遲遲不見崛起，憋死她了。

時光荏苒，歲月如梭，轉眼三年過去。

這三年，謝沛又長高不少，但變化最大的卻是李彥錦。

原本的小瘦猴竟彷彿重塑筋骨般，長成猿臂蜂腰、劍眉星眸的十五歲少年。

二月下旬，慧安大師託人給智通送消息。下個月，他的叔叔會來看他。

智通聽到後，整個人都傻了……

三月，清明已過。

這天晚上，覺明氣喘吁吁地敲開了謝家院門。

進門後，他來不及喝水喘氣，呼哧呼哧地對智通說：「師叔，今兒晚飯後，您的叔叔……到了寺裡，呼……已經安置好了。大師要我來說一聲，明日陪您回寺裡。」

智通聞言，右眼皮猛然跳了幾下，乾笑道：「好、好，今晚你與我一起歇息吧。哈、哈……」

覺明見智通神色不對，黑亮的眼珠輕輕一轉，小聲道：「我看您叔叔實在是條猛漢，說起話來彷彿打雷，豹眼如電。他要您明兒早早過去，打算查查您這一年來可有長進……」

智通心中浮現如鍾馗轉世般的身影，面上笑容越發乾澀。

覺明見狀，嘿嘿笑了兩聲。「若師叔擔心，不如把謝家小娘子和李小郎帶去，一來您叔叔顧忌小輩在場，多少會留點面子；二來您開口請他指導小輩，也能消磨他的精力……」

智通聽了，眼睛一亮，猛地拍覺明一掌。「好小子，這主意甚妙！」

兩人哈哈笑著，自去歇息不提。

第二日清早，謝沛和李彥錦就聽說，要與智通一起去拜見叔公。

一路上，智通苦口婆心地提醒他們。「一定要順著他，千萬不要胡亂撩撥！你們叔公是個驢脾氣。咳，不過，別看他長得凶，若能得他喜歡，萬事好說。可要是惹毛了他……嘖嘖嘖……我也有年輕胡鬧的時候，五歲時，曾差點燒了你們叔公的寶貝書房。結果，玩火的兩隻手就被……」

「打斷了？」李彥錦接話。

「要是斷了，怕還強點。你叔公太狠，竟弄來膠泥、布條，把我的雙手糊成錘子。兩個月裡，我沒法子動手，吃飯、如廁，甚至連撓癢都做不到……唉，身邊又沒人能幫忙，那日子實在是……」

智通回憶起「幸福」的童年，表情恍若吃了蛆般扭曲。

李彥錦等人聽了，拚命忍笑。覺明更是猴精，還假裝嘆氣，藉機掩藏嘴邊的笑意。

一行人在智通的憶往昔中，趕到了古德寺。

剛進寺院大門，就聽見一道滾雷般的喝聲響起——

「小子，接大爺三招！」

只見一位滿臉絡腮鬍的黑壯大漢掄起胳膊，拳風如虎嘯，直向智通撲來。
智通立刻竄到一旁的空地上，架起雙拳，護住面門。
兩人不多話，悶聲開打，但周圍的人卻被那一連串砰砰聲震得耳鳴嘴麻。
年輕僧人們瞪大了眼，看得目不轉睛，只有謝沛發現，黑大漢未盡全力，智通卻不敢怠慢，幾乎使出了通身本事。
兩人打了一盞茶工夫，黑大漢突然哈哈大笑，接著猛攻，輕鬆破開智通的防勢，一拳將他揍飛出去。
智通也不含糊，來個平沙落雁，屁股向後，穩穩落在地上。
「噗……哈哈哈！」
周圍的小和尚們看了，頓時哄堂大笑。
黑大漢聽見，隨即瞪大眼掃去，嚇得他們鴉雀無聲。
「誒，你們兩個小猴子過來！」
黑大漢李長奎不去關心屁股著地的姪兒，反倒盯著謝沛與李彥錦，伸出蒲扇大的巴掌向他們招招手。
李彥錦嚥了口唾沫，咧出乾笑，含糊地對謝沛低語：「等下別逞強啊，打不過就跑。看看大師，到現在還爬不起來呢，小心啊～～」
謝沛心想，上輩子沒見過這位叔公，她是十四歲那年認識智通的。這麼說來，很可能在這次之後，叔公再也沒有來看過智通。

雖然她想不明白其中緣由，此刻仍興奮得雙眼放光，因為從這位叔公身上，她看到了自己努力的方向！

李長奎本以為自家姪兒收的是男徒弟，可當謝沛與李彥錦走來後，他發現，事情變得有趣了。

兩個小輩中，少年身姿修長、眉眼靈動，是個練輕功暗器的好苗子。然而更讓他驚喜的，卻是那英姿颯爽的小娘子，就這幾步路，她竟走出灑脫豪爽之意，通身內勁湧動，看著比自家姪兒還強上幾分。

經過三年的苦練，謝沛的功力已經超過師父智通，卻也因此遇到上輩子未曾經歷的瓶頸，遲遲找不到再進一步的方向。

所以，當她見到功力更加精深的李長奎時，心中的喜悅難以言表。

同樣地，李長奎也被她的驚人資質嚇到了。

「練練？」李長奎和氣地開口問道。

「請叔公指教！」

謝沛挺胸抱拳，衣袖唰地一響，便朝李長奎猛攻而去。

兩人甫接手，李長奎又吃了一驚，這小娘子是吃什麼長大的，力氣居然大得讓他險些招架不住……

然而，過了十來招後，李長奎發現，謝沛還停留在「用力」，若能「識力」，會比現在厲害個十來倍也不一定！

這是個天賜的好苗子啊！

李長奎越打越開心，彷彿看見自家門派十年後將再出一位震古鑠今的武神，無限快意，竟忍不住長嘯一聲！

片刻後，李長奎收手，轉頭誇智通一句：「很好！這一年，你沒白費。」

智通聽了，嘿嘿笑起來。可樂沒多久，就聽李長奎也嘿嘿笑道：「你找到這麼個好苗子，抵得上苦練十年的功勞了。山槌子，幹得好！」

「叔叔……你能不能別叫我小名啊……」智通感覺自家叔叔的表揚聽起來格外讓人發窘，哭喪著臉，喃喃說道。

李長奎拍了他腦殼一下。「有人叫你小名，是你的福氣。少跟本大爺聒噪！」

「輩分亂了……」智通生無可戀地提醒他。

李長奎不理會他，轉頭對謝沛道：「行了、行了，說正事。小娘子叫什麼名字？以後跟著我吧。我雖只能在這裡待一個月，可一身本事卻是教不完的。我姪兒不如妳，當不了妳師父，以後你們當師兄妹，拜我為師……」

李長奎滔滔不絕，智通哀嚎了：「叔叔，您怎麼搶姪兒的徒弟呀?!」

「咳，什麼搶不搶的，當人師父得憑真本事，你連徒弟都不如，還有臉嚷嚷？喏，那邊不是還有個小子嘛，你專心教他好了。咱倆一人一個，很公平！」

李長奎說完，嫌棄地朝李彥錦一比，把他分給智通。

智通大急。「不行，您也看出來了，這小子要走輕盈刁鑽的路子，我教不出來啊！不管哪個我都不換，謝沛都是我徒弟！」

李長奎氣極，瞪起銅鈴般的大眼，威逼起姪兒來。奈何智通也是個順毛驢，此刻犯了倔脾氣，竟寧可吃叔叔的鐵拳，也不鬆口。

李長奎見狀，豹眼一轉，扭臉對謝沛露出和藹但實則猙獰的笑容，道：「既然如此，不如讓小娘子自己來決定吧！」

第十三章

謝沛看得好笑，這對叔姪都是武癡，而且倔起來，一樣執拗。

李彥錦被冷落了，也不難過，見局面有些尷尬，就湊到謝沛耳邊，小聲說了幾句。

李長奎見狀，頓覺大事不妙，連聲嚷道：「小子，休要說我壞話！我不是嫌棄你，只是、只是……算了，你要是敢壞了本大爺的事，有你哭的時候！」

這位長輩威脅起小輩來，實在很有高人風範……

謝沛被李彥錦說得耳朵微癢，笑著點點頭。「甚合我意。」

「欸？合妳什麼意啊？」

李長奎等不及，把李彥錦推到一邊，走了過來。

謝沛抱拳行禮。「叔公，我想好了，要跟著您學武。」

「哈哈哈！」

「二娘，妳……」

「但是——」謝沛對智通露出笑容。「我不會改認師父。這一生，智通大師都是我師父。您是我師父的叔叔，指導徒孫，不也合情合理？」

「小丫頭，妳——」

「嘿嘿嘿……」

好在，叔姪倆都不是愛糾纏的性子，既然說好讓謝沛選，也就爽快地接受結果。

李長奎眼看搶不過姪兒，這才轉頭瞧瞧，對李彥錦生出點興趣。

「這小子，你沒收嗎？」

智通撓著頭皮，答道：「我教不出來，就沒收他。這三年，一直幫他打根基，叔叔可以試試。」

李長奎也不含糊，收斂力度，與李彥錦過了幾招健體拳。

交完手，李長奎上下打量著李彥錦。「嗯……不錯不錯，我看他能接你姑姑的衣缽，練那套暗器和輕功身法。」

智通好奇地問：「姑姑？怎麼從沒聽您提過，我還有個姑姑啊？」

李長奎眼光一閃，看著四周，漫不經心地說：「有何好提？人都歿了，提來鬧心……」

智通見他不願多說，雖然心裡好奇，還是沒再問下去。

跟眾人見過後，李長奎帶著他們，朝客舍走去。

「我聽說，如今你厚著臉皮賴在徒弟家，不回來了啊？」

「嘿嘿，是為了方便教授武藝嘛。」智通摸摸後腦勺，眼神飄忽地說。

「哼，我還不了解你？山槌子啊，老子不管你吃葷吃素，但女色上定要把持住。你那功夫還沒進階，若現在腎水虛耗，將來恐怕很難練至大成。」

李長奎也不管身後跟著何人，大剌剌說得智通的腦門都紅了起來，覺得在徒兒面前很丟臉，惱羞成怒地嚷嚷。

「知道啦！老頭子一天到晚瞎念叨什麼啊？聒噪！」

李長奎聞言，扭頭看看幾個年輕人，嘿嘿一笑。

「小丫頭和這光頭一樣，練的是同一路功夫，在沒有進入『識力』前，你倆都要儘量保持腎水充沛，神完體健。至於這小子嘛……若是走暗器一路，倒不用管這些，也算是錯有錯著吧，哈哈哈……」

一個老光棍就這麼毫無下限地把三個小輩調戲了一遍。

接著，眾人閒聊幾句，知曉謝家還有空房，且家裡還是做飯館生意後，李長奎非常乾脆地抓起自己的包袱，催著智通趕緊帶路，準備前去拜訪。

出了古德寺，李長奎還不忘損慧安幾句。

「哎呀，瞧那老禿毛的滿臉褶子，我就難受。以前年輕時，他賊心不死，企圖誆本大爺去當和尚，成天對我念叨些慈悲為懷、不可殺生、不可葷腥，不可……本大爺的頭都被唸大幾圈。

「如今老了，不追著我唸經，可每次看見我，就一副朽木不可雕也的表情，實在讓人鬱悶……」

李彥錦聽得好笑，很識相地接道：「師父，咱們趕緊回去。謝叔要知道您肯收我為徒，定會做一大桌好菜，我也能借花獻佛，給您磕頭行禮。」

李長奎聞言，想起過世多年的大姊，笑容淺了些。

「其實，我要教你的，不是自家功夫，但這門功夫的正宗傳人不在了，我把功法代傳給你，卻不好認你為徒，這樣不合規矩。好在，智通也是那傳人的血親，不如你拜在他名下，回頭依然由我教導就是。」

對此，李彥錦沒什麼意見。

只有智通知道，他叔叔其實是個偏心眼，是怕最喜歡的徒弟輩分低了，擔心若收下李彥錦，會壓謝沛一頭。

哼，什麼不合規矩？從李長奎嘴裡說出規矩，簡直要笑掉大牙了！

還不知自己用心已被姪兒看穿的李長奎，跟著姪兒、徒孫們，搖搖擺擺到了謝家。

得知眼前這位黑塔似的大漢竟是智通大師的叔叔，謝棟頓時感到格外親切，毫不見外地上前，拉著李長奎的蒲扇大手，笑呵呵地招呼著。

「都說龍生龍、鳳生鳳，老鼠的兒子會打洞。瞅瞅您這氣派，一看就是大俠客、大英雄，難怪智通大師這麼厲害！」

別瞧李長奎臉皮厚，可聽到實心眼的誇讚，仍會覺得不好意思。

於是，滿臉大鬍子的粗人竟難得斯文起來，道：「謝老闆客氣了。呵呵、呵呵……」

「得了，叔叔，都不是外人，您別裝了。謝大哥，我叔叔在寺裡素了一天，趕緊給他弄點葷菜解解饞，不然到了晚上，家裡廚房怕要遭賊……哎喲！還不讓人說實話了啊……」

智通氣呼呼，摀著被偷襲的後腦勺。

「謝老弟，你別聽他的。這廝就是皮癢，該揍了。別弄多，來幾隻豬蹄膀就夠了……」李長奎搓著手，嘿嘿笑道。

李彥錦看著，忽然在旁邊笑了起來。

見謝沛扭頭覷他，遂小聲道：「聽見了嗎，謝叔既是師父的大哥，又是叔公的老弟。妳說，到底是誰弄錯了輩分呢？」

在場的，除謝棟之外，都是耳聰目明之人。所以，哪怕李彥錦說得再小聲，也聽著了。於是，李長奎僵了一瞬，接著怒瞪幾個小輩一眼，然後不管三七二十一，立刻逼著智通喊謝棟叔叔。

謝棟見狀，連忙擺手。「咱們各論各的好了。李大哥先把包袱放好，我去做菜，咱們中午好好吃上一頓！」

這話正中李長奎下懷，不再跟小輩們計較，隨智通去安置了。

中午的飯菜果然豐盛，只是掌杓的謝棟還要顧著飯館生意，吃到一半，就去前院忙了，留下智通叔姪和謝沛、李彥錦在後院繼續猛吃。

那對叔姪吃得異常忙碌，嘴裡吃著菜，還要抽空鬥鬥嘴。若舌頭不得空，便用筷子較量，竟把中飯吃得好似武戲般熱鬧。

下午，李彥錦正式拜智通為師。

待儀式結束，李長奎掏出懷中的本子，對三個小輩揚了揚。「這是咱們門派的籍冊。現在你們還沒有資格看，什麼時候能打得贏我，便什麼時候交給你們。」

說罷，他摸出一管細毫筆，舔舔筆尖，把謝沛和李彥錦的名字記入籍冊。

既然說了要教兩個徒孫，李長奎不多耽擱，立刻開始。

他先默出一段功法，讓李彥錦好好背誦。

結果，剛開頭，就卡住了。

原來，李彥錦並不認識這些神似小篆般的文字。

「你說說你啊，幹了些什麼蠢事?!」李長奎見狀，恨恨地拍光頭姪兒兩下。「都這麼久了，竟然沒想起來教兩個徒兒認字？當初我是這麼教你的嗎?!學武前，先！認！字！」

李長奎氣得又拍了智通幾掌，才皺著眉想辦法。

「我只能在這裡待一個多月，從頭開始教你認字，是不可能了。所以，你接下來就得辛苦點。晚上跟著智通好好學認字、讀書，早上練功。上午聽我講解功法，下午好生背下來。回頭我再把整本書默出來，等你學會認字以後，好對照著看。」

「哦，對了，既然要走暗器這條路子，你還得抽空學點雜門奇巧。唉……時間恐怕不夠用啊……」李長奎撓撓毛絨絨的下巴嘆道。

於是，李彥錦連炸豆腐的攤子都顧不上了，一頭栽進古代武藝世界，埋頭苦練起來。

李長奎解決完李彥錦的問題後，轉頭開始教謝沛。

關於「識力」，李長奎儘量把自己的見解說得透澈些，還讓她利用繡花，再修練體內勁道，以達勁氣外放之境。

智通聞言，忍不住哈哈大笑。

「山槌子，你那是什麼表情？」李長奎高高揚起眉毛，瞇著眼，不懷好意地盯著他。

「繡花……噗，哈哈哈哈……」智通看看自家黑粗傻大的叔叔，再想像他捻針刺繡的模樣，忍不住笑翻在地。

李長奎想過來了，沒好氣地踹他兩腳，道：「你當是尋常婦人那種繡花？我說的這種繡法，是不能用針的，要把自己的內勁附在絲線上，最終讓柔軟絲線能穿過布料。你能做到嗎？還笑？笑你個驢！」

謝沛聽了李長奎的說法，眼睛一亮，立刻找出絲線嘗試起來。

從地上爬起來的智通也跟她要了卷絲線，躲在角落裡練起來。

且不說這兩人如何對著軟軟的絲線運氣使勁，到了傍晚，李彥錦終於知道他要學的雜門奇巧是什麼了。

「喏，別看不起這簡單的木雕。既然你要學暗器，第一步就是了解暗器。按功法上所說，每個暗器高手，本身也善於製作暗器。如今且先從木雕開始。這只是基礎，後面的涉獵太過繁雜，我不算精通，回頭再想法子給你找些書看。」

李長奎說著，把一只窄窄的小木盒遞給李彥錦。

李彥錦打開木盒一看，裡面是一套簡單的木雕工具。

李長奎把這些工具拿出來，演示一遍，又教了幾種基本刀工，就讓李彥錦找塊木頭，自己練去了。
李彥錦想，按說，這就叫師父領進門，修行在個人吧？若有不清楚的地方，找李長奎……可能也沒用，唉。
不過，他也不發愁，從柴火垛裡抽了根木頭，開始玩了起來。
沒錯，在他的觀念裡，這就是玩。好歹學過幾年素描，多少有點美術功底，便試試吧！
拜師後，眾人總見李彥錦手上握著一把小刀，對著木塊比比劃劃，正按著李長奎的指點，先練手工。
如今謝家裡最忙的，就是他了，還開始做起了小木人。
第一個小木人，他是照著阿壽雕的。
阿壽接過小木人，開心地問：「哎喲，這是雕了隻大蛤蟆？」
繼阿壽收到蛤蟆木雕後，智通的糖葫蘆小人、李長奎的刺蝟頭小人和謝棟的豬八戒小人陸續成形。
這些造型新穎的藝品，為創作者李彥錦帶來了……一頓好捶。
不過，這可能跟他最近過得很苦有關係，醜化某些人一下，也是一種疏解嘛……
其他人也各有目標。晚上，謝沛會和他一起學認字，白天除了練功，還要練練如何將內勁附在針線上。
智通則接了李彥錦的炸豆腐攤子，出去賺點小錢。

倒是李長奎，每日上午指點完姪兒、徒孫們後，便沒事做了。

「山槌子，昨兒你出攤賺的錢呢？」李長奎在智通屋裡一陣亂翻。

智通沒好氣地說：「你又要做什麼啊？」

「誒，叔叔不能在謝家白吃白喝吧！給我一點付飯錢。」李長奎一本正經地胡說八道。

「得了吧，真要付錢，我賣多少炸豆腐都不夠！」智通嫌棄地看看飯桶叔叔。

李長奎氣極，抬手給他一掌，不過自己心裡也有些發虛。這段時日，每天吃的不是魚就是肉，算起來，可真不便宜。

李長奎撓撓絡腮鬍子，又翻了自己和姪兒的空錢袋一遍。

無奈，好漢竟然都是窮光蛋！

「看來，討媳婦管錢的事，必須認真考慮……」連一文錢都找不著的李長奎不知想到哪兒去了，突然冒出這麼一句。

智通見狀，嫌棄地嗤笑一聲，出門擺攤去了。

第二天，李長奎還是沒想出付飯錢的法子。於是，乾脆搶了謝沛的活，幫著做些劈柴、擔水的活計。

傍晚，李彥錦無意中說起隔壁朱家的事情。李長奎聽後，大圓眼微微一轉，心裡冒出個好主意來。

於是，從這天起，緯桑街上多了件熱鬧可看。

謝家飯館不知從哪兒找來個黑大漢，每天守在朱家大門外劈柴。他把那些木頭放在朱家門口的磨盤上，如晴天炸雷般，嘿嘿哈哈地一通猛劈。

且不說多大木頭都能被他劈成小碎塊。最驚人的是，這黑大漢竟是用一雙肉掌當斧頭來劈的。

原本朱家人正忙著窩裡鬥，每日吵個不停，忽然聽到門口有人吵嚷，還以為往日的仇敵殺上門來了。

待他們你推我擠、謙讓有愛地推開門，探出頭一看……嚇，外面有個黑大漢，看上去好像要吃人！

再親眼目睹李長奎用鐵掌劈柴後，朱家三兄弟與朱屠戶都生出了一絲佛性——人生如此美好，不該如此暴躁，且忍著吧！

白天大門外多了李長奎這麼個金剛，嚇得朱家人不敢再出門晃悠。

一天、兩天的還好說，可到了第五天，朱家人沒法忍下去了，一咬牙，一瞪眼，在後院牆上開了個側門。

李長奎見狀，用磨盤徹底堵死大門，跑到側門外劈柴。

又連劈了幾日，朱家人寧可從別處翻牆出入，也沒一個敢出來找李長奎說一聲。

後來，謝家飯桌上，李長奎非常惋惜地說，朱家那幾個傢伙太賊了，竟然沒一個給他機會發發火……

正當李長奎對不能撒氣深表遺憾，朱婆子終於拍板決定——賣房子！這日子一天都過不下去了！

因為朱家宅子的地段挺好，當他們放出風聲時，挺多人來問價。

然而朱家心黑，一開口就要個天價，於是嚷嚷幾日，便沒了下文。

可朱家人實在撐不住了，因為嚇煞人的李長奎竟逼得更緊。這幾天，朱大等人翻牆出去時，居然發現李長奎尾隨在他們身後。

有這麼個煞星跟著，別說坑蒙拐騙，他們能直著腿走路，就算不錯了。

朱家人咬牙，又堅持三天後，終於決定降價賣房！

朱婆子總覺得是隔壁謝家為把飯館擴大，讓生意更好，所以想搶他們家的房子，因此降價當天，還兩眼發紅地盯了謝家很久。

但她猜錯了，謝棟完全沒想過這事。

自從謝沛開始練武後，他就把所有錢攢起來。沒聽說窮文富武嗎？練武可是要花很多錢啊，哪還有多餘的錢買房子？

朱家等著賣房子的時日裡，李彥錦的小木人也越做越好了。

三月底，謝沛終於收到屬於她的木雕小人。

「嗯？怎麼二娘這個竟像人了?!」智通看著小木人，憤憤不平地問。

謝沛沒理他，把小木人拿在手裡端詳。看起來真有點像她，雖然五官只是簡單地刻了幾筆，卻勾出她略帶點漫不經心的神情。

「怎麼樣？」李彥錦嘿嘿直笑。

謝沛眼神微閃，笑著點點頭。「還不錯，師父都說像個人了。」

謝棟看著閨女手裡的小木人，再回憶自己那個已經被當柴火燒掉的豬頭人，忍不住冷哼了一聲。

次日上午，趁李彥錦被李長奎抓著背書的機會，謝棟溜到閨女身邊，朝一旁努了努嘴。

「噓，二娘，這邊。」謝棟鬼鬼祟祟地把她喊到旁邊說話。

「爹，怎麼了？」謝沛疑惑地問。

謝棟撓撓頭髮，把髮髻都抓歪了，才開口道：「二娘，如今妳也大了，可想過……成家的事嗎？」

謝沛一愣，看看表情怪異的老爹，道：「爹怎麼突然問這個？可是有人來提親？但我年紀還小，他們也太心急了吧？」

「咳，不、不是。沒人提親……是爹發現阿錦那小子對妳挺上心的，想知道妳是怎麼打算的。」謝棟小聲嘀咕。

「爹也看出來了？」謝沛嘆口氣。「他做得實在太明顯。給你們的木偶都刻得歪瓜裂棗，給我的就雕得特別好，不知是偷看我多久，練壞多少木頭，才弄出來的……」

謝棟用力點頭。「二娘啊，雖然這小子對妳用心，但妳不喜歡，也沒關係的。爹一定向著妳。」

謝沛開心地應了聲，然後有些迷茫地說：「其實，我也不知道自己喜不喜歡他，感覺……還能湊合吧。主要是，說不定他肯同意入贅呢，這樣我就不用跟爹分開了。」

上輩子，她沒考慮過男女之事，也沒對誰生出戀慕之心。所以，她只簡單地想了下，覺得不討厭李彥錦，就滿足了。

畢竟，李彥錦已是極好的贅婿人選，面相清俊、身長體健、腦子靈光，還顧家賺錢。要是錯過，今後可能再也遇不上。

「嗚……二娘乖，爹也這麼覺得。如果阿錦入贅，他在贅婿裡，就算是一流的人物了，雖然窮了點，可咱們家也不指望過金山銀山的日子。既然如此，那小木人妳就收著吧。之後他要是找妳說些肉麻兮兮的怪話，妳別急著答應。咱們要端著點，往後日子才好過……」

謝棟把自己與貞娘的相處之道對閨女絮叨了一通，才安心地離去。

是夜，謝棟去找李彥錦。

「阿錦，我進來了啊。」

「欸？謝叔有啥事呀？」李彥錦請謝棟坐下，疑惑地問。

「有事、有事。咳……我就直接說吧。你傾慕我家二娘的事呢，已經眾所周知了，可二娘年紀還小，所以吶，你要克制自己……」

「您等會兒！」李彥錦越聽越不對勁，連忙開口打斷。「什麼傾慕、不傾慕？怎麼就眾所周知了？那我自己怎麼還糊塗著吶？」

謝棟覺得，有些事情應該先說清楚，才會來敲李彥錦的房門，提醒、提醒某個知慕少艾的毛頭小子，但見李彥錦這反應，卻愣住了。

「你是說，對我家二娘沒那個意思？」謝棟問道，隱隱帶了些不滿。

「咳，謝叔，二娘才十三歲啊，我怎麼會……」

李彥錦尷尬地解釋，才剛說完，心裡就有些不舒服。畢竟這裡對他來說，越來越像一個家，萬一鬧得不愉快，也許他就要再次變成孤零零的一個人……

謝棟聞言，呆呆地瞅了李彥錦一會兒。

李彥錦清楚地感受到，剛剛謝棟冒出的怒意，不知怎的，竟漸漸消了下去。

「哼哼。」謝棟瞅完了，高深莫測地撇撇嘴。「好個臭小子，沒那意思，怎麼還成天賴在二娘身邊？以後給我避著點，更不許瞎送什麼鳥玩意兒！」

雖然話說得凶，但謝棟卻沒真的生氣。

在他看來，李彥錦分明是還沒開竅，和他年少時一樣。當年，他明明早就喜歡上陳貞娘，卻傻乎乎的，直到陳貞娘因婚事被人羞辱時，才在憤怒中恍然大悟……

「臭小子還不承認，等你後悔了，且讓你見識、見識老岳父的厲害……」

謝棟哼哼唧唧地回了房。他不急，閨女還小，就算李彥錦不成，將來也不愁嫁！

次日，謝沛從謝棟嘴裡聽說，李彥錦竟不承認對她動了心?!

她微微眯眼。不承認？那為啥天天湊到她身邊？還做了那麼久的小木人？沒事就偷偷瞄她……

放心！她絕不是那等死纏爛打之人，更不會小肚雞腸、睚眥必報。

李彥錦啊李彥錦，且好好活著吧……

第十四章

這日，吃早飯時，某人心裡忐忑，忍不住偷偷去瞧謝沛，卻聽謝棟咳了一聲。

「阿錦啊，你那小木人，我看著挺好，所以從二娘那裡要了過來，不介意吧？」

「啊？不、不介意。」李彥錦被問得一愣，順口答道。

一旁的智通埋頭苦吃，沒什麼反應，李長奎卻微微側頭，在李彥錦與謝家父女間來回打量了兩圈。

飯畢，李彥錦照常跟著李長奎學習功法口訣。

兩人走到院子中間站好，李長奎瞧瞧無人留意，就朝徒孫擠了擠眼睛。

「怎麼？和小媳婦鬧彆扭了？」

「不、不是。我把二娘當小妹妹的……」李彥錦尷尬地撓頭解釋。

「妹妹？媳婦沒娶到手之前，可不就是情妹妹嗎？我懂、我懂，哈哈哈！」李長奎為老不尊地一陣怪笑。

「也不是情妹妹……」李彥錦的嘴皮向來能言善道，可今兒不知怎麼著，竟彷彿吞了漿糊般，說不清楚。

「得了，只要不是親妹妹就行。我們又不是沒長眼睛，平時你幹了些啥，別當我們不知道。你害羞不打緊，要是敢始亂終棄，哼哼……我可是不介意自己動手清理門戶！」

李長奎說著說著，目光似乎透過他看向了別處，臉上露出一絲狠戾神情。

李彥錦被他這麼一凶，忽然有點怕了。

媽呀，古代可不講究什麼你情我願，和平分手，自由戀愛。萬一他們硬來，他是從，還是不從啊？

這天上午，師徒倆心裡都有事，所以練功時，氣氛有些沈悶。

晚間，李彥錦躺在床上，難以入眠。

昨天聽謝棟開口時，實在有些突然，他腦子裡亂糟糟地，無法多想。

現在夜深人靜、萬籟俱寂，他終於能好好思考了。

其實，他有些排斥婚姻。說起來，和上輩子突然出軌、然後越來越花的親爹有關係。

小時候，他一直覺得父母感情很好，還有別的小朋友羨慕他的爸爸媽媽。他們彷彿很少生氣、吵架，在外面散步時，也總是手挽手、笑咪咪的模樣。

可這一切，卻在他國一那年，突然被打得粉碎。

他永遠無法忘記，自己回家時親眼所見的那一幕。

那是個很平常的日子，原本應該在學校午休的他，發現自己忘了帶下午的課本，因為家住得近，便趁午休回家拿書。

他輕輕哼著歌，打開家門後，看到一雙陌生的女鞋。但他完全沒多想，只以為是親媽買的新鞋子罷了。

屋子很安靜，如同平時那樣，父母上班，他在學校，家裡沒人。

可當他走到房間門口時，卻發現，總是敞開的房門關上了。扭了扭門把，竟然扭不開？是從裡面反鎖！

李彥錦撓頭，一邊繼續轉門把、一邊喊：「爸？媽？誰在裡面啊?!快開門，我忘記帶課本了！」

房中先是一片安靜，接著，他聽到爸爸語氣古怪地說了句：「等會兒！」

直到此刻，李彥錦都沒想到別的。

他開玩笑地在門上帶節奏地一通亂敲，邊敲還邊嚷嚷著：「芝麻開門，芝麻開門，快交出我的地理課本來——」

然而，這歡快聲音在門開啟的一瞬間，戛然而止。

李彥錦目瞪口呆地看著爸爸和一個平日很熟悉的阿姨臉色尷尬地從房間裡走出來。

兩個大人什麼都沒說，匆匆穿上鞋子，一起離開了。

李彥錦呆愣地找到自己的課本，茫然地回了學校。

直到下午地理課時，他才突然對著書本紅了眼眶，心裡又害怕又憤怒，又失望又悲傷，連該不該告訴媽媽，都拿不定主意。

放學後，李彥錦腦中一片混沌地回到家，看著媽媽開心地忙前忙後做晚飯，而父親淡定自若地在客廳看報紙，沈默了……

然而，他沒想到，自己失眠、痛苦、糾結、無助才換來的平靜，並沒有持續多久。

一個月後，他突然接到舅舅的電話，媽媽割腕自殺，進了醫院。

原來，媽媽的同事無意中在公園撞破爸爸的婚外情，不但拍下照片，還發在公司的通訊軟體上。

媽媽看見，無法接受，大哭大鬧後，竟選擇自殺。

他的家，裂了。

割腕後，媽媽常常對他說起當初從相戀到結婚時，爸爸那些甜蜜的追求和動聽的誓言。

但折騰兩年後，他們還是離婚了。

原本溫和博學、可靠幽默的爸爸似乎被打開封印般，變成一個花心濫情的陌生人。他親眼看著他不斷投入一段段新戀情中，可幾個月後，如火熱情迅速冷卻，接著變心、分手。

直到他穿越前，才聽說爸爸終於再婚。可他已經毫不關心，覺得愛情不過是人類荷爾蒙的湧動罷了。

糊裡糊塗穿到古代後，李彥錦並沒對愛情生出新的看法，只是在謝家待的時日長了，他發現，又廢又軟的謝棟，說起亡妻時，臉上的思念與愛慕，竟比上輩子的渣爹在陷入熱戀時所表現出來的還要真摯溫暖。

雖然李彥錦有些感動，但只以為是客觀條件所限，古人比後世的現代人更加專情而已。

不相信荷爾蒙，也不相信真愛的李彥錦，此刻正躺在床上，枕著雙手，對自己的古代人生進行了嚴肅的思考。

首先，可以確定的是，他捨不得離開溫暖又歡樂的謝家；其次，若是離開這裡，他覺得李長奎和智通應該也不會再教他武藝。

而且，在古代，像他這樣沒有親友、來歷不明的人，如果沒有謝家收留，遇到徵丁服役時，會被強制帶走。

若考慮以後的日子，他想名正言順留在謝家的話，似乎得與謝沛結為夫妻才行。

對於謝沛，李彥錦的感覺有些複雜，說不清楚，總覺得這小女孩並不是簡單人物。但要把她當作成年女子，生出愛意，暫時還做不到……

不過，李彥錦清楚地意識到，他一點都不討厭謝沛，反而是有些喜歡的。可這喜歡更像是哥哥對可愛妹妹的喜歡，並沒有產生心跳怦怦、臉紅冒汗的戀愛反應。

這對別人也許是個問題，但對李彥錦卻沒什麼困擾。他本就不相信荷爾蒙帶來的衝動感，所以沒那些反應也不重要。

釐清思緒後，李彥錦便做出了決定。

也許，可以試試……

他帶著那個花心男人的遺傳基因，若真有了觸動他的感情，能持續多久，他絲毫沒有把握。可若是以親情、甚至是友情做為起點，在責任感的護持下，倒能走得更長遠些。

嗯，明天就去找謝棟認錯，然後好好和謝沛培養感情，爭取過兩年順利成親！

認真思考一夜的李彥錦，次日大清早便爬起來，收拾妥當後，想與準岳父來場推心置腹的交談。

奈何，老實巴交的謝棟彷彿突然開了竅般，竟三言兩語擋過去，讓嘴皮子抹了蜜油的李彥錦硬是找不到使勁的地方。

更讓他鬱悶的是，他還沒開頭，李長奎卻不識相地吆喝起來。「小子，快滾來練功！大爺的時光寶貴，耽誤不起，快點、快點！」

李彥錦嘴角一抽，眼巴巴地瞅瞅謝家父女，又被李長奎一巴掌拍在後腦勺上，垂頭喪氣地練功去了。

謝沛與謝棟相視一笑，兩人嘴角都露出深深的小梨渦，彷彿在無聲中傳遞著暖人的血脈親情。

接連幾天，李彥錦都沒能在謝棟身上找到突破口。

鬱悶一陣子後，他突然明白過來了。

於是，他不再急急地追著謝棟跑，而是開始打理自己，有事沒事就到謝沛跟前轉一圈。說實話，他可比上一世長得好多了，自從前些日子開始發育，擺脫瘦猴子、蘆柴棒的窘況後，他已是緯桑街上毫無爭議的頭號小郎君。要不是附近街坊都以為他是謝家訂下的小贅婿，只怕早有人上門說親。

充分認識到自身的優點後，李彥錦替自己制定了三步計劃。

如今，他正實行第一步——色誘！咳，錯了、錯了，是充分展現男性美，以圖讓謝沛儘早萌發出一顆粉紅、粉紅的少女心……

李彥錦想得很美，但謝家父女也開始行動了。

就在他算計著要如何把謝沛騙到手，以達不可告人的目的時，謝家父女也各自忙碌。

謝棟把自己見識過的各種法子都列出來，等著將來好好照顧某個痛哭流涕、追悔莫及的臭女婿。

而謝沛則在夜深人靜時，避開所有人，偷偷摸摸在後院小廚房裡替自己熬煮某種特殊湯品。

隨後的時日中，謝家飯館的豬蹄、花生消耗得特別快。老大夫家用來做藥的木瓜片，也突然被人全買走了……

當李彥錦的「第一步」開始五日後，這天中午，正在謝家飯館吃飯的客人們，說起早上在城裡見到的稀奇事。

「誒，你看到那車隊了沒？」

「你說早上進城那家人嗎？」

「就是，看著挺闊氣的！」

「我知道這家人。記得徐貨郎嗎？就是以前在碼頭附近轉了幾十年那個……」

「哦～～我記得、我記得……算起來，該有二十年了吧。當初他怎麼突然不見了呢？」

「不是不見，人家是跟著船隊做大買賣去了。如今發家，不就衣錦還鄉了？」

「欸，做什麼買賣能讓個老貨郎掙下十幾輛馬車的家業啊？」

「我哪知道！知道的話，還會待在這兒吃飯嗎？哈哈哈！」

「不過現在徐家可是個年輕人在主事，是徐貨郎的兒子？」

「應該是。若二十年前成家，該有這麼大的兒子了。」

「噯，我看那人長得極體面，一看就是富家公子相。」

「你要給我錦袍穿穿，我也能撐出個老爺樣……」

眾人的閒談並沒有避著誰，來幫謝棟送菜的謝沛也聽了個正著。

她面上笑意不減，將剛做好的椒鹽茄夾送上去，心裡卻咕嘟嘟翻騰起水花。

上一世，謝棟雖是被朱家與程惠仙母女算計至死，可要說他真正死在誰的手裡，就是如今剛到衛川縣的這位徐公子——徐仲書。

上輩子，今年年初，程惠仙假裝昏死在路邊，讓出門買菜的老實人謝棟「恰好」見到。

那時，程惠仙的真面目還無人知曉，謝棟更不會猜到她竟是朱家特意找來坑他的毒婦。因為男女有別，謝棟便喊了醬鋪孫家的女眷出來幫忙。

誰知，搬人時，程惠仙忽然抽搐起來，在眾人手忙腳亂之時，非常湊巧地撲進謝棟懷裡，連腰帶都不小心散開，讓貼身裡衣牢牢地擠到了他胸前……

接下來，就是「救命之恩，以身相許；若敢不要，掛你家門」的一場大戲。

老實人謝棟在朱家威逼和程惠仙的尋死覓活之下，只能把人領回家，想著先讓事情平息，以後再想法子將這對母女送去外縣。

只可惜，程惠仙母女進了謝家後，再沒離去。

這輩子，兩個蛇蠍女已經有了個「好」下場，朱家也不敢再碰謝家人一根寒毛，如今親手殺死謝棟的徐仲書，終於踏進了衛川縣。

上輩子謝沛不知徐家人來得如此早，當她知道時，已是兩年以後了。

這樣推測，謝棟撞破徐仲書與程惠仙的荒唐姦情時，恐怕人家早就勾搭上了……

謝沛送完菜，一邊朝後院走，一邊轉著心思，也來幫忙送湯的李彥錦看著她的臉色，心裡打起鼓來。

她怎麼走神了呢？是聽說徐公子長得不錯，所以起了啥念頭嗎？

頭號小郎君忍不住發愁，想起上一世那些看到網紅就瘋狂的女生們，忍不住打了哆嗦。

不行、不行，他必須做好防禦工作，禦敵於國門之外！

就這樣，下午本該在家背功法的頭號小郎君，仗著李長奎跟智通都去賣炸豆腐了，偷偷溜出了家門……

第十五章

夏日炎炎，蟬鳴聲聲。

衛川縣的大街上，一個英俊少年正匆匆而行，往徐家的方向趕去。

二十年前，賣雜貨的徐貨郎在城中並無房產，一直是四處租房。

這次，徐家衣錦回鄉，因此早早派了下人，在城中買了一處三進宅院。雖然與州府的豪富門第沒法比，可在小小的衛川縣裡，已經算是一流的人家了。

因是上午才剛進城，所以李彥錦摸過去時，徐宅大門前依然是人進人出、忙忙碌碌，好幾輛馬車上還裝著東西，沒有卸完。

原本李彥錦還擔心自己太過顯眼，結果等他到時，幾乎城裡所有閒人都圍在附近，好些地痞也在附近晃蕩。

李彥錦站在不遠處，聽著這幫人瞎聊，不一會兒，就知道了徐家的事。

徐家老爺正是徐貨郎，元配去世多年，小妾、姨娘倒有五、六房。而如今徐家掌事的是元配所出獨子徐仲書，今年二十出頭，還未娶妻，有兩個通房。

徐老爺才回來不到半天，就有了個好名聲，他一直把岳父母奉養在身邊，連回鄉都沒有丟下。

有這樣的孝順女婿，自然是非常有福的事。奈何兩位老人自獨生女去世後，身體一直不太好，而今吃、穿、行動都要人伺候著才行。若沒有徐老爺的精心照顧，恐怕早駕鶴西去了。

李彥錦聽著，心裡總覺得哪裡有些怪異，就見一個高䠷青年從徐家大門中走出來。

「誒，快看，徐大爺出來了。」

「哎喲喂，真是個標致人物！」

徐仲書身材頎長，寬肩狼腰，寶藍色長袍上有銀線織就的暗紋，金色錦帶束腰，下綴兩枚玉環壓袍。

這身打扮在一群窮閒漢眼中自是富貴非常，但李彥錦更留意徐仲書的長相。

結果，讓他吃驚的是，徐仲書竟然長了張標準的網紅臉，消瘦瓜子臉配上大眼紅唇，襯得膚白秀美，實在很符合花美男或小鮮肉的稱號。

這副長相，頓時讓李彥錦生出了強烈的敵意。

上輩子，電競圈裡有位外號「貓公子」的同行，哪怕技術略輸李彥錦一籌，可人氣卻永遠壓他一頭。無他，貌美而已。

因此，乍見徐仲書的外貌，李彥錦簡直是新仇舊恨湧上心頭。

「這傢伙怎麼一副娘娘腔的德行？哼，還標致咧？果然是個標致的小娘子……」

李彥錦在心裡默默腹誹著，眼睛卻牢牢盯著人家不放。

徐仲書出門，是去縣令家遞拜帖的，雖然不一定能見到劉洪文，卻是必做的禮節。

隨著他的步伐，人群分出一條空道，閒漢、地痞拚命說著各種討好的吉利話，徐仲書略點個頭，讓下人灑點銅錢，就算是見面禮了。

李彥錦看人走了，正想回去，忽然瞧見有個徐家丫鬟滿臉不耐地從馬車上抱下粗布大包袱，嘴唇微動，似在說著什麼。

練了三年功的李彥錦，耳目比常人更加敏銳，一片嘈雜聲中，他聽見那丫鬟嘟囔著：「兩個老不死的，帶累一干旁人攤不上好差，活該受幾十年折磨！」

李彥錦兩眼微瞇，自己恐怕聽到了徐家的陰私。只可惜，那丫鬟只出來一趟，後面也沒別的線索。

看時辰不早，敵情也探得差不多，他便趕緊跑回謝家去了。

李彥錦到家後，發現智通和李長奎尚未回來，長長出了口氣。不過，他的氣還沒出完，頭頂上便響起謝沛幽涼的聲音——

「你這是輕功已然大成，一竄就飛出去了嗎？」

「咳！」李彥錦差點被口水嗆到，抬臉就看到謝沛正坐在院中椿樹的樹枝上。

謝沛背靠著樹幹，一腿平放在樹枝上、一腿曲起，坐姿十分隨意，一點不見小娘子該有的柔靜。然而，她手上卻分明捏著絲線和繡花綳子，神情恬淡，正在陽光下練習繡花……

李彥錦清了下嗓子，好笑地問：「二娘怎麼跑到樹上繡花了？」

謝沛嘴角微翹地瞥他一眼。「我這是要擺脫俗世糾纏，不受閒雜人干擾……」

李彥錦心知，肯定是她沒法突破，做不到像李長奎那樣把內勁附到絲線上，才想出些怪招來。

「中午不是聽說有熱鬧嗎？好奇之下，我就去看了看。」

李彥錦看四下無人，乾脆把剛才所見說了一遍。這幾日，他都沒跟謝家父女說上話，此時還不抓緊機會，就真是傻子了。

謝沛聽完，把繡綳子反手插到後背的腰帶上，輕輕一縱，從椿樹上跳下來。

「你說，徐仲書的外公、外婆恐怕是被徐貨郎虐待了幾十年？」

「聽那丫鬟的話，應是如此。要真是這樣，我覺得徐老爺的元配恐怕死得也有蹊蹺。」李彥錦乃後世之魂，腦洞多又深，各種狗血、奇葩劇情自能信手拈來。

原本他想藉機抹黑徐仲書那小白臉的形象，順帶再和謝沛多說兩句話。不想，謝沛聽完後，竟瞇著眼，翹起一側嘴角，笑道：「這事，我有點興趣，晚間去徐家打探打探。你就按老規矩，幫我掩護吧。」

李彥錦一愣，這才明白，之前謝沛夜裡出門，竟然知道他躲在窗後，幫她守了一夜。

「我跟妳一起去！」李彥錦忍不住開口。

謝沛眼珠微轉，上下打量他一遍，搖搖頭。「再練兩年吧～～」優哉游哉回房了。

李彥錦明知自己被鄙視，卻無可奈何，耷拉著肩膀，嘆口氣，安慰自己——

算了算了，被謝沛這樣的人鄙視，也不是誰都能有的待遇啊……

當夜，謝沛翻出謝家院牆時，並沒留意到，身後多了個尾巴。

趴在窗臺上的李彥錦打個哈欠。「得了，有叔公跟著，不用擔心。」便去睡了。

另一邊，謝沛無聲地在牆根樹影下飛竄著，不一會兒就到了徐宅後牆，看看左右無人，便提氣躍過去，悄無聲息地落地。

她身後，李長奎撓著下巴，心中有些疑惑。這丫頭行動間怎麼有點老江湖的味道？難道這也是一種天賦嗎？

約莫半盞茶工夫，謝沛就摸進了正院，跳上院裡的槐樹往下看。

按規矩，這裡應該是徐老爺住的地方。然而，讓她吃驚的是，就在她靜靜觀察之時，一個人影從小門中溜進來，鬼鬼祟祟地邊走邊四下打量，磨蹭片刻，來到某間廂房的窗外。

寂靜夜色中，「篤篤篤」的敲擊聲，輕微得讓人難以察覺。

緊接著，嘎吱一響，廂房的窗戶被推開來。

窗外之人似乎輕笑了聲，雙手一撐，翻進了房內。

謝沛挑高眉毛。怎麼，今兒正經案子還沒破，倒是要破了一樁偷情案不成？

不過，只要是不利於徐家的事情，她都有心打探。

於是，她從樹上溜下來，悄無聲息地躍至那間廂房的屋簷下。

大概是夜裡太靜，房中無人交談。謝沛等了一會兒，乾脆一手撐牆、一手在窗紙上戳個小洞，朝裡面窺去。

屋中黑漆漆一片，若是普通人，自是看不出名堂。可謝沛耳聰目明，並非常人，將房中情形看了個大概。

擺設普通的女子房中寂靜，唯有淺紅床簾抖個不停，顯出幾分怪異。

因有簾子遮擋，哪怕謝沛有火眼金睛，也看不出床上發生何事。

她盯了一會兒，打算放棄時，一隻纖細手臂忽然從簾縫中露出，與此同時，一聲壓抑的嬌吟隨即傳出來——

「大郎……」

謝沛心中一跳，正琢磨「大郎」這個稱呼，卻見床簾忽地被扯開，男子抱著女子朝窗戶走來。

謝沛連忙閃躲，卻聽女子急道：「大郎，不可！被人發現了，你我……」

男子卻一言不發，彷彿與人置氣般，推開窗，將女子壓在窗臺上，不管不顧地逕自頂弄起來。

兩人頭頂，謝沛無語地把自己掛在房檐下，一動不動。

但守在院中槐樹上的李長奎卻瞪大了雙眼，差點掉下樹。

此刻，謝沛已看清了男子的長相，正是徐家大爺徐仲書。再按這女子的住處看，她應該是徐老爺的妾。

謝沛心中暗罵一聲，原來這好色的王八蛋不但偷別人的老婆，連親爹的也沒放過……

不過，槐樹上，也正有人默默臭罵著她呢……

這時，正房的木門忽然「吱呀」一響，竟是被人推開了，有人飛快地奔進廂房。

趴在窗臺上、正在勤耕不輟的男女聽見動靜，瞬間僵住了。

徐仲書反應快，顧不上別的，伸手拉起身下女子，眨眼工夫便躲進房中，再不敢發出一點聲響。

謝沛乘機從房檐下翻上屋頂，靜靜趴在瓦片上，繼續看戲。

從正房中竄出的人影很快衝到廂房門前，卻沒有破門而入，反倒用手裡的東西在門上繞了幾圈。

接著，他來到窗前，依舊是一陣忙乎。

房中人還不清楚外面到底發生什麼事，但待在院中的李長奎站在樹上，看得一清二楚。李長奎心中暗道，這徐老爺還有點心計啊，不知他要怎麼對付那混蛋兒子？

此時，安靜的正院中，忽然響起憤怒又壓抑的低吼聲——

「王八犢子！下賤娼婦！你倆做了啥好事？老子還沒死呢！待天一亮，你們就進豬籠裡一道快活去吧！」

徐仲書聽了，便想從窗戶翻出去，卻發現窗戶被人從外面封住，根本打不開。

他面色一變，兩步竄到門前，用力一推，竟哐啷作響，分明是鐵鍊互相碰撞的聲音。

片刻後，一聲顫顫巍巍的「爹……」，從小妾房中傳出來。

門內門外，父子倆都壓低了嗓音。一方是怕姦情敗露被太多人知道，今後再無法挽回；另一方則想徹底嚇住混蛋兒子，不是真想弄死自家獨苗。

「你還有臉叫我爹？當初咱們在外縣過得好好的，為何要舉家搬回鳥不拉屎的衛川，你忘了嗎？還不是你招惹了無數騷娘們，最後惹到富貴人家的兒媳婦，捉姦在床，險些被打個半死！為了保住你，我捨棄大半家業，才把你贖出來，還把你娘祖傳的鋪子白送出去，全家灰溜溜地逃走。

「可你呢？我造了什麼孽，回到衛川才一天，你就惹事！與其留下你繼續禍害徐家，乾脆今兒捨了，再過繼個孩子，想來祖宗也不會怪我……」

徐老爺在門外說得吐血，但房中之人卻沒被感動。

不一會兒，徐仲書冰冷的聲音從房內傳出來——

「你可不就是造孽嗎？你以為徐家家業是怎麼來的？你以為娘死時，我完全不曉事嗎？你以為我相信外公、外婆又啞又癱真是病痛所致？如今，不過是一點報應罷了！你真把我逼急了，總不會以為我還會孝順地替你守著秘密吧？」

話音一落，門外的徐老爺瞪大眼、張著嘴，半晌說不出一個字來。

院中靜了一炷香工夫，徐老爺艱難地開口：「就算……就算我對不住你娘，可我對你，只差沒把心挖出來了！你為了那兩個老東西做出這些事，是想氣死我嗎？你怎麼就不問問，我為何要折磨那兩個老貨？若真是為了錢財，直接弄死不是更省事？」

徐仲書一愣，順嘴問了句：「那你為什麼不殺了他們？」

又靜了好一會兒，徐老爺抖著嗓子，哽咽地說：「那兩個老王八……把你爹坑成了活太監！」

這話一出，看大戲的謝沛和李長奎都驚了下，但一個尖利女聲卻突然冒出來——

「老爺莫要騙人！少爺不知道您是不是太監，可奴家卻是知道的。正月裡，您還在奴家身上發了次雄威吶。今兒奴家左右是活不成了，死前便要讓少爺別被你這老貨繼續騙了！」

「閉嘴！妳這娼婦懂什麼！從娘子走後，那兩個老貨就在我的吃食裡加了藥！」

徐老爺再顧不上體面，氣急敗壞地說出了自己的秘密：「後來，滿院子女人再沒一個懷孕了。我覺得蹊蹺，偷偷去看大夫，才得知自己長期服食天陰水，竟成了外陽內陰的絕嗣之體！這天陰水就是她家藥鋪幾代人傳下來的秘藥！你說，我能放過那兩個老王八嗎?!」

可惜，這番話沒有打動任何人。

尤其是徐仲書，他心裡清楚，親爹就此絕嗣，對他而言，肯定是件大好事。外公跟外婆之所以下藥，也全是為了他這個獨苗外孫……

徐老爺還憤憤地說個不停。「你以為你外祖家是什麼好東西？哼，祖傳就是做假藥，最拿手的還有坑人的陰毒之藥。他們手裡沾了多少人命，數都數不清！」

聽到這裡，謝沛只覺得無語。這就是一家子王八蛋啊，誰死了都不可惜！

此時，她總算明白過來，上輩子，徐家耗空家產躲到衛川後，為何短短兩年便能混得風生水起，賺黑錢可不最容易發財嗎？

最後，徐家父子還是沒有撕破臉皮。

天亮前，徐老爺開了房門，拿走一份按好手印、又簽下姓名的證詞，再把妾室堵住嘴捆了拖走，才放兒子離去。

謝沛看完好戲，趕在卯初時，竄回了謝家。

李長奎比她早一步回來，但因昨夜的經歷著實有些尷尬，所以沒立刻找這個膽大包天、臉皮奇厚的徒孫算帳。

隔日，整晚沒睡好的李彥錦，趁著上午練功時，湊到謝沛身邊，擠了擠眼睛，問道：「如何？可有什麼發現？」

謝沛嘖了聲：「一窩禽獸，爛到根裡了。」

李彥錦心內痛快，忙點頭。「我就知道那廝不是個好東西。回頭說給我聽啊，我先練功。」說罷，一顛一顛地跑到李長奎身邊去。

李長奎看著兩人的小動作，見謝沛神色淡然，絲毫沒露出異樣，竟偏心眼地覺得，其實她的厚臉皮也是一種波瀾不驚的大將風度——很好，很棒！

第十六章

四月底，李長奎收拾好小包袱，離開謝家。

原本他打算兩年後再來衛川，但因為多了兩個徒孫，遂決定，十月要帶兩個長輩過來認親。

送別時，謝家上下都有些不捨。短短一個多月裡，李長奎的大嗓門讓他們習慣了這分熱鬧，更別提他還教授小輩們許多寶貴學識。

「都給我好好練功！半年後，我帶著人來，到時誰給我丟臉，我就讓他跟山槌子一樣，變成禿腦袋！」

李長奎留下溫暖的鼓勵後，大步流星地出了城。

送走李長奎後，大家都有些難過，智通更是因為最親的叔叔走了，無精打采地回自己房裡傷心。

孰料，他進房沒一會兒，謝家的院子裡突然炸出一聲暴喝——

「臭鬍子老賊！還我賣豆腐的錢來——」

「噗！哈哈哈……」院中終於響起了謝家人的大笑聲。

幾日後，到了五月初一。

一大早，謝家就忙了起來。在衛川縣，這天要焚香祭天，準備端午節要用的供品。不過，普通老百姓家沒太多講究，多半像謝家那樣，在堂屋的條案上，擺幾盤桃、杏、柳枝、李子祭拜，就算不錯了。

早上練完功後，謝棟帶著眾人上香，然後難得立了家主之威，指揮閨女幹起正事。

「咳，二娘啊，再幾天就是端午，咱們家只有妳一個小娘子，彩索和艾虎要辛苦妳做了。嗯……不用給爹做什麼特別的花樣，和他們的差不多就行……」

李彥錦用一雙死魚眼瞅著謝棟，心裡默默腹誹，就這點話術，還想暗示謝沛替他做特別的彩索和艾虎，當他和智通都是聾子嗎？

一旁的智通毫無反應，撈了顆李子，一口啃掉一小半，然後又抓起一顆，喀嚓喀嚓吃著，出去溜達了。

李彥錦徹底無語，對他的關注點佩服至極——吃的，永遠排在第一位。這麼說來，智通願意教他，難道是衝著謝家飯館的吃食還不錯的原因嗎？

另一邊，謝沛正想著彩索跟艾虎的花樣。

前幾日，她練成把不穿針的絲線藉由內勁直接穿過繡布後，就一直妄圖在上頭繡出東西來。然而，無論前世還是今生，她雖跟鄰居大娘學會裁衣和縫補，卻沒人指點過繡藝。

於是，努力了三、四天後，她終於成功地在繡布上留下幾個如同符咒般的線條……

李彥錦和謝棟都非常明智地對此視而不見，只有智通盯著謝沛的「符咒」苦思一陣後，誠懇地說：「這有點像迷魂咒啊。我看著，覺得心裡發堵，有些想吐……」

謝沛一把搶過「迷魂咒」，陰森地瞥他一眼，大不敬地道：「哼，婦人有孕時，也是這般感受。」

智通也不氣惱，嘿嘿笑兩聲，搖搖頭。「平日二娘看著和順，實則挺刁的，哈哈哈！」

謝沛不理他，轉過頭，笑得格外乖巧地對謝棟和李彥錦說：「爹爹和阿錦有什麼喜歡的顏色？等等我去繡鋪裡再買些絲線。至於艾虎，我學了三個樣子，做好了，給你倆挑。等端午那天，再編個鮮亮的戴。」

就這樣，於繡花上走偏的謝沛，終於在製彩索和艾虎上，扳回一城。

她回房拿出絲線，坐在桌前編起來。

李彥錦看著五彩絲線在謝沛手中翻飛穿插，沒一會兒，一條精美彩索成形了。最妙的是，兩頭竟然還留著可以伸縮的活扣，不管誰戴，都能調到適合的大小。

拜後世衣飾的薰陶，加上相關進修課程，李彥錦對顏色的搭配也有些見解，遂出聲道：「誒，我覺得淺灰彩索裡能編兩條淡粉色絲線，男子戴也不娘氣。妳試試看如何？」

謝沛聞言，抬頭看看他，卻毫無遲疑地伸手挑兩根淡粉色絲線編進去。

最後，這彩索只用了灰、粉二色，但編好之後，格外不同。在或以五彩、或以藍、黑、灰三色為主的彩索中，帶著點格格不入的優雅與貴氣。

謝沛沒有言語，心裡卻對李彥錦的來歷有了新的猜測……

很快，到了端午節。

上午，謝棟把寒食節那天曬製的棗糕拿出來，自家人分食，還把多的拿到飯館裡，待中午開張時，也送些給老客人。

館子開門前一個時辰，謝家四口按端午的規矩，用井水沖澡。

謝沛沐浴用的井水，是李彥錦死活搶去燒熱的。在他看來，不管她的武功多麼厲害，小姑娘家也不該在五月沖什麼見鬼的冷水……

至於其他三個爺兒們，全打著赤膊、齊齊站在水井旁，拎起水桶澆了個透心涼。沖完澡，李彥錦正想穿衣服，卻見謝棟從簍子裡取出一把柳枝、艾草，衝著智通抽下去。並非他妄圖捋虎鬚，不過是個舊俗罷了。

智通張開雙臂，讓謝棟在身上抽幾下。完了還轉過身，露出後背，再挨幾下。

抽完智通後，李彥錦也跑不掉。

兩人雖不是小兒，但李彥錦突然玩心大起，竟和謝棟在院子裡你追我逃，嘻嘻哈哈，鬧個沒完。

智通在旁邊穿衣服，又給李彥錦使絆子，逗得謝棟哈哈大笑。

跑了一陣，謝棟累成死狗，咬牙切齒地道：「臭小子，給我站住！這是去晦氣、防時疫呢，別瞎鬧！」

李彥錦見狀，只得憋著笑，乖乖站好，清楚感覺到謝棟手裡的柳枝抽得更用力了，遂齜牙咧嘴地嚷嚷：「謝叔累了嗎？換我來幫您……」

「你當我傻嗎？給你機會抽我啊，臭小子！」

「哈哈哈……」

與此同時，謝沛正待在房裡，用泡了艾葉的熱井水慢慢擦洗身體。聽著院子裡亂哄哄地笑鬧成一片，不由也露出了嘴角邊的梨渦。

中午，謝家飯館開門，今日來的每位老客都有一小碟棗糕，還有謝棟送的一小碗菖蒲酒。粽子倒沒有白送，要吃的話，得花錢買。

忙完中午的生意，下午謝棟關了飯館，全家上街逛廟會去。

因衛川縣靠近衛水，幾十年前，曾有端午賽龍舟的盛況。可惜後來百姓們的日子艱難，這種消耗財力的傳統，漸漸消失了。

但端午廟會倒是延續下來，不少人家藉此賺些小錢，貼補家用。

此時，許多人家會買些紗罩、竹罩來用。

紗罩是用鮮豔彩紗糊在竹製骨架上，要價較高，多半是中等人家才會買。竹罩則便宜些，用劈成細絲狀的竹條編成，價錢低廉，但用起來比紗罩差些。

謝家做飯館生意，對罩子的需求比平常人家多些，且謝棟做生意實在，寧可多花錢，也要買更能防蟲的紗罩。

趁著今日出來逛，謝棟和阿壽打算去挑選好用、價錢又公道的紗罩。

為了讓謝沛開心地玩，一行人乾脆分成兩路，謝棟和阿壽一起，李彥錦和謝沛一起。智通對逛廟會沒啥興趣，便跟著謝棟，萬一有事，有他保護，也安全點。
五個人約好晚飯前回家，就各自逛去了。
原本，謝沛不想來逛廟會的。
不是她不愛湊熱鬧，是因為前世她在這裡遇到一個人，進而讓程惠仙母女對她起了毀容的歹念。
當時，她並不清楚事情的前因後果，但第二年的端午節後，程大妮突然說，府城胡通判家的大公子胡高要納她為妾。
還不待謝棟反應，第二天就有一頂小轎把程大妮抬走了。
那時，謝沛剛拜智通為師，滿心想著練武，對程大妮嫁到通判家當小妾的事，並不放在心裡。
後來，她為追查親爹慘死的原因，求到一個常來謝家飯館白吃白喝的衙役面前。
許是念著謝棟多年來的好，衙役才對她說出實情。縣令劉洪文得了州府胡通判家和朱家的好處，用意外跌死定案；又道謝沛時運不濟，原本胡高看中的是她，孰料沒多久後，她竟受傷毀了容貌。
出於對謝沛悲慘遭遇的憐憫，又感動於程大妮耐心溫柔照顧繼妹的情分，最後胡高決定，改納程大妮為妾，也不枉他牽掛一場……
有了衙役的提醒，謝沛不再找官府翻案。把事情告訴智通之後，師徒倆合力，動手把程惠仙母女與朱家人抓起來，審了一通。

謝沛和智通沒什麼耐心，直接痛揍他們一頓。結果，剛揍完，這夥軟骨頭便爭先恐後地吐出實情。

謝沛這才知道，程惠仙母女是如何與朱家謀奪謝家家產，而自己是因為被胡高看上，才引起程大妮的嫉妒。

程惠仙與朱家擔心謝沛進了胡家，若得胡高的看重，那他們就不好再對謝棟下手，故而聯手謀算，用滾油毀了她。

至於程大妮能代替謝沛嫁進胡家，純屬意外之喜。當然，也少不了胡高的糊塗與好色的原因就是了。

對於這種人，謝沛自然滿心厭惡。

當初胡高相中謝沛時，正是在她十三歲這年的端午廟會上。

這輩子重來，謝沛想好了，以後有機會，自然要好好回報他一番。但現在，她沒心思與這傢伙來個再續前緣，才對廟會失了幾分興趣。

奈何，旁人不知這些內情，而小地方一年到頭本就沒多少熱鬧。看著全家人都在興頭上，說說笑笑，謝沛勉強掩下心中的厭惡，沒多說什麼，自有算計。

她已經不再是天真不知世情險惡的少女，如今神力在身、武功精進，沒遇上且罷了，要是某人不走運，非要冒出來……那她也不能讓人白辛苦一趟吶！

端午廟會是在七里街上辦的，是衛川縣城裡最長的街。

李彥錦頭一次逛古代廟會，難免有些興奮。

街上賣各色小玩意攤子的居多，有艾花、銀鼓兒、粽子、香糖果子、白團，甚至還能看到和尚、道士也來擺攤。

謝沛和李彥錦望見正在發粽子和白團的覺明，因為他的攤前太擠了，就沒上去打招呼，只遠遠看了看，便到別處逛。

李彥錦看了一會兒熱鬧後，就有些無聊。

謝沛見狀，帶他去了專門鬥百草的地方。

這裡圍了不少小孩與女子，李彥錦好奇地湊過去瞧。

雖說鬥百草在富貴人家泰半是用報花名、賽奇花這種文雅方式，可在老百姓中，多是用尋常花草實打實地武鬥。

此刻，恰有好幾對小孩正在鬥草。

其中一對小童拿著狗尾巴花，用草莖編個圈圈，然後套住對方的花，再一起出力，朝自己這邊拉扯。

紮朝天髻的小兒忽然嘴裡「哎喲」一聲，原來是他的草莖沒編好，拉扯間，散了開來。

對面的小童立刻歡呼一聲，伸出被草汁染得淺綠的小手，從旁邊小碗裡撈出兩枚銅錢。

原來鬥草竟還講究彩頭，難怪上自大人，下至幼兒，都愛跑來玩玩。

李彥錦看得有趣，轉頭卻瞧見謝沛低頭在小販的籃子裡挑挑揀揀。

「欸？二娘做啥呢？」李彥錦也蹲下來，朝籃子裡看去。

謝沛還沒開口，小販就語調輕快地接話：「小郎君放心，我這裡的花草最是結實耐拉，只要編得牢，絕對拉不斷。一文錢十根，隨便挑！」

李彥錦看著滿籃子翠綠的狗尾巴草，不禁啞然失笑。

謝沛難得對這些玩鬧之事生出興致，此時正用前世選拔親衛精英的嚴格標準，在一籃子狗尾巴草裡左挑右揀，準備大戰一場。

最後，兩人在鬥百草這裡贏了五枚銅錢，才志得意滿地離開。

第十七章

兩人繼續逛廟會，看謝沛玩得開心，李彥錦見到不遠處圍了一大堆人時，以為又有什麼好玩的，趕緊帶謝沛擠過去。

這裡有十幾家賣粽子的攤販，緊挨著靠在路邊，原來是解粽葉的地方。賣的粽子都是蒸熟的，拆了粽葉就能入口。

這些攤子的正中間有根木柱子，柱上架橫桿，上面掛著一條長長的粽葉。柱子中間則卡了小托盤，盤中裝著上百個銅錢，是附近所有的粽子攤湊出來的彩頭。

廟會結束時，這些銅錢會由吃到最長粽葉的食客獲得。掛在柱子上的粽葉算是最短的，若還不如它長，便無須繼續傻等下去。

謝沛和李彥錦正準備買兩個粽子，旁邊卻突然響起刺耳的尖叫聲。

一個黑胖婦人左手拎著黏糊糊的短粽葉、右手拽著瘦老漢的衣襟，嘶聲叫罵：「臭老頭果然奸詐，不是說你家粽子用的都是長葉子，怎麼我吃的這個如此殘短，想騙老娘的錢嗎？我呸！你這老賊也不睜大眼看看，我鄭六娘可是好欺的?!快賠錢！」

瘦老漢在黑壯的鄭六娘手裡被搖得如同秋冬殘葉，只得雙手作揖，嘴裡連連說著好話賠不是。

李彥錦看他已經把粽子錢遞還給鄭六娘，以為這事就能了結，孰料聽見旁邊有路人小聲議論——

「今兒這老漢算是倒了楣，居然撞上鄭六娘……嘖嘖，恐怕忙了一天的進項都要填進去，唉……」

話音剛落，鄭六娘一把搶過粽子錢，手裡卻沒放過賣粽子的老漢，張著血盆大口，說得唾沫橫飛。

「哼！想用這點錢打發老娘？沒門！今兒若我饒了你，豈不是縱得你繼續坑蒙拐騙，訛詐錢財?!不行！把你今天騙來的錢統統交出來！」

李彥錦覺得這婦人實在是過分了，剛想跟謝沛說說，卻發現身邊人並未關注鄭六娘和老漢的吵鬧，反倒面無表情地看著對面人群。

李彥錦順著謝沛的目光看去，只見一個公子哥打扮的傢伙正拿著把摺扇、色迷迷地與她對視。

謝沛在看熱鬧的人群中見到了胡高，總算弄明白上輩子自己是如何被這傢伙看中的。那時，她還未毀容，也沒有神力護體，同行的程惠仙母女藏了一肚子壞水，到了這解粽葉的攤子前時，假借擁擠，乘機把她拋下了。

當時也是鄭六娘在叫嚷吵鬧，後來更是動手掀了攤子，人群擁擠間，謝沛就被推倒了。一個美貌小娘子遇到這種事，難免露出悽惶之色，恰是最讓胡高迷戀的模樣，這也是後來胡高願意把程大妮納進家門的原因。

畢竟，論起矯揉造作，程惠仙母女是高手、一脈相承。

原本李彥錦並未留意到對面的公子哥，此時瞧見，就動了動耳朵，仔細聽起從對面傳來的人聲。

胡高搖著摺扇，正與身邊的長隨說著閒話。「想不到啊，這窮鄉僻壤裡，竟有出落得如此美貌的小娘子。」

長隨嘿嘿笑道：「還真是不容易，咱們到衛川五、六天了，去幾個大戶家裡，竟連個像樣的都沒見到。公子，您看那小娘子也正瞧您吶，怕是已被您的風采迷了魂，哈哈哈！」

胡高自得地笑笑，搖了搖扇子。「是我憋得太久了，不然這小娘子也只算尋常。此時在一群烏眉灶眼的鄉下人中，竟襯出她的幾分姿色來……」

長隨狗腿地說：「不然，過兩天回去，公子去府城的天香樓紓解、紓解？」

胡高盯著謝沛，嘆口氣。「算了，將就點吧。等下你去打聽那小娘子是什麼來歷，若今晚能行，我就不想再憋著了……」

另一邊，李彥錦聽得心火燒了五丈高，恨不得現在就過去，讓那廝來個徹底解脫。

謝沛輕輕拉他的手。「我見過那人，是州府通判的大公子，別露了痕跡，招惹麻煩。咱們來陰的。」

李彥錦側頭看謝沛，只見她臉色已經恢復成平時的溫和平靜，嘴裡卻不緊不慢說出一個壞得冒泡的主意。

兩人耳力過人，在嘈雜人聲中，低低商量幾句，就分頭行動。

胡高一直盯著謝沛，見她身邊那個礙眼的小子突然離開，心情不禁又好了幾分。這小娘子長得極好，初看只覺美貌，可越是盯著看，越品出不凡之處。雖然她猶未長成，但已顯出青澀的嬌美。膚色白皙、眉眼如黛，唇色嬌紅，猶如噙了朵桃花；眸光流轉間，熠熠生輝。最特別的，當屬她嫻靜溫和的氣質，感覺竟比五月的和風還讓人心生歡喜。

胡高正看得起勁，忽然聽到身後有人喊著「別擠別擠」，接著竟被猛地推了出去。這一推，胡高就被直接推到中間去，緊接著，似乎有東西打中了他的膝蓋彎。

撲通！胡高忽然兩腿一軟，直朝地上撲去。

他這一倒，不由想伸手抓東西穩住自己，好巧不巧地，竟一把拽住鄭六娘的裙襬。鄭六娘長得高壯，因此頗費衣料，平日衣服就做得緊，被胡高這麼一拽，「嘶啦」一聲，下裙竟直接被扯成兩片。

雖然裙下還有底褲，可這胖子怕熱，裡面的底褲竟偷工減料，只做了半條……但是，為了止住倒勢的胡高來不及看清楚，手忙腳亂間，彷彿抱柱子般，緊緊摟住了她那兩條肥圓光溜的粗大腿……

大家看見，突然安靜了一瞬間，緊接著，爆出震天動地的大笑聲。

長隨一看事情不對，就要衝上前救人。

孰料，他剛邁步想跑，腳底卻是一滑，唰啦一聲，左腿猛地朝前滑去，右腿沒跟上，殺豬般的慘叫聲就從他嘴裡衝出來。

眾人扭頭看去，見長隨倒在大街上，身子硬生生地劈了個叉……

這下子，看熱鬧的路人們笑得更歡了。
另一邊，嚇傻的胡高終於回神，趕緊撒手，掙扎著從地上爬起來。
可還沒等他把衣服撫平，就聽到一聲炸雷響起，鄭六娘竟咚的跳起來，嘴裡發出讓人心悸的尖叫聲——
「死鳥廝，竟敢在你六奶奶身上過手癮，今兒定要活撕了你！」
鄭六娘再顧不上粽葉和老漢，劈手搧胡高一個大耳刮子，然後雙手用力掐住他的脖子。
「救、救……救命……」胡高還沒反應過來，便被掐得險些閉過氣去。
鄭六娘掐著掐著，手勁卻漸漸鬆了些。此時她才發現，對方竟是個翩翩公子哥兒，衣著打扮看著挺值錢。
她眼珠一轉，忽然鬆開胡高的脖子，轉而揪住他的前襟，拍著光大腿哭嚎起來。
「老天爺，青天白日的，我好端端一個黃花大閨女，就這樣被人欺辱了……」
四下的圍觀百姓聽見，非常不識相地笑得越發開心，還有人尖著嗓門嚷了句：「嫁了三遍的黃花大閨女喂～～」
「哈哈哈哈！」
鄭六娘對這些笑聲充耳不聞，一對豬眼死死盯著胡高，繼續嚎道：「如今，咱倆可說不清了，我這清清白白的二十年啊……」
胡高被鄭六娘死死揪著，長隨又搗著褲襠倒在地上爬不起來，只得強忍著噁心，頭拚命朝後仰，道：「妳要多少錢，說個數，我給！」

其實，他完全可以把自己的來歷報出來，就能嚇退這又蠢又醜的潑婦。可剛才他雖是無心之失，但確實在光天化日之下把婦人的下裙拽掉，這種事，若是被人傳開，他就別想把知府家的嫡女娶進門了……

胡高無奈，只好出錢擺平，想把這潑婦打發走。至於以後會不會回頭報復，就不足對外人道了。

可惜，若他是個醜漢或尋常男子，鄭六娘絕對會衝著錢去。但誰讓胡高平時沒事就愛把自己打扮成翩翩佳公子，身上配飾也挑貴的、好的戴，她豈會放過如此金龜婿。

鄭六娘先後嫁了三次，去年才被人休回娘家。

為此，鄭家兄嫂沒給她半點好臉色。

鄭六娘在外面一副潑賴性子，在家裡卻很老實。正所謂惡人自有惡人磨，鄭家大哥動起手，可不在乎她是不是親妹妹，完全沒個輕重；而鄭大嫂罵街的功夫，要吵贏鄭六娘，簡直不費吹灰之力。

在家裡過得憋屈，鄭六娘才出來到處瞎罵撒氣。可她心裡也盼著，有一天能嫁個好人，氣死勢利眼兄嫂，就太美了。

如今，這美夢眼看有希望，再多的錢，也無法打動鄭六娘那顆泛起粉紅色的石頭心了。

想著以後終身還要落在眼前人的身上，鄭六娘放柔了聲音，道：「這位郎君，你說的是什麼話啊？你這年紀，我這歲數，如今這般，我須得講究……名節！」

「啊哈哈哈哈～～」一路人們非常捧場地繼續爆笑。

胡高的臉抽搐起來，瞥鄭六娘一眼，險些乾嘔出聲。

「不、不不不！」他不知怎麼辦，只得拚命擺手，恨不得立刻從鄭六娘手裡逃脫。

鄭六娘手勁大，再加上已經下定決心，哪能容得胡高落跑。

兩人正糾纏著，不知哪個好事者竟把鄭家兄嫂喊來了。

因為在路上就把事情問了個大概，於是鄭家雌雄雙霸到場後，立刻開戰。

不管平日如何嫌棄鄭六娘，此時鄭家三人彷彿心有靈犀般，團團圍住胡高，又吵又叫。鬧到最後，鄭大哥乾脆把上衣一脫，露出三寸的光膀子，押著胡高，讓他立刻答應娶人。

胡高衣衫不整、髮髻散亂地拚命掙扎，若非鄭六娘實在太可怕，此時怕是早應了。他一想到要把這如同夜叉般的潑婦弄回家去，就覺得還不如直接死一死比較痛快。

到這個地步，胡高再顧不上什麼名聲不名聲了，尖聲嘶叫道：「快放手！我乃通判家的公子，你們再胡攪蠻纏，定要抓你們上衙門！」

他這一吼，頓時驚到了一圈人。

自古有云「民不與官鬥」，這是升斗小民、市井無賴都知道的道理，因此鄭家人彼此對視，生出怯意，鬆了手。

但鄭六娘想得太美，到底無法放手，黑胖大臉上突然擠出個似哭似笑的表情。

「可……今兒這事，郎君總不能這樣毀了我的清白啊～～」

胡高手忙腳亂地撫平衣衫，沒好氣地死死盯著他們。「十兩銀子。要就要，不要就作罷。再敢歪纏，莫怪我告你們訛詐錢財、蓄意毆人！」

鄭大哥聽了，一把將鄭六娘推開，伸出手，嘿嘿笑著。「要錢、要錢！」

胡高朝袖袋裡一摸，面色忽然尷尬起來，原本裝了錢的袖袋中，竟空空如也，遂氣急敗壞地踢倒在旁邊的長隨兩腳。

「死了沒？沒死趕緊起來把錢付了！」

長隨掙扎著起來付錢，主僕倆把之前那點風月心思拋個一乾二淨，急匆匆掩面而逃。

李彥錦看完戲，笑呵呵地溜回謝沛身邊，左右看看，低聲問道：「妳幾時把那王八蛋的錢袋摸走了？」

謝沛搖搖頭。「不是我，是鄭六娘。」

李彥錦哼了聲。「喲，看不出這潑婦還有這手啊，那她今天可不虧了。」邊說邊與謝沛離開了。

兩人出了七里街，路人還在對剛才的事情議論紛紛。

謝沛走著，眼神忽地一閃，發現對面有兩個熟人正在說話，便輕輕拉李彥錦一下，待他看過來時，朝那邊微微抬了抬下巴。

李彥錦看過去，也是一愣。好巧不巧地，竟然撞見偷人偷到老子頭上的徐仲書。

徐仲書正非常恭敬地與一個婦人說話。那婦人身後還有丫鬟和婆子跟著，顯見不是普通民婦。

李彥錦不認識這婦人，謝沛卻覺得有些眼熟，仔細回想，上輩子去抓黑心貪官劉洪文時，就是在這婦人床上逮住人的。

後來，劉洪文求饒時說，一切都是小妾唆使他做的，原本他並不想對付謝家云云。

那小妾，就是現在站在街邊與徐仲書說話的宋嬌。

謝沛見到眼前這幕，上輩子遺落的細節又補全了些。看來劉洪文恐怕是因這婦人，才和徐仲書勾結在一起，繼而造成謝棟被害身亡的悲劇。

上輩子，謝沛不明其中關鍵，沒找她算帳。如今想通了，自然不會放過。

若是換作旁人，謝沛一時也想不出好主意動手，此刻見徐仲書正眼光灼灼地盯著婦人，而婦人則目光閃爍、臉色微紅地殷勤答話，不由暗道，果然是狗改不了吃屎啊……

於是，她心裡有了算計，輕聲對李彥錦說：「咱們跟去看看。徐家人都不是好東西，看看他們是不是又打什麼壞主意。」

李彥錦以為謝沛是擔心徐仲書想占那婦人的便宜，點點頭，跟她過去。

不過，他們剛走幾步，就見徐仲書伸手朝斜前方一比——

「相請不如偶遇，之前拜訪劉大人時，幸得娘子款待，今兒不如由小生做東，請娘子到前面茶館稍坐。」

宋嬌猶豫了下，又偷覷俊美的徐仲書一眼，含含糊糊地應了。

成日對著劉洪文這醜漢，還要撒嬌賣乖、情意綿綿，是很傷神的。因此，如徐仲書這般的美男子，對她而言，簡直印象深刻、過目難忘。

之前徐仲書遞拜帖給劉洪文時，被宋嬌無意撞見，說了幾句話。那麼短的工夫裡，兩人竟都生出了花花心思，也算得上情投意合、一見鍾情了。

於是，今日難得相遇，一個有心、一個有意，遂有了後面的事情。

徐仲書請人喝茶，自然不可能坐在樓下大堂裡。他引著宋嬌上二樓，夥計殷勤地開了最好的一間房，把人請進去。

另一邊，謝沛和李彥錦沒跟進茶館，倒不是怕暴露行跡，完全是因為這破茶樓的二樓包間裡，最末等的茶，一壺也要一兩銀子。

捨不得自掏腰包的兩人，繞著茶館打量起來。這茶館是依街而建的兩層閣樓，光天化日的，也不好從樓外爬上去偷聽啊……

兩人正想走人，卻見剛才大鬧粽子攤的鄭六娘喜顛顛地走過來。

她經過李彥錦身邊時，先是眼睛一亮，盯著某人的臉看了好幾眼。可待她掃到李彥錦身上的粗布短衣時，嘴角立時一撇，嗤了聲，扭著水缸般的腰身，昂頭挺胸地朝前走去。

鄭六娘一邊走、一邊想著，剛才那小郎君真是生了張好臉，奈何是個窮漢子……

忽然，她聽身後有人嘀咕道：「哎喲，剛才那胡公子好像與小娘子躲到茶館樓上去了，要是被撞上，可是沒完沒了……」

話沒說完，就被另一人打斷：「快別說了，人還沒走遠呢。」

鄭六娘瞪眼，轉頭看去，卻只看見兩個匆匆擠進人群的背影。

她皺起眉，環顧四周，最後把目光定在清茶館上，這附近就他們一家是兩層樓。

剛換了新衣、又買了一堆便宜首飾的鄭六娘，自覺現在已經打扮得如花似玉。
春心既動，哪裡這麼容易平息？
於是，鄭六娘抿了下鬢角的頭髮，掂掂花剩的五兩銀子，邁步進了茶館。

第十八章

茶館裡的夥計老遠見到鄭六娘，心裡便一個勁兒地喊壞了、壞了。

但讓他沒想到的是，鄭六娘進了茶樓，並沒瞎喊胡鬧，反倒捏著嗓子，讓他給她開個二樓的包間。

夥計險些把眼珠瞪出來，還是茶博士輕咳了聲，才讓他回過神來。

鄭六娘也知自己平日是什麼德行，為了等下別再惹惱胡高，乾脆掏出銀子。

「得了，我先把茶錢付了。這總可以了吧？」

夥計接過銀子，扭頭見茶博士沒說話，只得賠著笑，把鄭六娘帶上樓。

不管以前如何，現在人家願意掏錢來店裡喝茶，就得好好招呼著。開店做生意的人，哪會和錢過不去？

上了樓，鄭六娘咬咬牙，又摸出半兩碎銀塞到夥計手裡，低聲道：「剛剛這裡是不是來了位公子和小娘子？幫我安排坐他們隔壁包間。我不鬧事，就是撿到人家的荷包，想還他罷了。」

夥計眼角抽搐，本想拒絕，可看看手裡的碎銀，還是點頭應了。

茶館外，謝沛與李彥錦去而復返。

沒多久，就聽見茶館二樓突然爆出一陣吵嚷。
片刻後，徐仲書護著宋嬌和她的僕人，氣急敗壞地出了茶館。
鄭六娘扠腰跺腳地追出來，嘴裡不乾不淨罵了一串，意思無非是讓徐仲書還她的茶錢。
謝沛與李彥錦相視一笑，不緊不慢地跟在徐仲書一行人身後。
此時沒了遮擋，他倆把徐仲書和宋嬌的對話聽了個清楚明白。
「讓娘子受驚了，都是小生的不是。這樣吧，我在雙桂巷盤了家店面，裡面有座清靜小院，打理得頗有幾分趣味。今兒請娘子過去，一是讓我叫桌好酒菜來，給娘子賠罪壓驚；二是請娘子掌掌眼，看看可還有什麼不妥之處，還請娘子千萬莫要拒絕。」
他說罷，在宋嬌的丫鬟、婆子手裡各塞了一個銀錁子。
今兒宋嬌沒事，早和劉洪文說過，要逛一天廟會。如今聽說有個好去處，還能與這俊郎君獨處，心裡早就千肯萬願了，於是兩眼含春地微微點頭。
至於她的兩個下人，如今得了徐仲書的銀錢，自不會在這節骨眼上壞人好事。
四個人就這樣離了大街，朝雙桂巷走去。
到了雙桂巷，宋嬌一看，果然是個好地方。前面是三開間的大鋪面，後面則是清幽精緻的小院落。
徐仲書把宋嬌帶到小院裡，眼珠微轉，請她到桂樹下稍坐，那裡有一套鐵木做的精緻桌椅，在此小酌幾杯，也是非常舒適的。

剛才路過酒樓時，徐仲書已經叫了酒菜，這時酒樓的人已到，提著食盒、茶壺等物魚貫而入，把菜品和食具一一擺好後，又留下四個人伺候著，才安靜離去。

這頓飯，徐仲書與宋嬌吃得黏黏糊糊、纏纏綿綿，藉著酒意亂飛媚眼，簡直把周圍人當成了瞎子。

好在徐仲書還留有一絲理智，沒在席上做出出格之事。待酒足飯飽後，將酒樓的夥計打發走，又讓宋嬌的下人在院裡休息，便打著請宋嬌指點指點屋中擺設的名義，孤男寡女就這樣溜進了房中。

兩人進房，還假模假樣地說了兩句，待轉進內室，徐仲書再耐不住慾火，猛地伸手把宋嬌摟進懷裡。

宋嬌張嘴輕呼，尾音卻變成了甜膩膩的嬌吟。

正所謂乾柴烈火一相逢，便燒得衣衫盡褪、玉液橫飛。

五月的天氣不算冷。錦面小榻上，春色無邊。

而趴在房頂上、移開瓦片偷看的一對小兒女，卻尷尬地大眼瞪著小眼……

謝沛沒想到，這徐仲書與宋嬌剛見面，二話不說就能直接好上。若她早知道會發生這種事情，說什麼都不可能邀李彥錦同來觀戰。

李彥錦更沒想到，古人偷情，竟是如此奔放。雖不是在正經床上，可這兩人竟然連薄被也不蓋，就這麼大幹特幹起來，讓房頂上的他們看了部清晰無碼的古裝毛片……

等等，這樣他可是和謝沛頭挨著頭，一起欣賞了激情現場直播啊！

李彥錦反應過來後，頓時覺得，再也沒法直視謝沛的雙眼了……

謝沛也覺得尷尬，雙頰發紅，強裝鎮定地默默把瓦片蓋上，撓撓下巴，抬頭看天。

且等他們完事再說吧……

內室裡激戰正酣，足足等了快一個時辰，那對野鴛鴦才平息慾火，饜足地在小榻上相擁，甜言蜜語起來。

看看時辰不早了，宋嬌起身梳妝打扮。

徐仲書側枕著手臂，有些戀戀不捨地說：「娘子，過幾日，店就要開了。今後，我倆想相聚，恐怕就要換個地方……」

宋嬌瞥了他一眼。「怎地，一次不夠，還想纏上我不成？」

徐仲書爬起來，從身後摟住宋嬌。「娘子，今兒得了妳，才讓我品出了銷魂二字。難道，方才娘子不快活嗎？」

「快活？那也要有命才行啊。我的身分，你又不是不知，只要劉老鬼一日不死，我哪能有真正的快活。且知足吧，日後無緣，就當咱們今日是作了場春夢。」

說到這裡，宋嬌眼珠微轉，悄悄打量起徐仲書的反應。

徐仲書把手伸進宋嬌衣衫中，不住摩挲那滑嫩的皮肉，眉頭卻微皺著，似在思索。

片刻後，他輕聲道：「讓他死倒是容易，只是他死了，對咱們也沒什麼好處。若能讓他乖乖聽話，才是最好不過。」

宋嬌心裡一驚，剛才她不過是隨口說的。論床上滋味，徐仲書自然比劉洪文強一萬倍，可人活著又不是只圖這點痛快，真讓她選，怎能捨得下縣令愛妾的身分，轉頭跟徐仲書？

劉洪文的正房留在老家奉養公婆，在衛川縣裡，她就能當得了縣令的家。這樣的身分與寵愛，自然是徐仲書這個商戶之子無法給予的。

但要宋嬌就這樣放了徐仲書，又捨不得。

忽然，她生出一計，扭過頭，上下打量徐仲書，抿嘴笑道：「冤家，我倒有個法子，能讓咱倆光明正大的來往。」

徐仲書聽了，連忙湊上來，又是親嘴、又是揉搓，癡纏半天才讓宋嬌鬆了口。

「我家裡還有個妹子，顏色生得比我好上幾分。如今她正值出閣年紀，原本家裡幫她說了幾門親，都被她以男子相貌不堪匹配為由拒了。我瞧你倒是有幾分姿色……呵呵呵……」

宋嬌說到一半，徐仲書便伸手撓她的胳肢窩，讓她笑得講不下去。

兩人胡鬧了一會兒，才繼續說起正事。

藏在屋頂上的謝沛與李彥錦聽兩人商量完，才算真正開了眼界，沒見過如此卑鄙無恥的狗男女！

原來，為能便宜他們多行那苟且之事，宋嬌竟準備把妹子宋柔塞給徐仲書。還為了控制住劉洪文，想出一條更加惡毒的計策。

兩人準備在徐仲書與宋柔成婚後的某個時刻，讓劉洪文與宋柔發生些不可言說的事，然後，徐仲書將會「無意」撞破這樁姦情……

接下來，自然是妹夫用寬闊的胸懷原諒了姊夫，不但沒有因此記恨，反倒默默替兩人留了機會。

這樣一來，劉洪文自然會把徐仲書當成自己人，宋嬌與徐仲書更有機會偷情，又能享受劉洪文帶來的特權，真可謂是一箭雙雕！至於她妹子是怎麼想的，兩人都不太在意。

按說，宋嬌是姊姊，不該想出如此坑害妹子的主意。但她倆並不是同一個娘所生，宋嬌從小就對這妹妹沒一點好感，且隨著她出落得越來越美，心裡的厭惡也因嫉恨變得更深重。因此，她對妹子下起黑手，可是一點都不心軟。

只是，這計策定下後，不能馬上行動。因為她妹子還在老家，把人叫來衛川，來回也要兩個多月。

宋嬌倒不擔心妹子不來，自她跟了劉洪文後，宋家多少得了些好處。繼母也指望著親生閨女能尋個好人家，幾次託她幫忙留意適合的人選。

徐仲書聽說還要等好幾個月才能與宋嬌光明正大地來往，心裡好似貓抓般。求了一會兒，把她抱起來，邊走邊幹，說是要再多快活幾次，免得日後相思難捱。

大約是太久沒聽過如此俊俏的郎君對她講些甜言蜜語，宋嬌情動時，竟鬆口說出了她的私密去處。

「冤家，你、你且輕些……」宋嬌喘息著，斷斷續續地說了一番話。

原來，城西外五里處，有座清善庵。庵堂不大，也不讓百姓來上香，只靠幾個老香客、女居士捐些香火錢支撐。

這樣一座小庵堂，誰能想到，裡面竟是藏污納垢之地。這地方能藏得如此妥帖，在離得如此之近的衛川縣裡，也從未傳出一絲風聲，正是宋嬌的功勞。

原來，劉洪文初到衛川時，清善庵庵主為尋求庇護，主動上門巴結宋嬌。

這庵堂裡，不但收了一批穿著僧衣卻操妓業的暗娼，還拘著從別處拐賣來的美貌小娘子。這幾個小娘子因為長得出眾，是嫖客最喜歡叫來服侍的。

因清善庵裡不但有美貌女子，還有不能見光的刺激感，生出別樣淫靡誘惑，使得不少色慾薰心之人前來。

這些嫖客幫清善庵賺來充足銀兩，也帶來難以掩蓋的麻煩。

每隔一陣子，就有不堪凌辱的小娘子死在這污穢之地。一個、兩個也罷了，一年八、九個，年年都如此，就有些扎眼了。

所以，清善庵的庵主惠寧才急急忙忙地投到宋嬌門下。

宋嬌收了惠寧的錢，答應她的要求，卻沒對劉洪文說實話，只說清善庵裡，因收留了幾個可憐的俗家女子，從而被那些女子的家人糾纏不休，才想求縣令大人庇護一二，並非常識相地送上銀兩。

劉洪文一看到錢，沒起疑心便點頭應了。在他看來，這麼點事，也就尼姑膽子小，才怕成這樣；不過便宜了他，日後多個長久進項，也算好事一樁。

宋嬌沒說實話，是怕劉洪文知道了清善庵的勾當，會被那裡的妖精勾了魂去。

惠寧是個有眼色的，看宋嬌能做主，乾脆與她聯手，只瞞著劉洪文罷了。

這件事，宋嬌從沒對其他人說過，今日大約是快活得忘了形，竟自己講了出來。

於是，她與徐仲書約好，以後每旬的第三天，去清善庵相會，庵主會幫兩人安排妥當。

屋外的謝沛與李彥錦乍聽，不知清善庵裡是什麼情況，只以為庵主與宋嬌有交情，會替他們掩護。

宋嬌說完，見日頭偏西，不敢再耽擱，梳妝整齊，面色紅潤地帶著僕人出了雙桂巷。

片刻後，徐仲書也晃晃悠悠地回了徐家。

剛才謝沛與李彥錦怕驚動徐仲書與宋嬌，所以一直沒有交談，倒避開了最尷尬的時刻，放鬆下來。

待小院中徹底安靜了，兩人便悄悄從房頂上翻出了院牆，回謝家去。

路上，李彥錦幾次想開口說話，可轉頭看見謝沛那粉嫩秀美的面容，喉嚨便彷彿卡了塊硬炊餅般，出不了聲。

看來是單身太久了，如今看點小A片，就開始騷動！不行、不行！李彥錦啊李彥錦，你絕對不能化身為禽獸！

某人默默替自己做心理建設，痛罵自己一頓，才冷靜下來。

到家前，謝沛忽然對李彥錦道：「明天你是不是該去古德寺進豆腐了？」

李彥錦點頭。「是啊。妳要去嗎？」

謝沛嘴角微翹。「對我爹而言，我是與你一同去古德寺了。不過，我是要去打探清善庵。至於你該怎麼做……不用我說吧？」

李彥錦眼角抽搐，有些無奈地說：「妳又逼我騙謝叔，這樣會讓我學壞的……」

謝沛瞥他一眼。「是嗎？那不如你先對我說說實話好了。你到底是什麼來歷啊？」

「咳，咱們既然是師兄妹，自然應該互相幫忙。既然妳不是做壞事，為讓謝叔少擔心，幫妳遮掩、遮掩，也是應該的，呵呵呵……」

李彥錦拍著胸脯，一副義氣模樣，識相得很，彷彿完全沒聽到謝沛剛才問了什麼。

第十九章

次日清早，謝棟笑呵呵地送走謝沛和李彥錦，出了門，還能聽見謝棟大聲喊著：「閨女想吃什麼就自己買啊，阿錦護好二娘，早點回來～～」

兩人回頭朝謝棟揮揮手，相視一笑離了緯桑街。

出了城門，他們走到一處岔路口，才分道而行。

李彥錦買完豆腐，有些焦急地趕回分手的路口等待。直到晌午，才看到謝沛那挺拔秀美的身影從拐角處繞出來。

見謝沛臉色難看，李彥錦擔憂地問：「怎麼？沒找到地方嗎？」

謝沛搖搖頭。「找到了，就是個淫窟。有個地方被看得很嚴，我猜有內情，白天不太方便，晚上要再去一趟。」

李彥錦琢磨了下，當即明白，清善庵恐怕是個風月庵，皺眉道：「這裡畢竟不是城內，妳要去，我不攔著，但我覺得，應該跟師父說，咱們三個一起去。如果真發現了什麼，還能互相幫忙，不至於求救無門。」

謝沛經歷過生死，太明白，最危險的情況往往是意外。此時聽了李彥錦的話，立刻就同意了。

兩人回到家後，把清善庵的事情告訴智通。

雖然智通不禁酒肉，但心裡仍覺得自己是佛門弟子，聽說有人打著佛家庵堂之名，行污穢齷齪之事，頓時氣得冒煙。

「我放把火將他們燒個乾淨！」智通怒道。

「師父勿急，今日我去打探時，發現那裡似乎還藏著秘密。有一處竹林被他們守得密不透風，除了自己人帶路，其他人剛靠近，就會被發現，連我都沒法無聲無息混進去……」

智通不吭聲，李彥錦也在一旁勸道：「師父，雖然一把火燒了確實痛快，可若竹林中藏了無辜之人，豈不是死得很冤？又或者那裡藏了極重要的機密，咱們一燒，怕是要打草驚蛇啊！」

智通摸了摸光腦袋，道：「你們說得有理，今晚咱們且去看看究竟。白天二娘不好靠近那竹林，晚間有咱們倆幫著，應該沒問題。」

謝沛點頭。「這事，恐怕還要與我爹說一聲。咱們都去的話，難保不被他發現，與其讓他驚疑擔心，不如直接告訴他，兩廂都更放心些。」

李彥錦與智通聽了，也覺得是這個道理，於是晚飯後將實情告訴謝棟。

謝棟聽完，張大嘴巴。「老天爺啊，他們不怕遭報應嗎？敢藉著佛祖的名義幹這些污糟事？大師，待你們查實了，要趕緊和古德寺的慧安大師說一聲。那裡以前是古德寺的地盤，真要鬧出醜事，怕是會影響古德寺的清譽。」

「啊？還有這事？」智通一愣。

謝棟解釋道：「十年前，那裡原是古德寺的林地。因離城近，到了冬日，很多人都會去砍柴。古德寺的大師們慈悲為懷，從不驅趕那些熬不過寒冬的可憐人。

「不過，升和三年起，那裡就被圈起來，修了庵堂。因為裡面都是女尼，後來便不准閒人再進去砍柴，而且這尼姑庵背後怕是有些勢力。以前我聽說，有人在那裡失蹤，其家人跑到衙門告狀，最後因為沒找到屍首，那家人還被抓進大牢裡蹲了半年……唉，後來又換了兩個縣官，那家人反覆去告了兩次，但最終仍是不了了之。」

謝棟這番話讓在場之人都陷入了沈思。

智通得知清善庵竟與古德寺有關係，頓時覺得，這事怕真要與慧安大師打個招呼。

而謝沛考慮的卻是，清善庵的庵主惠寧應是早就收買了劉洪文。如此一來，宋嬌知道這麼個風月之地，就能說得通了。

至於李彥錦的想法，他覺得清善庵恐怕不是那麼好闖，看來晚間行動前，要多做些準備才是。

四個人商量一陣，還是決定夜探清善庵。

除了隱蔽身形的暗色衣物外，謝沛又準備了幾套男、女衣裳和梳子、髮簪等物，以備不時之需。

智通則帶著幾綑粗細不一的繩索，又把自己和徒弟們的武器用布條仔細裹了藏好。

為了安全起見，李彥錦還強行幫大家喬裝，更把最近新做的暗器全帶上。萬一真動起手來，就算他們人少，憑著這些暗器，師徒三人脫身也不成問題。

夜幕降臨後，謝棟有些憂心地扒在窗臺上，看著三個黑影輕鬆地越牆而出。

「平平安安、平平安安……」他默默念叨兩句，披著衣，守著窗戶坐下，等他們回來。

此時，縣城的城門已經關了。

這難不倒智通師徒。他們避開門口，挑了無人的牆根站好。

確定四周無人後，智通率先出力，噌噌幾下就躍過了城牆。

待智通落地後，力大無比的謝沛便輕鬆地把李彥錦扔過去。

三人之中，只有李彥錦功力差些，翻個普通院牆、上房揭瓦什麼的尚可，爬高聳的城牆就不行了。

謝沛丟好李彥錦後，將內勁灌於腳底，猛地一蹬，身子即無聲無息地竄起。

月色下，李彥錦看著謝沛恍如在幽徑漫步似的，竟還在半空中悠閒地踏了兩步，心中不禁嘆了句，妖孽啊……

原來，出門前，謝沛已經被李彥錦打扮成一個長眉入鬢、顧盼神飛的瀟灑小郎君。

此刻，這位小郎君躍過城牆時，不但輕鬆愜意，且那俊美的面容上，還淡淡地側勾起一抹笑意。

跟自己的處境比了下，李彥錦越發覺得心塞。他是被小師妹扔過城牆的，落地時，又被師父揪著後脖子接住……那姿態，簡直刺眼。

「一個女孩子，長那麼邪魅狂狷做什麼？簡直是不給男人活路了……」

李彥錦苦大仇深地嘟囔完，便跟智通、謝沛出城了。

三人出了城後，直奔清善庵。

一頓飯工夫，他們就到了庵門前，恰有一輛豪華馬車從大路的另一頭駛來。

三人掛在樹上，靜靜看著馬車駛近。

謝沛仔細打量，發現這馬車雖然豪華，可上面卻一點標記都沒有。

當馬車拐進清善庵的山門時，有個中年尼姑從庵堂中走出來相迎。

她恭敬地對馬車上的人說了幾句話後，車簾隨即掀開一角。

尼姑趕緊爬上車，馬車便轉個彎，往清善庵的後院去了。

謝沛三人自然緊隨其後。會在這個時辰遮遮掩掩地來清善庵，鐵定不是做什麼好事。

一路上，馬車上的人都沒有露面。車廂中倒是傳出了幾句調笑聲，在這安靜的夜裡，被謝沛他們聽個正著。

馬車進了庵堂後院，熟門熟路地朝後面的竹林駛去。

剛靠近竹林，就有五個守衛打著燈籠走過來。

車簾一動，中年尼姑面色微紅地走下來，低聲與守衛領隊說了兩句話。

領隊聽了，帶個手下在前面開路，把馬車引入竹林，其他人則繼續守在原地。

謝沛白天來過，比較了解地形，找了個偏僻地方，帶著李彥錦和智通翻進來。

可當他們靠近竹林時，卻不禁有些發愁。

那竹林不大，背後是堵住去路的絕壁，前方卻密密守著三十多個護院。無論從哪個方向摸過去，都很難不驚動他們。

依智通師徒的功力，直接硬衝，這些人不足為懼。但如今還不到那個地步，想得到關鍵的東西，就不好太早鬧出動靜。

正當三人皺著眉頭想辦法時，竹林中忽然響起了一聲尖叫。

而那些在竹林外的守衛，有些皺眉不語，有些則面露淫邪地低聲交談起來。

「嘿，裡面那老爺可是快活了。」

「這雛兒是剛來的，還沒開苞呢！聽說長得漂亮極了……嘖嘖……」

「閉嘴！」守衛領隊去而復返，一臉不豫地斥道。

說話的守衛連忙低頭，有幾個不太服氣的，也只敢對著地面撇嘴翻眼。

靜夜裡，竹林中的動靜比白日更容易聽見。謝沛擰眉聽著斷斷續續的慘呼、哭叫與求救聲，心中無名火起。

與白日她發現的情況不同，那些人雖然行事不堪入目，可畢竟是你情我願——一個出錢買、一個願意賣，就算有些聲響，也多是調情時的淫靡之音。

但如今裡面女子的求救和哭喊聲中，那絕望與痛苦之意，讓人無法忽視。

師徒三人對視幾眼，都覺得這事怕是不好再等，該怎麼辦？

謝沛瞇著眼，伸手點點智通，又朝側門處指了指，然後做個打鬥的手勢。接著又點點自己和李彥錦，手指比向竹林。

智通會意，點點頭，輕拍兩個徒弟，轉身離去。

片刻工夫後，離竹林不遠的一處房舍忽然冒出了火光。

「走水了！」

「救命啊！」

呼救聲此起彼伏，在寂靜深夜裡越發顯得危急。

掛在樹上的謝沛嘴角抽搐了下，看來智通果然是想一把火燒了庵堂，竟真的隨身攜帶了一套放火工具……

因為離得近，竹林的守衛果然騷動起來。領隊看看情況，點了一半的人去救火，剩下的人，依然守在竹林周圍。

按說，十五個人守座小竹林也足夠了，但調動中，總有幾個地方短暫地無人看守。

兩條黑影趁著這個空隙，偷偷進了竹林。

竹林中只有一條小路，謝沛與李彥錦不敢耽擱，飛快往聲音的來處跑去。

眨眼間，他們就看到了之前那輛豪華馬車。

此刻，馬車停在一幢吊腳竹樓前，車上沒人，顯然都進了竹樓。

竹樓內，慘叫、哭嚎中，隱約夾雜著淫笑和說話聲。

謝沛迅捷如插翅獵豹般，一竄，飛身上了竹樓。

李彥錦看她一眼，沒有立刻跟上去，轉頭鑽入馬車搜查。

謝沛在竄進竹林時，就想好了，雖然她是為徐仲書與宋嬌才來清善庵，可若今夜真的見到歹人為惡，鬼將軍絕不會心慈手軟。

謝沛躍上竹樓後，發現這裡只有一道窄窄的小門，四面竟然連一扇窗戶都沒有。

她抽出智通送的匕首，將內勁附於其上，順著縫隙伸進去，從上至下一劃，只聽「哢哢」兩聲輕響，竹製門軸就被輕鬆劃斷了。

謝沛伸出左手拇指與食指抓住失去支撐的門板，悄無聲息地把門打開……

她一眼掃去，只見門後是一間小堂屋，與竹門相對的那面牆上，竟然又有三道小門。剛才聽到的那些哭喊和調笑聲，都是從左邊第一扇小門中傳出的。

更讓謝沛氣怒的是，豪華馬車的車夫，此刻正撅著屁股，扒在小門門邊上，看得起勁。

謝沛瞟了眼另外兩扇寂靜無聲的小門，便抬步朝車夫走去。

車夫感覺耳邊似乎有風掠過，後脖子猛地一痛，頓時就不省人事了。

謝沛托住昏死過去的車夫，輕輕靠牆放下，從虛掩的小門朝內看去，心臟不由猛地一縮。

房間內殘忍、變態的一幕刺痛了她的雙眼，再顧不上隱蔽行跡，如暴怒的猛虎般，全力撲上去。

幾乎是一眨眼的工夫，原本淫笑著施虐的人與幫凶，在愣怔間被折斷了脖頸。

趴在矮桌上的少女卻因為手腳都被捆在桌腿上，無法看清身後發生什麼事情，依舊淒厲地哭叫與咒罵。

謝沛有點頭大，飛快地解下身後的包袱，掏出一件乾淨外袍蓋在少女身上。這動作讓桌上的少女一抖，此時才意識到，方才的殘忍折磨似乎停了下來。

少女喘息著、顫抖著，艱難抬起頭，想看看四周，卻聽耳邊有一道聲音溫和地響起——「別怕，他們死了。」

許是盼了太久都沒盼到有人相救，少女張大了嘴，發不出一個音，眼淚越發洶湧。

謝沛蹲下身，一邊解開那些緊緊勒住少女手腳的繩索、一邊沈穩地說：「我們是無意間發現這庵堂有鬼的，竹林外還有三十多個惡人守著。如今要救妳出去，就不好讓他們太早發現異樣……」

謝沛話未說完，少女突然瘋狂尖叫起來：「殺了他們！殺了！啊啊啊——」

繩索全被解開，在尖叫聲響起的瞬間，少女竟如瘋了般，紅著眼，口角滲血地朝謝沛撲來。

上輩子謝沛曾見過臨陣殺紅眼的士兵，也是同樣敵我不分、亂殺一氣。於是，她眉頭微皺，乾脆俐落地輕捏了下少女的頸側。

這一捏精準無比，瘋魔的少女瞬間軟倒在地。

謝沛搖搖頭，心中嘆氣，手上卻不停，飛快幫少女套上衣服。

此時，李彥錦也進了竹樓，在門外低聲道：「二……郎，旁邊兩間屋子裡也有人。」

謝沛頓了下，加快動作。少頃，她把暈厥的少女抱出來，對李彥錦道：「裡面那兩個人已經死了，你去搜一下。我去看看其他房間。」

李彥錦點點頭，推門進去。

謝沛把少女放在地上，看看還沒醒的車夫，再沒有絲毫猶豫，一手掐斷他的喉骨。

隨即，她起身把另外兩道房門打開，裡面都鎖著一個妙齡女子。而她們見到謝沛破門而入時，也嚇得尖叫起來。

謝沛無奈，時間緊迫，來不及溫言細語地解釋，只得依舊把兩個女子捏昏，抱出房來。

待她把人安置好後，李彥錦也搜完車夫、中年尼姑和嫖客的身。

「找到一點東西，現在怎麼弄？」李彥錦見到三間房內如同刑具般的物件，以及三位女子的慘狀，原本還有些猶疑的心頓時變得冷硬起來。

「會趕車嗎？」謝沛問道。

李彥錦尷尬地搖搖頭，感覺自己似乎有點廢物……

「那你趕緊幫我易容，儘量弄得與這車夫相似。我們先將三個姑娘送出去，讓師父把人帶走。若是還沒被發現，再回來做別的事情。」

謝沛把臉一抬，示意李彥錦趕緊動手。

李彥錦眼角抽搐，沒想到自己此行最大的用處，竟然是幫人化妝……

李彥錦比照著車夫的面相，幫謝沛勾畫一番，黏上鬍鬚，換了髮型，套上車夫的衣服，才算勉強完工。

「行了。能不驚動他們最好，實在不成，咱們乾脆殺個痛快好了！」謝沛看著李彥錦擔憂的眼神，非常爺兒們地拍拍他的肩膀。

兩人把三個姑娘搬進馬車，又分頭將三具屍體的衣衫剝了，挨個丟進三間房內。出竹林時，領隊顛顛地跑過來，諂媚地隔著門簾，對馬車裡道：「老爺要回去了啊？今兒可……」

他話沒說完，就聽到趕車的車夫沒好氣地咳了聲。

領隊一愣，還沒想明白自己怎麼招貴人厭了，只見車夫滿臉不耐地揚起馬鞭一抽，得兒駕地趕著馬車離開了。

第二十章

馬車非常順利地出了清善庵。

走了一陣後，李彥錦眼前一亮，車簾被人挑起——

智通笑道：「小子，快出來。」

李彥錦摸摸鼻子，覺得自己應該儘早去考古代駕照了。就算沒有駕照，至少也要會開車……呃，趕車，才行啊！

三人趕著馬車，離開大路，來到一處僻靜的小樹林中。

謝沛看看車廂中的姑娘，轉頭對智通道：「如今安置她們，倒有些麻煩。縣令那廝已經被清善庵收買，若把她們帶進城裡，萬一被發現，恐怕又要……」

謝沛話音一落，最早昏過去的少女就微微抖了下眼皮。

謝沛恍若完全沒看見般，繼續道：「現在想保住這三位，並脫離魔窟，只能暫時先躲一陣。大哥你看呢？」

智通一愣，這才想起，今天出門時，謝沛特意交代，三人間不要叫真名，以兄弟互稱。此刻，他顧不上細想自己好像被降了一輩，撓著頭道：「城裡有個鳥廝縣令，難保他不會繼續害人，看來只能藏在城外。哎，我去找大……叔問問，看看有沒有地方安置她們。」

謝沛點頭。「她們都是可憐人吶，如今昏著還好，待醒來時，怕是忍不住要哭鬧，甚至尋死……怕是要找人照顧著。」

這話一說完，就聽見車廂裡傳來一聲悲戚哭聲，醒來的少女掙扎著爬起來，跪在車廂門口，凝視謝沛三人一會兒，突然咚咚咚地磕起響頭。

謝沛趕緊上前攔住她，溫言道：「這位姊姊，快別磕了……之前救妳時，因怕妳叫嚷引來麻煩，不得已才弄昏妳，還請見諒。」

少女強忍住嗚咽，道：「多謝三位恩人相救！還請諸位開恩，再收留我們一陣。待風頭過去，我們就自己離開，絕不敢帶累恩人。」

「莫急，此處不是久留之地。我先帶妳們去一個長輩那裡暫避幾日。」

商議完，智通正準備接過馬鞭趕車，謝沛卻忽然示意他們噤聲，抬起下巴朝大路那邊一橫——有人來了。

車廂中的少女見狀，如驚弓之鳥般，克制不住地顫抖起來。

片刻工夫，又有一輛黑油馬車從大道上經過，向清善庵駛去。

謝沛見狀，眉頭微皺，眨了眨眼，低聲道：「怕是又來了一個禽獸……正好，我還有事沒做完。大哥，把你那套放火的東西借我用用。」

智通愣了下，從腰間解下個小口袋遞給謝沛。「妳自己去？要不，我跟妳一起去吧？」

謝沛搖頭。「大哥先帶三個姑娘走。這樣吧，讓三弟跟著我，若真動手打起來，有他在外面接應，肯定能脫身。」

智通想想李彥錦那些稀奇古怪卻非常讓人頭疼的暗器，終於點頭。論武功，謝沛如今已經勝過他，再加上李彥錦幫忙，兩人脫身不成問題。

商議完，謝沛急著去探，只來得及和李彥錦交代一句，便施展輕功去追黑油馬車。

片刻後，一道黑影輕巧地鑽到車廂下面，跟著馬車一同進了清善庵。

這段日子，李彥錦的輕功雖然有進步，但與謝沛相比，還是有些差距。他緊追一陣，只趕在馬車進門時，將一物丟到車廂下方，就躲在庵門外，等著接應謝沛了。

黑油馬車進院時，無人相迎，而是車夫叫門的。

不過，守門的人認識他，嘀咕兩句就把人放進去。

掛在車廂下的謝沛清楚地聽到守門的人說：「怎麼這個時候來了？還不到日子啊……」

謝沛隨著馬車再次來到竹林外，剛送走貴人的領隊又顛顛地跑過來。

「喲，是高老爺吧？怎麼這時辰來了？」領隊賠笑問道。

車簾被人唰地掀開，胖乎乎的高金貴擠到窗前。「怎麼？柳兒那裡有客？」

領隊笑道：「那怎麼會？柳兒可是您包了兩個月的。只是原本約好後日才來……」

「沒人就行。後日我有事，今兒來消消乏。你別廢話了，趕緊帶路，老爺我可沒興致看你這黑臉方腦殼……」

高金貴說完，把簾子一放，砰一聲倒回車廂。

領隊的臉色越發黑了，低頭忍著，把馬車帶進了竹林。

靠近竹樓時，領隊忽覺有些不對勁。平日裡，那三個小美人總是哭哭啼啼，今兒竟一聲不出，特別安靜……

可惜還沒等他想完，高金貴就開始趕人了。

「把鑰匙給我就行。都走、都走，別影響老爺我的興致。」又吩咐車夫：「你把馬車趕到竹林口，明早再來接我。」

領隊和車夫無語，看著高金貴搓著肥手上了竹樓。

高金貴哼著小曲，輕推了下竹樓的門。他們這些嫖客都知道規矩，若是樓中有客人，這竹門就會從裡面拴上，推不開的。

不過今兒他來得巧，正好沒人排在前面。

不過，這竹門推著有點怪，感覺輕飄飄的。

這個念頭只在他心中一閃而逝，捏著鑰匙，進了堂屋，朝中間的小門走去。

走到近前，高金貴發現，原本的掛鎖不知為何竟然鬆開，門虛掩著而已。

「小柳兒～～小柳兒～～老爺來看妳了……」高金貴顧不上多想，一邊扯開腰帶、一邊嘿嘿笑著推門進屋。

屋中沒有點燈，高金貴有些不習慣地抱怨了句：「老子砸那麼多錢，這摳門尼姑竟然連點燈油都捨不得花……」

好在屋裡擺設他都熟悉，隱約看見個光溜溜的人影呈大字形地被綁在床上。

「哎喲喲，我的柳兒喲，怎麼又被綁上了？讓老爺來幫幫妳……唔唔唔！」

黑暗的竹屋中，原本應該被捆在床上的人影忽然姿態詭異地朝高金貴撲過來。

高金貴冷不防被撲個正著，竟四腳朝天地跌倒在地。

雖然屋中沒有點燈，可高金貴再瞎，也能看出與自己胖臉上緊緊相貼的，分明是一個男人頭！

他剛想尖叫，不想那男人用腦袋猛地出力一砸，頓時把他砸得鼻子痠疼、眼淚直冒。

「唔唔唔……」慌亂中，高金貴想推開這該死的男人，孰料此人竟重如千斤，壓得他險些閉過氣去。

掙扎間，高金貴脖子上掛著的玉牌從裡衣中滑出來，讓踩在他身上的謝沛看個正著。

雖只有半截，可謝沛卻覺得彷彿在何處見過。

因此，她原本準備直接壓死這胖子，被迫暫時停了手。

高金貴已經被壓得面目青紫、難以喘息，本以為這短暫而肆意的一生即將結束時，那壓著他的惡鬼忽然變輕了。

正當他終於吸進了一口氣時，半空中忽然響起淒慘幽怨的女聲——

「我……死得……好慘啊……我怨啊……恨啊……你也死了吧……」

高金貴猛地僵住，片刻後才顫抖著開口道：「小、小柳兒？」

腔調詭異的女聲忽然尖利地怪笑起來。「死了……都死了……你看，這禽獸也被我掏了心，現在……輪到你了……」

「啊，不不不！小柳兒，不是我害死妳的！」高金貴試圖爬起來，但不管他如何掙扎，都被那具男屍死死壓在身下。

已經被嚇尿的高金貴開始努力挽救自己的小命。

「小柳兒，妳別殺我。今後，我、我天天給妳燒紙錢！不，燒真錢，燒銀子、化金子，妳想要什麼，我就燒什麼！回頭幫妳修玉石碑的墳，再……再給妳家裡送上萬兩白銀！」

某人淒厲怪笑道：「胖鬼啊，你也活不了多久了，竟然還想騙鬼？許下這種誓言，你哪來的銀錢？」

高金貴聽女鬼答話，強壓下驚恐，連珠炮般飛快地說：「不不不，我沒騙人。之前我沒告訴過妳，我是高運錢莊的大少爺嗎？我叫高金貴，是如今錢莊大老闆的嫡長子！我家開錢莊，金山銀山都用不完！沒騙妳，沒騙妳啊！」

謝沛吸了口氣，她真沒想到，竟會在這種情況下，見到高運錢莊的人！

上輩子，她成了鬼將軍後，除被召回京城述職外，其他時日都在北疆抵禦外敵。

若說之前的朱家四惡、程惠仙母女、徐仲書和劉洪文、胡通判是毀了她小家的仇人，那麼，高運錢莊絕對稱得上是毀了寧國的大仇人。

哪怕重生而來的謝沛對寧國皇家毫無敬意，可對於高運錢莊這種在戰時大量偷運、販賣武器、糧草等物給敵國，害死無數英勇將士和無辜百姓的混蛋玩意，更是深惡痛絕。

連她的死亡，背後也有高運錢莊的毒手。

想到陰險狡詐的高運通，再低頭看看地上死豬般的高金貴，謝沛忽然覺得，今晚的運氣實在不錯。

一個時辰後，清善庵的竹林中突然冒起了濃煙。

守在外面的守衛察覺不對，立刻衝進去。

火勢猛烈，只一刻鐘，整片竹林全燃了起來。

原本精緻美麗卻充滿邪惡與絕望的竹樓，在須臾間燒成巨大的篝火堆。

高家車夫見狀，撲通一聲跪倒在地，嘴裡喃喃念叨：「完了，完了……」

剛剛才救完一場小火的守衛，直接放棄了。已經燒成灰，再救也救不出什麼東西。

這個深夜，對清善庵來說，是一場巨大的災難。

雖然竹林周圍並無其他房屋和樹木，庵堂中大部分屋舍躲過一劫，但庵主惠寧那比死人臉還難看的神色，卻讓所有人都知道，他們惹上大事了……

另一邊，火勢一起，謝沛就趁亂溜出清善庵，剛摸到院牆邊，就看到李彥錦神色焦急，想翻牆進來。

「咕~~」謝沛輕叫一聲。

李彥錦聞聲，扭頭看來。

見到謝沛平安無事，李彥錦高興得也咧嘴叫了聲：「喵~~」

謝沛心情不錯，聽了這聲貓叫後，竟覺得非常動聽，月色下，不由露出可愛的笑容。

李彥錦被這笑容震了下，彷彿有枝魔法棒點了他的腦子……

謝沛看李彥錦笑得傻氣，心裡也偷笑了下，樂過之後，便拽著人飛快離開了清善庵。

接下來，兩人分頭行動。
李彥錦去古德寺與智通會合，謝沛則回去報平安了。

另一邊，清善庵陷入了極大的恐慌。
原本燒了竹樓、竹林，對清善庵來說，的確損失不小，但也不至於影響根基。可要命的是，待在竹樓裡的，還有胖老爺高金貴啊！
雖然清善庵中知道高金貴身分的人不多，惠寧卻是一清二楚。遍布江南、勢力龐大的高運錢莊啊！
高運錢莊大老闆的嫡長子死在清善庵，連點骨灰都沒留下……
怎麼辦?!
惠寧是個毒辣之人，在屋裡走了兩圈，想了想，便吩咐領隊殺了高家的車夫，把馬車燒掉，再把幫高金貴開門的人也殺了。
她知道自己絕對無法承受高家的怒火，既然都是死，不如乾脆說高金貴沒來過清善庵。若是處理得乾淨，說不定還能掙出一線生機。
領隊也知道事情不妙，非常乾脆地把車夫、門子都解決了。而那黑油馬車則被拆掉，運到竹林廢墟中燒個乾淨。
做完這一切後，竹林裡的守衛也累壞了。
他們回到屋中，剛要休息，就聽見外面有女尼嬌滴滴出聲，說是送麻辣羊肉湯來。

六個房間裡，人人都得了一碗香噴噴的羊肉湯，說是惠寧特意叫店家送的，酬謝守衛們的辛苦。

領隊看手下都喝了，沒什麼不對，才端起湯碗喝了幾口。

喝完湯後，三十幾個漢子擦擦洗洗，陸續上床歇息。

可待他們睡著沒多久後，這排房舍竟然也冒出了火光。

火舌肆虐中，房舍中並無一人呼救、跑動，三十幾個守衛全在睡夢中被燒成了飛灰……

守衛們葬身火海，惠寧卻沒感到安心，如同瘋癲般，鑽到自己床下胡亂翻找。

「不可能！不可能！怎麼會沒了?!」惠寧一邊找、一邊喃喃自語。

當她徹底翻完床底後，才雙眼呆滯地背靠床柱，滑倒在地。

十年來，她費盡心思經營這座風月庵，圖了個什麼？

原本，她床底有一口狀似棺材的鐵木箱子。

那箱子空著都有兩百斤重，當初可是四個壯漢一起用勁，才把這箱子抬進屋。

她正是看中了這箱子的沈重、結實以及防蟲耐火，才特意花高價買來，用來藏她的寶貝銀錢。

然而，誰能料到，今夜惠寧心神不寧時，想點點自己的藏銀來平緩心緒，卻險些被驚得暈過去。

那裝滿了錢票、金銀的鐵木箱子，竟然不翼而飛了！

那可是重達五百多斤的箱子啊，怎麼會無聲無息地不見了呢？

惠寧張嘴仰頭，開始回想起今天發生的事。

要進這個放著錢的內室，必須開三道鎖。方才她回來時，三副鎖都是好好的……

再低頭看看從不離身的鑰匙，惠寧咬牙切齒道：「千防萬防，家賊難防！」

於是，在這短短的一天一夜裡，清善庵歷經三場火災，竟又雞飛狗跳地鬧起大搜檢。

然而惠寧死都想不到，險些把她逼瘋的鐵木箱子，其實就藏在無人問津的佛臺下。

寂靜的大殿中，六百多斤重的文殊菩薩佛像左手持青蓮，右手持寶劍，面上帶著慈悲的微笑。

只是菩薩的蓮臺似乎比平時略高了一點點……

第二十一章

做了好事卻不留姓名的謝沛，回家安撫好謝棟，便趕去古德寺，與智通和李彥錦會合。

雖然智通性子魯直，可也知道古德寺畢竟是和尚廟，不好直接收留三個可憐女子。

於是，他先把馬車趕到古德寺後山的菜園附近，這裡平日沒人經過，也沒有野獸出沒，還算是個安全的地方。

智通把馬車拴在菜園柵欄上，低聲囑咐已經醒過來的女子幾句，就翻身進了寺院。

當謝沛趕到時，慧安大師已經把三名女子安置到古德寺的田莊，那裡有幾個婆子、寡婦，都是無處可去後，被寺裡收留的可憐人。

莊上的人見到三個姑娘後，以為同樣是遭了難、無家可歸之人，再加上覺明的囑託，便精心照顧她們。

安排好三人後，慧安還有事情要做。

他知道，這事處理不好，恐怕會牽連古德寺。他身為住持，不察之責，自然是跑不掉的；礙於諸多原因，他還不能大張旗鼓地去對付清善庵。

好在慧安的師弟乃衛川縣上湖白府僧正司的僧正，平日對這個大師兄非常敬重，劉洪文也因此不敢隨意刁難古德寺。

因此，慧安寫信向師弟求助，請他出面整頓污穢不堪的清善庵。

按說，這事其實應該由衛川縣的僧會司去辦。可劉洪文上任後，這個職位就被他以一百八十兩銀子賣出去，如今占著這職位的，竟是個賣香燭發家的財主。那財主掏錢買了份度牒，名義上是能說得過去，可縣裡誰不知道，這不過是糊弄、糊弄上面罷了。

慧安早對強迫衛川縣所有寺廟買財主家香燭的「僧會」十分不滿，現在這事情還與劉洪文有些牽連，就更不指望財主能幫忙，才會越過縣裡僧會，直接找州府僧正。

智通倒是想直接把清善庵燒成灰燼，可他根本不敢在慧安面前提。且此事已經捅到州府僧正那裡，怕給慧安添亂，只得壓下「燒燒燒」的念頭。

見事情暫時處理妥當，謝沛三人便離了古德寺，齊齊返家。

回到謝家後，謝棟聽謝沛等人說完經過，才放下心來。

雖然他知道清善庵裡沒幾個好人，可想到殺人放火，就忍不住心驚膽戰，又怕三個年輕人累著，遂催他們回房歇息。

智通進房後，琢磨了一會兒，覺得謝沛到底還是個小娘子。如果是他收尾，定然會趁亂宰了庵主和一幫禽獸，接著放火把他們燒個精光，根本不用讓慧安大師找人去查東查西。

他不知道，謝沛之所以沒有動手，並非心慈手軟，不過是想著無辜女子已經被救出來，多留這些禍害幾天，還能派上別的用場。

幾天後，就是徐仲書與宋嬌約定的日子，這對狗男女可是說好，要在清善庵中快活一番的……

如此良機，豈可放過？

謝沛這邊正想著如何藉機把幾個禽獸一鍋端了，與此同時，惠寧也接到宋嬌的傳信，六天後，她要到清善庵與人私會。

這個消息對惠寧而言，實在如救命稻草一樣重要。

原本她就因為害死高運錢莊的嫡長子高金貴而心驚膽戰，再加上賴以安身的私房錢被人盜走，越發覺得日子過不下去。

如今聽見宋嬌交代的事，她就想到了一條保命、翻身的路子。

以前，她只想著多撈錢，光盯著那些有錢的男子想主意。可這些肯到她庵裡來尋歡的嫖客，就沒一個好的，付完錢，下了床，提起褲子就走。別說留什麼情面了，一個弄不好，還會像高金貴這樣，給她招災惹禍。

面對這些客人，惠寧可沒什麼底氣，就算想拿捏此事當把柄，奈何人家根本不怕這個。說破了，這些不過是男人的風流事罷了，要不是圖個新鮮刺激，又想留點臉面，他們完全可以大搖大擺地上門。

吃了大虧後，惠寧才發現，以前根本沒找對路子！

於是，她決定利用宋嬌，把生意轉到有錢、有閒，還有點權的女人身上。只要能把她們勾到庵堂裡與人苟合，今後這些女人就再也無法擺脫她的控制。

惠寧打算好，轉頭便吩咐手下們四處招人。這次，打著修葺庵堂的名頭，乘機多拐些俊俏小子回來……

謝沛並不知道清善庵中又起了暗流，這幾日，她忙著布局捉人，還抓了智通與李彥錦一起謀劃準備。

三個傢伙起早貪黑地成日在外忙碌，只留下謝棟獨守飯館，看著夥計阿壽唉聲嘆氣。

轉眼，到了五月十三日。

徐仲書難得早起，穿上新做的窄身錦袍，頭髮梳得油光水滑，面上還敷了層薄粉，佩帶好玉墜、荷包，才搖著摺扇坐上馬車，朝清善庵駛去。

另一邊，宋嬌也跟劉洪文說了，今日要去清善庵求子，晚間才歸。

劉洪文除了老家正妻生有兒女，在外為官多年都不曾添子，如今聽了愛妾的請求，自然滿口答應。

只是他沒想到，送走愛妾後，懶懶散散朝官衙行去時，竟然被人當街揍了！

說來也是見鬼了，原本他正哼著小調，邁開八字步走著，身後忽然竄出一個生著三角眼的漢子，二話不說衝上來，對準他的鼻子就搗了一拳。

自從當了官後，劉洪文再沒與人動過手，更別提挨打了。如今穿著官服，光天化日的，竟還有人敢上來動手，讓劉洪文和路邊的閒人徹底驚呆了……

三角眼漢子卻不管那些，拳頭不停，直朝劉洪文最疼的地方打。打著、打著，居然還把他袖袋裡和懷裡揣著的東西全掏出來，搶走之後，一聲不吭，扭頭就跑。

直到此時，劉洪文才反應過來，立刻扯著破喉嚨嘶叫：「快！抓住那個漢子！縣老爺重重有賞！」

劉洪文頂著一張青紫腫脹的豬頭，恍如被人在屁股下放了鞭炮般，完全不顧形象地邊追邊叫。

遠遠瞧見、不明真相的路人，還以為從哪跑出一個瘋子，紛紛避讓。

若只是挨打，劉洪文恐怕不會如此賣命去追。可這事也是巧了，劉洪文是個官迷，當了縣令後，就有個不好對人說的習慣。

本來應該收在衙門中的官印，他卻天天隨身攜帶。睡前，還要把官印拿出來，摸一摸、親一親，壓在枕頭下，才能踏實。

往日，這習慣沒什麼影響，孰料竟會有人在光天化日下襲擊穿著官服的縣令！

這還不算，居然把他藏在懷裡的官印一併搶了。要是傳出去，別說想升官，連能不能繼續當縣太爺都很難說。

因此，三角眼漢子跑沒一會兒，身後就跟著劉洪文與縣衙衙役。

這群人在城裡跑來跑去，不管怎麼追，硬是追不上人。要命的是，那三角眼漢子跑得極險，幾次都差點被後面的人抓到，更不可能放過。

於是，劉洪文一群人被三角眼漢子帶著跑出城……然後，非常順利地跑到了清善庵。

清善庵門前，劉洪文親眼看見該死的惡賊翻了院牆，氣急敗壞地闖進庵裡。

當他見到惠寧那雙熟悉的三角眼後，一股怒火直衝靈臺。混帳，不要以為套件尼姑袍子，老子就不認識了！

「抓……抓住他！」劉洪文喘得抽風般吼道。

跑得吐血的衙役們上氣不接下氣地應聲：「……是！」

惠寧見狀，頓覺大事不妙，難道劉洪文親自上門抓姦?!

她心驚肉跳，想要拖延片刻，不想劉洪文恨極了她那對三角眼，不但讓衙役們立刻動手，自己也跑上去踹幾腳。

哪怕惠寧心思再毒辣，畢竟也只是個不擅跑動的中年尼姑，哪能抵擋一群衙役的毆打，眨眼間被踢倒在地，不斷慘叫求饒。

劉洪文正想逼問官印的下落，斜側突然冒出一個人影，正是之前打他的漢子！

「抓住他，別讓賊人跑了！」劉洪文再顧不上惠寧，拔腿帶人朝內院跑去。

三角眼漢子似乎被驚到了，竟昏頭昏腦地跑進一座小院。

劉洪文見狀，精神大振，一揮胳膊，領著眾人衝進去。

三角眼漢子與劉洪文等人只隔了五、六尺的距離，他在前面跑得急，後面的人更是追得緊。

一群人乒乒乓乓地破門穿屋，眨眼工夫，就闖到一間雅致小屋的門口。

此時，三角眼漢子忽然扭頭，衝劉洪文露出個賤兮兮的笑容，緊接著一腳踹開木門，衝了進去。

衙役們見狀，簇擁劉洪文緊隨其後，也進了屋。

一聲女子的尖叫猛地刺破眾人耳膜，接著，劉洪文狂怒至極地嘶吼：「賤人——」被屋中的狗男女氣得險些吐血。

「啊——」

那女子堪堪套上肚兜，褻褲卻被拋在床下，還來不及穿；男子穿了褻褲，可赤裸的胸背上，留了不少曖昧的紅痕，十分刺目……

若是這對狗男女中沒有大家都認識的宋嬌，恐怕此刻所有人都會非常開心地看一場八卦豔事。可眼下，眾人卻陷入了異常尷尬的沈默。

有那識相的，早默默地摀著臉，退了出去；可也有不長眼的，強忍著笑，在劉洪文與宋嬌兩人之間來回偷看。

此時，似乎所有人都忘記剛才他們喊打喊殺追著的三角眼漢子了。

另一邊，溜出院子的謝沛，找個無人角落，輕輕搓掉眼睛周圍的膠，取下鬍鬚，然後將黃褐色的短衣翻過來，重新穿上，三角眼漢子轉眼就變成了圓眼小郎君。

恢復面貌的謝沛沒再回去偷聽劉洪文的綠帽子傳奇，而是先到佛堂看看自己藏的箱子，知曉箱子還沒被人發現，遂輕鬆地越牆而出，直奔謝家飯館。

出了清善庵後，謝沛沒從城門走，而是同之前一樣，從無人值守的城牆上飛身躍過。

落地後，謝沛脫下皂色短打外衣，裡面露出小娘子常穿的襦裙，之前裙子摺疊起來束在腰間，如今放下，正好能遮住裡褲。

再把髮髻散了，重新梳好，謝沛恢復平日的裝扮，不緊不慢地回家去了。

此時，謝家飯館中，不少人在議論剛才縣令遇賊的事情。

謝棟一邊炒菜、一邊盯著自家大門。當他看到閨女熟悉的身影出現時，立刻大聲嚷道：「讓妳去買的料酒可買到了？我這裡還等著用呢！」

謝沛從包袱裡摸出陶瓶，一邊走、一邊揚聲道：「爹爹看看，是不是這種馮黃酒？」

屋子裡的食客也笑嘻嘻地同謝沛打招呼，然後繼續熱烈討論今日最大的奇聞。

此時，李彥錦正與阿壽忙前忙後。

謝沛經過他身邊時，兩人四目相對，一個微笑眨眼、一個輕輕點頭，無聲中，自有默契。

與此同時，智通正在古德寺裡。按計畫，今日他必須在寺中待到下午才能離去，乾脆把這陣子賺來的銅錢換成吃食點心，送給平日裡交情不錯的僧人。

原本智通想和謝沛一起去清善庵，只是謝沛想得仔細，為洗脫嫌疑，他們都要能證明自己沒有搶官印的工夫，才決定各自行動。

之前，他們連續盯了劉洪文幾天，發現他有隨身攜帶官印的毛病。於是，為了不讓劉洪文追到半路放棄，才決定搶他的官印。

搶了之後，待劉洪文冷靜下來，勢必要滿城追查可疑之人。凶名在外的師徒三人，恐怕很容易就被挑出來，當作懷疑的對象。

故此，謝沛才特意囑咐智通和李彥錦，一個留在寺中、一個留在飯館。自己則利用武功和簡單改裝，做出並未出城的假象。

許是這輩子想多享受些安穩日子，如今她行事更多了幾分謹慎。哪怕不那麼痛快，還要多費些工夫，也要選最穩妥的做法。

謝家這邊一切順利，劉洪文卻滿臉烏雲密布。

宋嬌、徐仲書與惠寧等人已被他押回縣衙，清善庵也派衙役看守起來。

宋嬌沒想到事情暴露得如此之快，在清善庵中，就痛哭流涕地辯說自己是無辜的，一切都是徐仲書逼迫而成。

可惜，她這番辯白並沒有獲得旁人信任，且不說徐仲書為了活命，老實地把自己與宋嬌兩次苟合之事說了一遍，連劉洪文也沒傻到相信宋嬌真是被人強迫的。

旁人不知清善庵是什麼地方，劉洪文卻是一清二楚，惠寧私底下可是格外巴結他的。宋嬌去了清善庵，只可能被當作貴人供著，如何敢讓她吃那麼大的悶虧？

再說了，劉洪文又不是沒經過人事的毛頭小子。當時屋裡那情形，說什麼被逼，分明是情熱的一對狗男女！

劉洪文是個格外要臉的人，哪怕勒索錢財時，也要找些冠冕堂皇的理由。今天大失顏面，怎會輕易放過帶給他奇恥大辱的狗東西！

當夜，宋嬌便暴病身亡了。

徐仲書則被當作勾結外賊、盜取官印之人，押入大牢。聽說進了大牢後，「享受」了一套特別刑罰，最後主動認罪、按下指印。

至於惠寧，就更悲慘了。

原本劉洪文想著，只要這老尼姑肯出血本，倒不是不能放她一馬。

孰料，惠寧的老本竟在前幾日就插翅而飛，尋找無門。

於是，沒撈到錢的縣令大人一怒之下，把清善庵圍起來。理由是現成的，偷了官印的賊人還在庵裡，不找出來，誰都別想跑！

恰在此時，州府僧正司派人來查清善庵的事。

任衛川縣令以來，劉洪文難得秉公執法一回，與僧正將清善庵好好搜查了一番。

於是，這座風月庵再也無法掩藏，惠寧連同那些假尼姑真暗娼們，全被送進大牢。

接著，僧正將清善庵貼上封條，撤銷惠寧等人的度牒，逐出佛門，順帶把清善庵的地收到州府僧正司手裡。

劉洪文沒在惠寧那裡撈到油水，送走僧正後，對牢裡的假尼姑打起了主意。

有些比較幸運的，掏光積蓄，幫自己買回一條小命。

而像惠寧這樣手中無銀的，則被劉洪文轉手，再賣一次。

只是，惠寧實在老醜，賣了好一陣子，都沒找到下家。

最後，劉洪文一氣之下，乾脆把惠寧送到城裡一處私窯裡，與那邊的老鴇說好，今後惠寧賺的錢，兩人五五分帳。

又過了半個月，劉洪文不但在牢中把徐仲書弄成閹人，還藉機把徐家最後的錢財榨光。

最後，徐老爺賣了宅院、下人，帶著廢人般的兒子連夜逃離衛川，留下做假藥的岳父母，丟在路邊無人看顧。

劉洪文收拾完這些傢伙，果然開始在城裡查起可疑之人。

好在，五月十三日那天，謝家人都有人證，證明他們與搶劫官印之事無關。

劉洪文久尋不到官印的下落，乾脆偷偷出錢，找人刻假的充數了。

第二十二章

風聲過去後，六月的某個深夜裡，謝沛將一口棺材模樣的鐵木箱子扛回家。

她和李彥錦點算清楚箱中的銀錢後，都呆住了。

沒想到，這座風月庵，十年工夫，竟然替惠寧賺到五萬多兩。光現銀就有二萬多兩，銅錢不多，其他的全是銀票和金子。

「咱們這是……發財了？」李彥錦看著閃亮亮的銀子，目光呆滯地問道。

謝沛輕笑，拍他的腦袋。「這些錢，不是咱們能花的。住在田莊上的三個姑娘，應該分大份的。」

李彥錦點點頭。「嗯，她們不願回家，下半生能多些錢財傍身，最好不過。」

謝沛聞言，卻撓撓頭。「按道上的規矩，咱們幫她們奪回財物，能收個五百兩銀子做辛苦錢。其餘的，她們每人一萬兩，剩下的放到慧安大師那裡。日後，若再有無辜之人，就從這筆錢裡支應。」

李彥錦聽了，摸著下巴。「這就是受害者基金啊……」

「什麼雞成了精？」謝沛不明所以。

「咳，什麼雞精鴨怪的。」李彥錦笑著搖頭。「對了，妳不會打算直接把這麼多銀子分給她們吧？」

「怎麼？捨不得這麼多白花花、金閃閃的寶貝了嗎？」謝沛歪頭問道。

「咳，我李彥錦是那種人嗎？這些錢裡可都滲著血吶……能貪這個？」李彥錦嘟囔：「我是覺得，一下子全給出去，會不會反倒害了她們？」

謝沛眉頭一翹。「怎麼個害法，你說說看？」

李彥錦打量謝沛的臉色，發現她並沒生氣，於是放心道：「我也是在碼頭上賣了好幾年炸豆腐的人吶，那裡來來往往多少人，聽的事兒可多了去。寡婦被奪了家業啊、弱女被騙了嫁妝啊，都不是什麼稀罕事兒。

「咱們救的三個小姊姊也就十六、七歲，剛遭了大難，又陡然乍富，這麼短的時日裡，哪能立刻回過神啊？稀裡糊塗地突然有了萬兩銀錢，誰敢保證她們會不會刺激太大，直接走偏？就算她們冷靜，可想穩妥地保住這些，卻不是三個弱女子能做到的。」

原本，謝沛只是想試試，看李彥錦面對巨額銀錢時，可會生出異樣心思？不承想，雖然他不同意她的話，卻不是因為生出貪婪之心。

「小姊姊……？」謝沛唸著這個古怪稱呼，然後一副恍然大悟的表情，點頭說道：「你說得對啊！那咱們該怎麼處理這筆錢？」

李彥錦撓頭。「除了該得的辛苦錢，其他的，咱們肯定不能吞。不過，就算要分給那三個小姊姊，最好還是一步步來比較穩妥。一開始，每人分二百兩銀子好了，這麼多，足以讓她們心裡安穩下來，但又不會生出暴富後的輕佻浮躁。」

謝沛頷首，在衛川縣，二百兩銀子已是一戶中等人家十來年的花銷。

李彥錦見謝沛點頭，不禁有點得意，舔舔嘴唇，越發認真地規劃。

「我覺得，這事要請慧安大師幫忙。之前咱們擔心暴露身分，所以沒在三個小姊姊面前露出真容。既然這樣，乾脆讓大師出面，對三方都有好處。

「我想著，咱們可以先拿出一千五百兩銀子，請慧安大師置辦一百五十畝田地，把這些田分給三個小姊姊。當然了，耕種的活兒還是拜託古德寺田莊上的人，收穫時，分出二成田產交給她們。一成交給古德寺，算是辛苦錢。

「這樣一來，三個小姊姊可衣食無憂，又避免弱女子被人矇騙的危險；對古德寺而言，既是行善，也能多點進項；對咱們而言，更少了些麻煩事。」

謝沛笑道：「你這主意好，只是又要麻煩大師了。」

李彥錦擺擺手。「大師肯定會同意。之前他就覺得清善庵的事，自己多少有點責任，如今有彌補的機會，自然不會拒絕，嘿嘿……」

「你這是欺負老實人啊？」謝沛搖頭。

「哪裡是欺負啊？給他們行善又有收益的機會，多好的事！」李彥錦一臉「不識好人心」的表情。

謝沛不再笑他，踢了踢箱子。「那剩下的錢怎麼辦？」

李彥錦摸著下巴，瞇眼琢磨一會兒，道：「咱們分錢給她們，是希望她們能過得幸福。既是這樣，便不用拘泥於立刻分出多少。每年請大師幫她們添點田地、鋪子啊，或者別的東西，讓她們的家業慢慢多起來，十年工夫，就差不多夠了……至於剩下的，留給其他需要幫助的人。」

謝沛看著李彥錦，心裡覺得這小子果然是個通透之人。之前她認為，錢是從這些無辜受害的女子身上得來，分給她們也是天經地義。

可此時聽他一番話，才想通，分多分少，其實都是希望這些女子能在今後過得好些。既然如此，按李彥錦的主意做，才是最適合的法子。

謝沛的笑容中帶著欣賞，滿意地拍拍他的胳膊。「行，這事就交給你辦。」

李彥錦摀著胳膊，嘟囔道：「我怎麼感覺妳像是我老闆一樣？好好幹，我看好你……」

謝沛這才發現自己又冒出了上輩子鼓勵下屬的習慣，也忍不住笑出聲來。

次日，三人一起去見慧安大師，談了大半天後，終於定下此事。

六月底，住在田莊上的三位女子得知慧安大師要來看望她們。

兩個姑娘聽了，擔心他是來趕人的，倒是另一個比較鎮定，安慰她們，若是趕人的話，又何必慧安大師親自出面？

然而，即便三人都儘量往好的猜，但誰都沒想到，慧安大師會送來這麼厚重的禮物。

這次他來，除了看看她們過得如何外，也帶著剛辦下來的地契和銀錢。每人除了有二百兩銀子外，還有五十畝的地契與一份契書。

此時她們並沒有戶籍，所以地契上只能寫慧安的名字，並另立契書。契書上寫明了，這三份各五十畝的地已被慧安抵出去，贖回之前，持契之人每年將得到田地的二成出產。

三個姑娘聽完慧安所述，感激涕零，不敢收下。

慧安見狀，好生安撫了她們，三人這才淚流滿面地收了銀錢和地契。

經過清善庵的事，看李彥錦把事情處理得很好，謝沛更加清楚，兩人的想法頗為相似。這讓她覺得輕鬆又愉快，不用費勁解釋，不用獨自琢磨，更加不用掩飾……看著李彥錦輕快矯健的練功身姿，忍不住把眼睛瞇成了兩彎月牙。

正在練習輕功的李彥錦發現謝沛似傾倒於他帥氣的身姿中，心情頓時飛揚起來。

結果，這一飛揚，他蹬腿時，就有點用力過猛。

嘶啦！布疋的撕裂聲從李彥錦的下半身傳來。

謝沛頓時把月牙眼瞪圓了，盯著李彥錦的褲子不放。

李彥錦尷尬地落地，併著腿，站在院中，一動不動。

謝沛見狀，忍著笑，準備轉頭離開。不防智通恰好過來，見李彥錦傻站在院中，沒好氣地一掌拍過去。

「臭小子，竟然敢背著我偷懶?!」

「不是……哎喲！」

李彥錦來不及解釋，就跳起來，閃躲智通的掌風。

可他剛躍起，隨即想到褲子破了，於是臨空一縮，又跳下來。

智通這才看到，徒弟的褲子竟然開了襠！

「哈哈哈！小子，你、你……哈哈哈！」智通絲毫不顧師徒情誼地笑個半死。
李彥錦雙手捣著屁股，羞憤欲死地竄進房去。
謝沛見狀，看著李彥錦的背影，笑得格外開心。

第二天，李彥錦羞憤完，又若無其事地出現在謝沛面前。
然而，讓他驚訝的是，她手裡竟然在縫製一條男子的長褲。
「這、這是給我的嗎？」李彥錦驚喜地問。
謝棟在他背後哼了聲。「作夢去吧！那是閨女幫我做的夏衣！」
李彥錦乾笑著撓撓頭。「哈，哈哈……我也是這麼想的……」才怪。
謝沛看看李彥錦的褲子。「昨兒那條破褲子要縫一縫嗎？」
李彥錦嘿嘿笑道：「二娘要幫我嗎？太好了！」
謝沛沒說話，嘴角微勾，將褲腳鎖邊。她雖然不擅長繡花，可簡單的縫補和裁剪卻做得不錯。
李彥錦見狀，興匆匆地跑回房間，把破褲子拿起來，準備出去。
可轉身時，他忽然想起一事，又磨磨蹭蹭地掉頭走到床前。
「既然都是補，還不如幫我把這兩條褲衩補一補吶……」
李彥錦從床下的木箱裡翻出兩條破褲衩，有些猶豫地喃喃道。
這倒不是他得寸進尺，實在是外面成衣鋪裡多是賣外衣、裡衣，像褲衩這種東西，一般人家都是自己弄點布頭隨便做做罷了。

原本，李彥錦沒褲衩穿，後來看到智通有這玩意兒，才厚著臉皮要來三條。

可惜，這幾年下來，其中兩條破了好幾個地方，沒法再穿。

而智通勻出三條後，自己也沒有餘糧再支援徒弟了。

只有一條褲衩可穿的李彥錦，在感受過粗布長褲對某處熱辣的摩擦後，越發對褲衩念念不忘。

反正已經丟臉，某人乾脆破罐子破摔，偷偷把兩條破褲衩團在長褲裡，交給了謝沛……

第二十三章

李彥錦把破褲衩送出去後，忐忑不安地等了兩天，結果等來一個大大的驚喜……

那條開襠的褲子已經補好了，除此之外，謝沛竟還多幫他做了件圍裙。

李彥錦成日在飯館裡幫忙，有圍裙穿是很不錯的。只是，當他把圍裙拎起來看時，忍不住傻傻地張開了嘴巴……

這、這是什麼？分明是他那兩條破褲衩拼出來的啊！

李彥錦看著死無全屍的圍裙式褲衩，半晌說不出話來。

此時，他已經深深體會到，謝沛那淡定溫和的假面下，分明藏著一個淘氣頑皮的孩子。

這下可好，他真的只剩一條褲衩了，以後連勉強替換的都沒有了。

想到這裡，李彥錦沒忍住，又看了看他可憐的灰褲衩……

「這是啥?!」他忽然被圍裙上那些詭異的圖案嚇得一哆嗦。

原本褲衩上破了好些洞，若是再穿，恐怕換洗時稍微搓搓，就會把破洞附近的布洗壞。

所以，用破褲衩做出來的圍裙，應該也是破破爛爛的。

然而，不得不說，謝沛真是花了心思。她剪了大小不一的黑色小布片，將破洞一一補上不說，大概為了讓圍裙好看些，竟將黑色小布片剪成甩著小尾巴的蝌蚪形狀。

於是，李彥錦把圍裙拿起來仔細端詳時，就發現，上面多了大大小小十幾隻小蝌蚪。

但這些都不算什麼，讓他真正受到驚嚇的是，這些小蝌蚪不管被縫在哪裡，它們都心有靈犀地盯著同一個地方……

他抖著手，飛快把圍裙圍在身上比劃了下……於是，他終於確定了，若要給這圍裙起個名字，恐怕應該叫「小蝌蚪想回家」……

謝沛笑咪咪地欣賞著李彥錦的表情，親眼看他從驚喜到納悶，納悶到震驚，再從震驚到無語，最後變成帶著羞臊之意的尷尬……

「二娘，妳這……」李彥錦嘴角抽搐，把他的「小蝌蚪想回家」攥成一團塞進懷裡。甚至懷疑起來，莫非是那次看了活春宮後，竟把謝沛引上了歪路？

「怎麼？不滿意嗎？」謝沛歪了歪頭，壞笑著說：「好個臭阿錦，看不出你竟是這種人！不吭不響地就把貼身東西塞給我，我要真幫你縫，那除了嫁你，就再沒別的選擇了。」

「啊？不是，我是想著偷偷地請妳幫我一下，應該、應該不會有事……」之前，李彥錦不是沒想過這事，只是念頭很快就被壓下去。而且，坦白說，在他心裡，還隱隱地有那麼點小期待。

謝沛斜睨著他，眼珠一轉，輕聲問道：「就這麼想要我做的褲衩嗎？」

「咳咳咳！」李彥錦被這句話嗆得猛咳幾聲。

謝沛瞅著李彥錦咳得滿臉通紅，越發想逗逗他了。

「嘖嘖嘖，明明都做了出來，此刻竟好像完全不知情？莫不是想翻臉不認帳吧？」

「誰、誰不認帳了！」李彥錦被謝沛那眼神瞧得感覺自己彷彿是無情的禽獸、人渣……

他咬了咬牙，把自己的節操一腳踢飛，盯著謝沛神采奕奕的臉龐，一字一句道：「二娘，我想……讓妳幫我做……褲衩……」

說最後兩字時，大約是某人的節操又回來了，竟是說出一股軟綿綿、羞答答的味道。

謝沛側頭強忍住笑意，吸了口氣，道：「看在你這麼誠心的分上，我有幾件事想問你。若是我聽得滿意，今後你就不用再為褲衩發愁了。」

李彥錦一愣，隨即興奮地搓搓手。「二娘只管問，肯定滿意！」

謝沛點頭，帶他去了院子。

謝沛在石桌上擺了茶杯、茶壺，招呼李彥錦坐。

待兩人坐好後，她緩緩開口道：「阿錦，你有想過，以後要過什麼樣的日子嗎？」

李彥錦微微一愣，看著謝沛澄淨的眸子，腦子裡那些紛雜的念頭忽然沈了下來。

他仰頭看天，半晌後，才望向謝沛，認真說道：「我沒有什麼大志向，也沒有什麼大能耐，哪怕如今練武識字，也只想過點俗人的小日子，找相合相知的人成家。平日裡柴米油鹽醬醋茶，興頭來了，也能一起發發瘋，做點出格又過癮的事情……」

謝沛聽著李彥錦口裡那些瑣碎的歡喜，表情越發柔和起來。

待他說完，她的心也踏實了。

李彥錦看謝沛嘴角帶著笑意，試探著開口道：「那二娘呢？想過什麼樣的生活？」

「生活……」謝沛緩緩把兩個字唸了一遍，嘆口氣。「可不就是生與活嗎？我希望爹能開開心心，自己多歡喜、少憂愁。想練一手絕頂廚藝，把普通飯菜做成美味佳餚；想不斷精進武藝，既保住家人，也能懲惡揚善；想世道太平，貪官污吏、奸詐小人都得到報應……」

李彥錦聽著謝沛的希望，心裡有些慚愧，忍不住讚了句：「二娘啊，妳的征途是星辰大海哇！」

謝沛噗哧一笑，隨即斂去眼中的光芒，帶著一絲自己都沒察覺的慎重，問道：「阿錦，你是不是希望娶個賢慧溫柔、相夫教子的小娘子？」

李彥錦看著她，忽然咧嘴笑了。「我想娶的娘子啊，最好是——上得了廳堂，下得了廚房；鬥得過貪官，打得過流氓；殺得了人渣，翻得了城牆；駕得起馬車，抱得起新郎……哈哈哈！」活像在講前世相聲段子似的。

說罷，他一個蹦高，竄到了樹上。

謝沛仰頭看著在樹枝上擠眉弄眼的某人，嘴角笑意越來越大。陽光灑在她光潔的臉頰上，泛起一層細微的白光。

微風拂過，樹上的李彥錦只覺得心裡又暖又癢。謝沛臉上燦爛的笑容直晃得他渾身彷彿有使不完的力氣，險些要抱著樹幹用力啃上兩口……

他正揪著樹葉傻樂，卻見謝沛輕跺腳、緩舒腰，也悠然地上了樹。

樹枝上能站人的地方本就不多，此刻被謝沛一擠，李彥錦就只能緊貼著樹幹了。

謝沛伸手，撥開擋在兩人之間的細枝，眼神明亮地看著李彥錦。

「我願帶著柴米油鹽，往星辰大海一遊。你……可敢同行？」

李彥錦握住她伸出的素手，滿臉笑意地回答：「一生奉陪！」陽光下，樹葉間，少年男女眼神交織、手心相接，看得人心生歡喜，看得……看得謝棟氣急敗壞地在樹下大喊：「臭小子，快鬆開你的爪子！」

樹上兩人相視一笑，齊齊跳下來，手卻沒有鬆開。

「爹！」謝沛開心地對他喚了一聲。

「爹！」李彥錦厚臉皮地立刻跟上。

「我……」謝棟一揚手，想揍這順杆爬的臭猴子，隨即卻仰天大笑起來。

「得了，今後你就是我謝家的人了！趕明兒便訂親，待二娘及笄，你正式入門！」謝棟笑得歡喜，恍如一隻剛偷吃了烤雞的胖狐狸。

李彥錦乃異世之魂，又毫無牽掛，對入贅沒什麼反感，聽了謝棟的話，笑嘻嘻地點頭。

「行啊，那以後老闆可要多發點工錢，不然小子怕是湊不齊聘禮吶……」

智通聞言，從窗口探出頭來，道：「蠢徒兒莫急，師父幫你！」

就這樣，升和十二年八月初八這天，謝家飯館的獨生女謝沛訂親了。

聽說英俊機靈的李彥錦要入贅時，街坊鄰居都說謝棟真是個有成算的人。

因此，附近沒有兒子的人家，開始留意起那些半大的小乞丐來，盼著也能撿到個如李彥錦這般人品相貌都屬一等一的好女婿……

如今，李彥錦再不會為褲衩而發愁，他還沒進門呢，就已經從頭到腳換上謝沛做的衣裳鞋帽。

這些特地為他做的衣物，比成衣鋪的合身多了，把他襯得越發英氣挺拔，把街坊的同齡小子們比成了渣渣。

謝沛與李彥錦訂親後沒多久，緯桑街上又出了件喜事——隔壁朱家終於搬走了。

朱家那窩禍害被謝沛和智通壓著，這兩年，日子越發難熬。眼見實在過不下去，終於老老實實給牙行開了個公道價錢，把房子賣了。

八月底，隔壁搬進一對年輕夫婦，做丈夫的是讀書人，居然還是個秀才。

這天，吃完晚飯，謝沛洗碗時，李彥錦湊過來幫忙。

謝沛一邊擦拭碗盤上的水漬、一邊不懷好意地問道：「誒，阿錦，我看那秀才娘子與旁的婦人不太一樣吶……」

李彥錦扭頭看看她，心裡有些好笑，面上卻一副耿直憨厚的模樣。「是吧，我也覺得看著怪裡怪氣的。」

謝沛連連搖頭。「嘖，什麼怪裡怪氣啊！人家那是知書達禮、嫻靜溫柔。」

李彥錦甩甩手上的水珠。「啊?!我看是被她那書呆子相公給帶得呆裡呆氣吧？」

謝沛聞言，嫌棄地說：「去去去，沒見識別瞎說！」

原本她還想逗逗李彥錦，問問他想不想讓她也學著三從四德，不想這位根本不上道，非說人家秀才娘子呆氣……

李彥錦偷偷瞧著謝沛吃癟的模樣，心裡忍不住發笑。

不過，剛才那話也不算騙人。無論是上輩子還是這一世，他都不是所謂的讀書人。

上輩子念大學時，有個女同學找他借筆記。歸還後，李彥錦在筆記中發現了張小紙條。

不知是無意還是怎地，上面抄了林徽因的詩句——是愛是暖是希望，你是人間四月天。

結果，那時李彥錦恰好看了搞笑電影，被裡面的對子逗得笑個半死，見到這紙條後，當即靈感一來，揮筆寫下兩句卡通歌詞——是他是他就是他，少年英雄小哪吒。

這副對聯後來被同寢室的哥們譽為經典——單身萬年的經典對聯。

下里巴人李彥錦，全身上下找不出幾分文人氣質，好在與他訂親的謝沛也不是什麼雅致人物，兩個大俗人，跨越了不同的世界，卻臭味相投地格外般配。

轉眼，進了十月，智通卻有些坐立不安起來。

原來，當初李長奎離去時說過，待十月左右，會返回衛川看看姪兒和兩個徒孫。

於是，智通一有空，就會跑到城門附近晃悠，順便買回不少果子點心，就等著見面便吵個不休的叔叔早日回來。

十月初五，一大清早，謝家院子的椿樹上就有隻大尾巴灰喜鵲嘰嘰喳喳亂叫個不停。

智通抬頭看看牠，嘴角微翹地嘟囔了句：「老傢伙是不是摔傻了，記不得路了？」

他話音未落，就聽見有人在謝家門外大喊：「姪兒、徒孫們，趕緊來開門啊！」

謝家人聽見，如炸了窩的麻雀般，頓時吵嚷起來，趕去開門。

「叔公！」
「臭……咳，叔叔來了！」
李長奎哈哈大笑地進屋，抬手就在智通、謝沛和李彥錦的腦袋上各拍了一巴掌。
「小子們，可有乖乖練功啊？」李長奎一副山大王的模樣，扠腰問道。
智通朝他身後看了看。「欸？叔叔，不是說這次還有人與你一同過來嗎？人呢？」
「哦！他們啊，非要去搞什麼見面禮，估計過兩天能到。沒事，我已經說過飯館在哪裡，他們會找過來的。走走走，看看我給你們都帶了些啥。」李長奎背後有個大包袱。
於是，眾人一邊說笑、一邊往院中走去。
李長奎得意洋洋地把包袱放在石桌上，一副老子發達了的模樣，得瑟不已。
「來來來，大家都有分！」
智通嘟囔：「哼，走時還偷姪兒的私房錢呢，窮成這樣，能買什麼好東西？別是一大包白蘿蔔吧？」
「大蘿蔔個頭啊！混蛋！」李長奎嗓門還是如以前般大得驚人，連隔壁的秀才都被他吼得哆嗦了一下。
李彥錦嘿嘿笑著，上前去解包袱。一打開，發現裡面竟然全是書本和卷軸。
「呃……叔叔啊，您該不會把哪間書鋪給端了吧？」智通嫌棄地問道。
「你懂什麼？你當老子這半年出去白忙了嗎？這些可都是寶貝啊！」

李長奎一邊說、一邊把這些書卷分給他們。

李彥錦拿到最多本，謝沛和智通也有一些，連謝棟都得了本食譜。雖然只有一本，卻把他高興得屁顛屁顛，忙著準備中飯去了。

謝沛翻翻手裡的書，發現內容確實挺難得，有些疑惑地問：「叔公，您去哪裡弄來這麼多好書啊？人家怎麼肯給？」

李長奎擼了自己的大鬍子，洋洋自得地說：「這都是咱們門派的存書。我想著你們正缺這些，乾脆回本家取來。」

李彥錦和智通忙著翻書，謝沛心裡卻有點犯疑。

因著上輩子的見識，讓她對自家門派越發好奇起來。能有這麼多秘笈，拿出來還一副不心疼的模樣，這門派肯定很強大啊！

中午吃了接風宴，謝棟沒做生意，一門心思都放在那本食譜上。

因為不認得幾個字，所以纏著謝沛唸給他聽。

謝棟於此還真有些天賦，只聽了一遍，竟琢磨個七七八八，照樣做出了兩道新菜。

大家吃得心滿意足，這才想起還沒告訴李長奎，謝沛與李彥錦訂親的事。

聽說兩個徒孫訂下親事，日後李彥錦就要入贅謝家後，李長奎愣了下，隨即豪爽地笑道：「好啊！好啊！等成了親，你倆趕緊給我生個曾徒孫來，到時候，從五歲開始，我就精心栽培他，最好還能繼承他娘的神力，他爹的心眼還不錯，也可以繼承一下……」

眾人聞言，全傻了。

他想得忒遠，居然謀劃起曾徒孫的未來之路了……

兩日後，一對圓嘟嘟的中年夫妻來到了謝家飯館。

看穿戴，這二位渾身透著股土財主的氣息，身邊卻是一個下人都沒有，讓開門的阿壽有些摸不著頭腦。

「二位是來吃飯吧？」阿壽露出笑容問道。

白白胖胖的中年婦人笑得一臉慈愛，看著阿壽道：「你就是李小郎吧？哎喲喲，看這個小模樣，真是俊啊……」

「咳，別丟人了。這小子根本沒練過功夫，瞎認什麼親啊？」中年男子嫌棄地嘖了聲。

這對夫妻你來我往地鬥起嘴，就聽見院子裡有人炸雷般地嚷道：「老五、五嫂，你們來了?!快進、快進！」

李長奎兩步走出來，開心地想伸手拍中年男子，那人卻嫌棄地揮開他的手，氣哼哼地說：「什麼老五？我看你是越來越沒譜了，回頭別怪五哥在小輩面前修理你。」

「別呀，五哥。看在五嫂的面子上，剛來就給弟弟甩個臭臉，不太好吧？」

平日李長奎的花銷都是五哥李長倉供應的，之前嘗了一陣窮光蛋的滋味，此刻趕緊老老實實地五哥前、五哥後地喊了起來，把人迎進屋裡。

第二十四章

三人進了堂屋，謝家人也迎了出去。

李長奎把姪兒智通拎過來。「還不趕緊給你五叔見禮？」

智通雙手一合，脫口一句：「阿彌陀……」

佛字還沒出口，座上的李長倉就猛咳一聲。「閉嘴、閉嘴！看著你倆，我就頭疼。一對混蛋叔姪，趕緊給我閃邊去，讓咱們的好徒孫上來，給我洗洗眼睛。」

李長倉早對自家七弟把姪兒弄去當和尚的事非常不滿，此刻看著智通光溜溜的腦袋，就覺得自家祖宗，還有早逝的四哥，都在地下破口大罵呢……

算了、算了，這事說不定還有轉機。李長倉把礙眼的叔姪倆趕到一邊去，正想好好與徒孫們說話，轉頭就發現自家婆娘竟已拉著個俊俏小郎君，嘰嘰呱呱說個不停，還笑得前仰後合。

不成體統！李長倉見狀，只敢在肚子裡偷罵一句，面上還得擠出慈祥的笑容。

蔡鈺看到自家夫君這模樣，便知他那老醋罈子怕是又翻了，心裡偷樂，嘴上卻忙著介紹：「你看，這就是姪兒的兩個徒弟。真是收得好啊，男的俊、女的俏，眼光的確不錯！」

李長倉勉強打量了下礙眼的小子，轉頭卻格外慈愛地對謝沛道：「妳是二娘對吧？聽長奎說，妳是天生神力，已經接了他這一支的功法，那就算是七支的人了。按親戚論，按輩分算，妳得喊我們五爺爺和五奶奶。」
突然多出一對爺爺奶奶，而且年紀看上去比親爹大不了幾歲，謝沛有點傻住了。
李長倉看她這模樣，順手又拍了李長奎一下。
「瞅瞅你都幹了些啥，教了這麼長時日，還沒把咱們家的事情說明白？簡直胡鬧！」
一旁的智通看了，突然覺得，這場面莫名親切啊……
又挨了一掌的李長奎對自家這個摳門又有錢的五哥，還真是有點怕。雖然真動起手來，誰輸誰贏不一定，可平時過日子的話，他對上李長倉，就只有被賣掉數錢的分了……
「我、我是想著，幾個哥哥都沒來看過，所以不敢瞎說嘛……」李長奎兩眼亂瞟，含糊說道。
李長倉捣了捣眼。「你這掌門，還真是辦事牢靠啊～～～」說罷，又擺了下手。畢竟這裡還有好多小輩在，再看不上自家弟弟，也不能下他的面子。吸了口氣，親自幫么弟收拾起爛攤子來。
「既然都沒提，今兒我就給你們兩個小輩說說李家的事。」
李長倉讓大家坐下，然後介紹起李家的門派。
「我們李家祖上是習武出身，又因族內弟子大多喜歡舞刀弄槍，幾代下來，就成了個所謂的門派。不過，咱們這門派不太摻和那些江湖事，只自個兒在家練著玩。當然了，遇到危險，也是要保護族人的。
「時日一長，咱們門派就分了支。到我這一代，李家武功分成七支，老掌門是第四支，也就是我四哥的父親。而我七弟雖然排行最末，卻是老掌門訂下的繼位者。他名字中的奎字，取的是白虎七星中的奎宿天將星君，上管風雨雷電，下管兵戈甲矛，算是應了宗門的習武之意。只是他生性有些鬧騰，老掌門不放心，只能再多操勞幾年了。

「這七支的功法完全不同，按此論，我才說二娘應是第七支傳人。嗯，話說回來，李家到了宜山這代，遇到一些坎坷。哦！宜山就是你們禿腦殼師父的名字，我不愛他那什麼見鬼的法號，根本沒記住！

「他這一代，好幾支都沒有找到適合的傳人，所以我們決定，開始招外姓弟子入門。之前我聽長奎說了，二娘學的是七支的功夫，那妳跟著長奎他們論輩分，沒什麼問題。不過李小郎學的是一支的功夫，所以得算一支的傳人。論起來的話，和宜山是一輩……」

李長倉是個不把條理捋清楚，就沒法過日子的人，所以開口先把稀裡糊塗的輩分、排序說了一遍。

他說著說著，發現下面的人，臉色都古怪了起來。

他的娘子蔡鈺見狀，哈哈笑著拍他一下，對大家道：「這老傢伙沒事就愛嘮叨，別介懷。我們剛來，也沒聽你們說說家裡的情況，要不先聊點家常，晚上閒了，再說門派的事？」

李彥錦鬆了口氣，剛才一聽自己突然要變成謝沛的堂叔，險些沒一口氣憋過去。

當了堂叔還怎麼成親啊？要命！

謝棟也在旁邊著急了半天，聽蔡鈺這一說，趕緊擦擦腦門上的汗，小心翼翼地開口道：

「好叫兩位知道，八月時阿錦已經與二娘訂了親。兩年後，他就要入贅謝家了。」

「呃……」李長倉微微張嘴，立時呆了。

蔡鈺看自家夫君難得露出蠢樣，頓時噴笑出聲，忙給謝棟打圓場。「這可是大喜事呢！我們來得匆忙，這傢伙又有的沒的一通囉嗦，竟是連見面禮都還沒給。老倉，別廢話了，咱們先正經認親吧。」

李長倉這才明白過來，為啥他說得一屋子人都變了臉色，原來竟是這麼回事。

「誒，先認親吧。剛才忘記說，我們李家老規矩啊，就是無論師父弟子，只論親戚輩分。師父就按父輩論，師兄弟就按兄弟論。在外面，也不提什麼門派不門派的。」

李長倉一邊說、一邊在心裡琢磨，李彥錦要怎麼算才對？

還是蔡鈺活泛，拍手道：「你們小倆口雖然成親了，不過在咱們長輩眼裡，沒什麼裡外之分，就按同輩論吧。按之前說的，喊我五奶奶就行。」至於其中那些細枝末節的關係，其實真沒必要弄那麼清楚，回頭在門派籍冊上用小字註明，也就成了。

李長倉聞言，不好再反對，他並不是頑固的人，不會非要把輩分論清了去，讓人家連小夫妻都不能做了。

眾人見狀，這才笑呵呵地正式見了禮。

晚間吃飯時，謝沛才弄明白，這師門到底是個什麼情形。

再早的事情，李長倉沒有提起，只從他們這一輩開始說。

李家宗族裡，習武的剩下七支。第一支據說是出了事，十幾年前就斷絕了。剩下六支中，智通本是第四支，但其生父走得早，又因體質之故，最後跟著第七支傳人李長奎習武。今天上門的李長倉則是第五支，其他分支因為離得太遠，一時半會兒沒辦法來相認。不過，每十年，李家會聚一聚，到時候再去認認師門中的其他人，也來得及。

吃完飯，大家各自回房歇息。

蔡鈺若有所思，沈默不語。

李長倉看她這模樣，低聲問道：「可是謝家有什麼不妥？」

蔡鈺搖頭。「並非不妥。只是……你不覺得嗎？李小郎竟隱隱有些眼熟……」

「是嗎？我怎麼沒發現吶？」李長倉摸摸下巴，疑惑道：「都姓李，莫非是遠親？」

蔡鈺聞言，抬頭盯著他看。

李長倉老臉微紅，道：「瞅啥？老皮老臉了，別胡鬧。」

蔡鈺笑著呸了他一聲。「我倒不覺得他和李家有什麼關係。你瞧瞧你們姓李的都長什麼模樣吧，不是像老七那種鐵塔似的壯漢，就是像你這種圓咕隆咚的……咳，有福之相。反正，你們幾個年輕時，可沒人有阿錦這俊俏容貌……哎喲，你幹麼咬人吶？還不讓我說真話了啊，老賴皮……」

兩口子胡鬧起來，蔡鈺便把這奇怪的感覺擱下了。

天下之大，有人長得相似也很尋常。而且她想半天都沒想出來，李彥錦到底像誰，可見是與她不太相熟的人，更不用費心去瞎琢磨了。

李長倉夫妻留宿謝家，不過同來衛川的還有幾個得力下人，都留在客棧裡，所以兩人就派智通去傳話，報了平安。

智通領命，帶李彥錦一起去認人。如今他也有徒弟了，以後跑腿這事，還是交給兩個徒弟做吧。

李彥錦回來後，睡前又跑去跟謝沛聊了一會兒。

「這五爺爺和五奶奶可真不是普通人……」他感慨道。

謝沛趴在窗臺上，歪頭衝他一笑。「你這嘴還挺甜啊，爺爺、奶奶叫得多順嘴。」

李彥錦嘿嘿笑道：「其實也沒錯啊。他倆的年紀快五十了，十五歲成親，十六、七歲生孩子，孩子長大，十幾歲時又生孫子，可不就是爺爺、奶奶了嗎？」

謝沛點點頭。「我就是覺得喊起來有點彆扭，總覺得他們應該和爹同輩才對。」

「那是人家保養得好，看著年輕。妳瞧前面街上的孫奶奶，其實也不過五十一歲，但頭髮都白了，咱們喊得就不彆扭，對吧？」

李彥錦說著說著，忽然拍手。「嗨，說到哪兒去了。我跟妳講，晚上我跟著師父去客棧，見到五爺爺家的下人，一瞧就是些精明人，話不多，但都說在點子上，讓人聽得特別舒服。看這些下人就知道，咱們認的這對爺奶都是這個……」說著比了比大拇指。

謝沛抬頭看了看天上的星星，道：「其實，光看五爺夫妻倆，也能看出點門道。就外表看，他們好像一對土財主似的，可人家上門就知道不帶僕人，為什麼呢？不就是怕咱們覺得不自在嗎？

「而且，今天見面時，五爺爺險些讓你成了我的長輩，五奶奶卻三言兩語就把話岔開，五爺爺也沒硬拗。可見這對夫妻明白事理，又通人情，光這一點，便很難得了。」

李彥錦聞言，笑著拍拍謝沛的頭。「娘子也很厲害啊，見微知著，察言觀色。今後咱們家就靠妳掌舵了啊！」

「去去去，臉皮越來越厚了。小心我也學你，找爹爹告狀去！」

李彥錦俊臉微紅，撓了撓下巴，想不出能怎麼回嘴。

忽然，他眼珠一轉，抓住謝沛的一縷頭髮，輕扯一下，就猴急狗顛地竄回房去了。

謝沛搖搖頭，理了理披散的頭髮，小聲咕噥一句：「淘氣。」轉過身，面上帶著笑意上床睡覺去了。

次日起來，謝沛和李彥錦帶著李長倉夫妻倆在衛川縣裡逛了逛。

逛沒多久，蔡鈺就眼光神準地發現了好東西。

原來，衛川本地的細土布是用特殊的棉麻織就，所以非常柔軟透氣。雖然不適合刺繡染色，但做褻衣的話，卻是再好不過。

當然了，如果是有錢人家，自然會用更好的棉綢布料做褻衣，穿著也更舒服點。但大多數尋常人家，哪捨得用十幾兩乃至幾十兩銀子一疋的布料去做褻衣啊。

於是，蔡鈺一發現這種細土布，就明白了其價值所在。

本來，她和李長倉來衛川，只是想看看兩個新入門的徒孫到底如何。這幾天相處下來，夫妻倆對兩個孩子都很滿意。照規矩，在謝沛和李彥錦長成之前，做長輩的，該留些保護他們的人手。

如今發現了衛川細土布，蔡鈺就對李長倉建議：「謝家是個踏實人家，與咱們不太一樣，硬塞護衛，反倒讓他們為難。我看不如這樣，咱們在城裡開個布莊，一來可以把細土布弄到其他地方去賣；二來，能與謝家彼此守望。一旦出了事情，不但能及時給咱們報信，還能讓布莊的人先頂一陣……」

李長倉對娘子的提議從來都是認真討論，絕不反對，便答應了。

因此，十月中旬，衛川縣就多了家不太起眼的鋪子，名叫彩興布莊。

彩興布莊與尋常衣料鋪子不同，出售的是尋常花布，而且，買布的人還可以用細土布來交換花布。

普通老百姓家自己織些細土布很尋常，如今見能換回顏色鮮豔的花布，自是蜂擁而至。

城中其他衣料鋪看彩興布莊做的生意實在沒多少賺頭，也就沒把它放在心上。

然而，他們不知道，布莊除了用交換的方法收集細土布，還有人去四周村內收布，幾乎每個月都能從碼頭上運出滿滿一船的布料。

這些柔軟透氣的細土布，運到江北地區後，就被改頭換面，做成專門的褻衣布料出售。價格雖然只有棉綢的三分之一，可去掉成本後，利潤仍舊非常可觀。

因為管著李家的產業，事務繁忙，所以李長倉和蔡鈺在謝家住了半個月後，就要走了。

他們留下兩個手下，一個負責打理生意、一個則負責照顧謝家並收集附近的消息，被李長倉帶到謝家，與眾人見過了。

臨走前，李長倉把謝沛和李彥錦叫到房中來，各給了一只拇指大小的瓷瓶。

「這裡面各裝了一枚續命丸，可以在危急關頭吊住一口氣，因為用料太難湊齊，所以每個李家人只有一枚。你們要好生珍惜，能不用掉是最好。」李長倉神色鄭重地說道。

謝沛和李彥錦雙手接過，就要向李長倉行大禮。

「別別別，要謝，也輪不到謝我。以後若有機會，帶你們去見見真正的恩人。」李長倉扶起兩人，笑呵呵地說道。

次日，李長倉和蔡鈺帶著下人離開衛川。走時約好，兩年後，必來參加謝沛和李彥錦的婚禮。

他們走後，謝沛和李彥錦就專心琢磨起剛到手的幾本秘笈。

這回，李長奎不急著走。李長倉已經囑咐他，讓他多看顧著兩個徒孫，會儘量減少他為家族四處奔波的次數。

李彥錦根據李長奎留下的功法，練了一陣《九霄》——這是李家一支的重要心法，是前輩高人專為走輕靈路子的暗器分支琢磨出來的。

不過，讓人吃驚的是，一個月過去，當李彥錦徹底摸透《九霄》的初階心法後，其進步簡直可以用一日千里來形容。

之前他還像沒頭蒼蠅般地瞎撞，然而跨過心法這一關，後面的修練有多快，哪怕說一聲妖孽也不為過。

「這小子是吃了太上老君的金丹不成？怎麼快成這樣啊？」

李長奎見自家徒孫在短短一個月工夫裡，就練出《九霄》的幾分精髓，不禁瞠目結舌。

智通撓著光頭，也嘖嘖稱奇。「這小子看來還真是走對路了。《九霄》簡直就像專門寫給他的嘛……」

有天生神力、悟性奇高的謝沛做徒弟，智通已經挺受刺激了。

如今連李彥錦這小子都顯出了不凡之處，智通覺得，自己這師父簡直當得心塞！

李彥錦感受一下身體裡活潑的勁氣，哼著歌就去燒水洗澡了。

之前他不管是打熬基礎，還是跟著智通練基本拳法，從沒有過這種得心應手的感覺。

哪怕是累，也是爽快通暢。簡單地說，《九霄》修練起來，就是一種過癮的感覺。

除此之外，李彥錦還在其他秘笈中發現了原始黑火藥的雛形！

「真是要逆天了，這再稍微調整比例，加上硝酸鉀，不就成了嗎？」

國中時，在理化課炸黑了實驗臺的某人，將火藥的成分與比例記得很牢……

晚間，李彥錦忍不住和謝沛說起了這事。

謝沛聽完後，微微皺眉。「你確定真能做出那上面說的東西？」

李彥錦沒有直接說，他能做出威力更大的黑火藥，只說在秘笈裡發現了厲害的玩意兒，把書拿給她瞧。

謝沛看過書上的描述後，半天回不過神。要是李彥錦真能弄出這東西，今後就算想要搞大事，怕也不是不可能……

「咳，二娘醒醒。這東西雖然不難做，可有個最關鍵的問題，它要花很多錢啊！」李彥錦戳戳神遊天外的謝沛，直接說道。

「木炭還好說，可是硝和硫磺就不一樣了。這兩樣東西，藥鋪裡少有，就算有，價錢也不低。偶爾買來當藥引還行，可要想買一堆，便所費不貲。」

李彥錦說完，飛快估算，想做出十斤黑火藥，從藥店採買原料，至少得花五十多兩。

謝沛一聽，也清醒過來。

「看來，這東西，現在只能當個奇招來用。真打起來的話，還是得靠刀槍劍戟、弓箭飛羽……」謝沛喃喃道。

「對了，妳的簡化刀法弄得怎麼樣了？」

李彥錦知道，最近謝沛想弄出一套簡單易學的刀法，遂關心地問道。

「有個大概，不過還要花時間琢磨。我想控制在六招之內，這樣學起來就快多了。」

為預防後來的人禍，現在就要開始做些準備。

第二十五章

日子在謝沛與李彥錦切磋練功中，漸漸過去。

彩興布莊在衛川站穩腳跟後，名氣一天天大了起來。如今，連附近的州縣都有人知道，能用細土布在這裡換到漂亮的花布。就算是直接來買，價錢也相當公道。

不過，布莊生意好了，卻引起了一個人的貪婪之心。

自從劉洪文弄死爬牆的小妾後，就對漂亮女人起了防心，床第之事也冷淡不少，更加投入於撈錢大計。

於是，他派了幾個衙役，天天去彩興布莊找麻煩，終於讓布莊的葉管事答應，以後每個月都白給他三成紅利。

不過，這貪官沒高興多久，又氣成了癩蛤蟆。

他的宅子竟然失竊了?!他的寶貝金子都沒了！

「查！給老子狠狠地查！」劉洪文雙眼赤紅地拍桌大吼。

他宅子裡有好幾個藏錢的地方，失竊的是專門存放金子之處。

這下子，簡直是割了他的命根子啊。

要知道，這些金子幾乎占了他財產的一半，剩下的一半則是銀子和錢票。

因著這事，劉洪文無暇盯著布莊了，把所有衙役都趕出去，滿城亂逛，企圖找出那該死的盜賊。

找了兩天，城裡一點線索都沒有。其實衙役們心裡都有數，能不聲不響從官宅裡扛走一箱金子的人物，是那麼好對付的嗎？

因為這番大肆搜尋，縣令家失竊的事情被傳了開來。

謝家後院裡，李彥錦湊到謝沛耳邊小聲嘀咕道：「不是妳幹的吧？」

謝沛白他一眼。「要幹早幹了，會等到現在嗎？」

李彥錦撓撓頭。「別的倒不怕，就擔心劉洪文丟了錢後，越發變本加厲的剝削，那城裡百姓的日子就難過了……」

另一邊，布莊的密室中，葉管事對曾管事道：「把這些金子換成銅錢和銀子，回頭我還有用。」

曾管事嘿嘿笑。「你是打算用這個當咱們的利交給那混帳傢伙？」

葉雨青點頭，冷哼了聲。「他要催，咱們就交一點。我想著，把這錢分些給城裡的窮人，一家分一點，大家大概都盼著那縣令倒楣了。」

「你呀！一把年紀了，還喜歡胡鬧。不管怎樣，你都小心點，別為這廝把自己賠進去，不值當。」

曾管事說完，開了庫門，把金子兌成銅錢和碎銀。

是夜，衛川縣最破落的幾條巷子裡，有道黑影穿梭出沒。

第二日，城裡就鬧騰起來了。

昨晚好多窮苦人家裡，竟莫名其妙地收到多則二兩銀子，少則一百銅錢的「禮物」。

大部分的百姓很精明地沒把這事說出去，但那些窮苦人中間，也有些地痞，白得了錢不說，還想去別人家偷搶。

於是，他們很自然地廝打起來，爭鬥間，白白得了銀錢的好事被嚷出來，隨即傳開。

稍微有些腦子的人，聯想到，前幾日縣令家失竊，這錢怕是被俠盜弄出來，特地分給窮苦人家的。

一時間，無數窮人竟都盼著縣令家能再失竊一回。

幾天後，有人散錢的消息徹底傳開了。

劉洪文也聽說了，立即想到——那都是他的錢啊！

於是，他帶著衙役跑去搜。

可惜，他低估了窮老百姓的能耐。窮怕的人，得了錢後，不少人當天就花了；沒捨得花掉的人，也藏在連狗都找不出來的地方。

這次，劉洪文吃了大虧。有人上門討錢，那些窮苦人家哪還能忍？要錢就是要他們的命啊！拚了！

犯眾怒的後果，很可怕。

劉洪文和一干衙役被打得鼻青臉腫，衣衫被撕成一條一條，跌跌撞撞地抱頭鼠竄，才逃出去。

一瘸一拐地回了縣衙，劉洪文氣得把籤筒扔下桌。

「一群亂民！」

師爺小聲勸道：「老爺，這事不宜鬧大，真出了民亂，您這官帽怕是……而且，就算現在抓了那些窮鬼，錢也回不來了，牢裡還要白白給這些人供飯，太不划算。」

劉洪文一僵，面上五官扭曲，非常難看。

「那就這麼算了？那些錢都是我的心肝啊！」劉洪文不甘地嚎啕出聲。

師爺見狀，心裡嫌棄萬分，嘴上還得勸慰道：「只要老爺還在這位置上，少了的錢，再撈就是，翻倍撈還不成嗎？」

「對！明日起，所有稅費統統翻倍！」

劉洪文拍桌而起，義正詞嚴地說道。

師爺聽了，暗地搖頭，只得賠笑稱是。

可惜，劉洪文想得實在太美了。

第二日，衙門剛宣佈要加倍收稅後，當晚，縣老爺的宅子竟然又失竊了！

這次，劉洪文不但丟光銀錢，連那頭烏黑秀髮也一起不見了……

頭頂如同被狗啃過一般的他，對著銅鏡，半天說不出一句話來。
下人們看著他的眼神躲躲閃閃，私下裡都說這是做多了虧心事，遭了鬼剃頭！
然而，只有劉洪文自己知道，他怕是惹上大麻煩了……
府裡所有藏銀錢的地方被人無聲無息地偷了個乾乾淨淨，如今真正兩袖清風的他，對著房梁發呆，好想弄根繩子上吊啊……
要知道，大丈夫在世，不可一日無錢！
不過，就算身家被偷光，劉洪文還能湊合著過日子。可被鬼剃了頭……讓他怎麼有顏面出現在人前?!
管家以為他會因此大怒，全城搜捕盜賊，卻沒想到，他竟是一聲不吭，只讓他去衙門裡傳話，說是縣令大人生病了，要休養幾日。
莫非自家老爺是遭了報應後，懸崖勒馬，洗心革面了嗎？管家心裡瞎琢磨著。
其實，哪是懸崖勒馬啊？根本是嚇到了！
劉洪文生無可戀地縮在床上，瑟瑟發抖地想著，剃了他頭髮的人，若是想要殺他，簡直易如反掌！
到時候，只怕不是鬼剃頭，而是鬼砍頭了哇……
有這樣的人在，他還敢下令全城搜捕嗎？別給自己搜個閻王爺回來好吧。
安靜下來的劉洪文，直到年前都沒有露面，連彩興布莊的人來求見都拒絕。
擔心那剃頭之人還盯著他，如今連一點出格的事都不敢做了。

貪官縣令老實，城裡的百姓日子就好過了。之前嚷嚷的雙倍稅費作罷，往日名目眾多的分子錢，也少了許多。

這些變化讓今年的臘月比往年多了幾分喜氣。

臘月二十這天晚上，數條黑影齊齊出動，忙了大半夜才算完事。

次日清早，滿城窮苦人家和普通百姓幾乎都在自家院子裡發現了紅包，裡面或多或少放了些銀錢，雖然最多的不過三兩銀子，少的只有一百文銅錢，但對窮得一文錢都要掰兩半用的人家來說，簡直太重要了！

有了上一次的經驗，再沒人傻乎乎地把事情嚷出來。

臘月二十五，城裡開了年前最後一次市集。

商鋪老闆和外地客商發現，衛川人似乎瘋了?!別說米、麵、魚、肉這些食物被搶個乾淨，連往年賣得不太好的東西也幾乎被人清了底，簡直不可思議。

春節過後，衛川縣城裡，漸漸恢復了平靜。

六月，李長奎接到消息，必須出門了。說起來，能在謝家清閒八個多月，對他而言，實在是很難得的事。

這次出門，他估計要到年底才能回來。明年三月，謝沛和李彥錦就要成親，他這個七爺是必須到場的。

如今李彥錦練《九霄》的心法，已經步上正軌，謝沛也進展順利，內勁外放已經快要摸到離體不散的邊。

比起來，倒是姪兒智通似乎遇到了瓶頸，遲遲無法更進一步。

李長奎倒也不急，這種事，並不是外人能幫得上忙的。其實，智通的進展已經很不錯，眼下是有謝沛和李彥錦這對奇才，相比之下，才顯得略微落後些。

話別後，揹著姪兒與徒孫準備的行囊，李長奎揮揮手，離了衛川。

李長奎遠行後，謝家安靜兩天，又忙開了。

一來，雖是招贅，但聘禮、嫁妝這些，也要準備齊全。

二來，謝沛提了個要求，想把家裡後院的西廂房推了，重新修座小閣樓，權當她和李彥錦的新房。

謝棟本就對自家閨女有求必應，再加上，去年閨女生辰那天，她娘又「託夢」了。

修閣樓的事，是陳貞娘叮囑的，還說一樓住人，二樓卻要空著，不知道是為什麼……

糊弄了親爹的謝沛，看著漸漸有了雛形的閣樓，心裡踏實了些。

上輩子，升和十五年夏天，她與師父智通離開衛川，逃到北疆投軍後，就很少再關心這個讓她家破人亡的地方。

升和十六年夏季，江南洪災肆虐，聽說死者無數，餓殍遍野。

那時候，謝沛正在北疆拚殺，不清楚衛川到底有沒有遭災，只隱約聽說這個消息，沒有繼續打聽。

如今不同了，他們一家還好好地生活在衛川城內。既然知道可能會發洪災，自然要早做準備。

閣樓的二樓就是她準備用來存放糧食、衣物的，所以新房修建時，她反覆要求，一定要結實，外觀醜點也沒關係。

轉眼又是一年，到了升和十四年秋季，謝家的新房終於修好了。

一樓看著挺尋常的，除了家什擺設是全新的，就是普通人家的樣子。

但二樓就有點古怪了，樓梯口竟是掛了把大鎖，沒有鑰匙，誰都別想上去。

只有謝家人自己知道，謝沛藉著置辦聘禮的機會，訂了一批大缸，放在樓上。

這事是謝沛一手操辦的，謝棟對自家閨女要做的事，自然不會反對，可李彥錦心裡對自己的小妻子有些猜測。

雖然不能完全肯定，可李彥錦總覺得，謝沛絕不是一般的少女，已經不能用早熟來解釋了，她給他的感覺，更像個經歷很多風浪的成年人。

夜深人靜時，他腦洞大開過，若自家娘子也是個穿越者，他該怎麼辦？

他琢磨過許多次，根據謝沛的各種表現，她很可能是穿越者，或者是這世的重生者。

然而，不論是哪種，李彥錦都覺得挺有意思。不是都說漂亮的皮囊太多，有趣的靈魂太少嗎？那他們這情況，應該算得上少之又少吧……

他的腦洞開得太大，甚至連謝沛原本可能是個男的，都想到過。

但是穿上她親手縫製的衣衫，吃過她做的飯菜後，李彥錦覺得，哪怕謝沛上輩子是男人，這輩子也是個不折不扣的好姑娘了。

待新房修好後，每月謝沛開始在二樓存下幾麻袋稻米。她估算著，這樣細水長流地攢，到了升和十六年夏天，差不多就能存下足夠的米糧。

然而，在謝沛十五歲生辰這天，事情卻有了變化。

這天早晨，謝家父女先祭拜陳貞娘，然後把大家都叫出來，一起品嚐謝棟為女兒做的長壽麵。

吃過麵後，胖老闆看著閨女，發起了呆。

最近幾日，謝沛發現，老爹似乎有些不對勁，給李彥錦使個眼色，讓他暫時迴避一下。

李彥錦瞧見，對一旁的智通說：「師父，昨天我看書有個發現，請您來我房裡瞅瞅。」

智通把碗裡的老雞湯喝光，站起來跟著李彥錦出去了。

謝沛看著還在發呆的老爹，有點擔憂。

「爹，爹？您可是又想娘了？」謝沛輕聲問道。

胖老闆聽到女兒喊他，才從回憶中清醒過來，拍拍謝沛的手。

「沒事，爹只是想起一樁心事……」說罷，他猶豫著，半天沒有開口。

「爹，您是我最親的人，還有什麼話不好說的？」謝沛伸手抱住謝棟的胳膊，稀罕地撒了嬌。

「乖閨女，爹是想啊，待阿錦進門後，咱們家清明祭祖時，就不好再胡亂糊弄了……」謝棟有些羞愧地道。

謝棟並不是衛川人，其實是蜀中人士，家中幾代人做販鹽行當。不過，不是肥得流油的鹽商，而是苦哈哈、趕著騾馬進出蜀地的鹽幫。

六歲那年，鹽幫內訌，混亂中，謝棟與家人衝散。

被喊打喊殺的猙獰面孔嚇到，謝棟驚恐逃竄，一路輾轉到了湖白府。

因為吃過虧，年幼的謝棟也不會認路，也不知該去何處尋找家人。

虧得他勤快聽話、又乖巧老實，流落到衛川縣時，被一個開小飯館的孤老頭收為學徒。

孤老頭沒有親人，有人勸他收謝棟當義子，可不知為何，孤老頭一直沒開這個口。

不過，雖然沒收謝棟，孤老頭還是把飯館傳給了他。

謝棟十四歲那年，孤老頭去世了。直到他死時，謝棟才發現，這麼多年下來，他竟是連恩人的姓名都不知道，只跟著其他孩子喊一聲阿牛爺爺。

於是，他又成了孤零零一個。

後來，他才遇到陳貞娘，攢下銀錢，把心上人娶回來。

這麼多年來，謝棟一直沒有好好祭拜過祖先，他不知父母是否還在，甚至連父母的面容都記不清了。

其實，謝棟這大名，還是孤老頭取的，他只記得自己姓謝，父母叫他寶娃兒。

可是，眼看閨女就要成親，說不定，謝家第三代很快便要出生。

身為一家之主，謝棟深覺該把自家身世搞明白了，而且，他也很想回蜀中看看……看看是否還能尋到親人。

要是以前，謝棟不會把這念頭說出來。蜀中這麼遠，世道又不太平，實在太冒險。

可如今不同了！幾年下來，謝棟看得清楚，女兒女婿都是很厲害、很可靠的人，若再能請動他們的師父，回一趟蜀中，倒也不算太難。

聽謝棟絮絮叨叨說了半天，謝沛心中卻生出個念頭。

上輩子江南爆發洪災，可蜀中一帶卻安然無恙，後來她的軍隊缺糧，還曾與其他人爭搶過蜀中的糧倉。那時候她打聽過，蜀中地勢得天獨厚，幾十年來沒發生過大災大害，還因為盛產糧食，一直是眾多人眼中的香餑餑。

謝沛吸了口氣，想著，不管如何提前準備，只要待在衛川，萬一真的爆發洪災，就難免遇到危險。

如果她們能離開衛川，到蜀中去，不說一直待在那裡，只要避開升和十六年那段時間，豈不是更加安全？

謝棟看女兒半天不說話，趕緊改口：「二娘，妳別為難，我就是隨便說說罷了……」

「爹放心。待我和阿錦辦完親事，咱們收拾收拾，就一起去蜀中。不管怎麼樣，總要認個根啊！」

謝沛心裡主意已定，站起身，輕快說道。

不一會兒，李彥錦和智通就聽謝沛說了這事。

兩人對此都沒什麼意見，尤其是智通，一直待在衛川縣，早就膩了。能出門逛逛，說不定還有助於精進武藝。

雖然決定要去蜀中，可謝沛卻沒有停止存糧。多做些準備，總是好的。

第二十六章

轉眼，新年一過，到了謝沛和李彥錦的婚期。

春節時，李長奎就回來了。二月末，李長倉兩口子也依約而至。

升和十五年三月初六，謝家飯館門前響起熱熱鬧鬧的鞭炮聲。

胖乎乎的謝棟穿得格外喜氣地站在大門外，招呼街坊鄰居。

「今日小女招贅，謝家飯館宴請四鄰，擺一日流水席，還請各位親鄰都來熱鬧、熱鬧！」

辰正，李彥錦頭戴謝沛贈的紫花襆頭，身穿青色官服式樣婚衣，在吹吹打打的喜樂中，從謝家走出來。

繞著附近三條街走一圈後，李彥錦帶著人回到謝家。

接著，叩門、求問、答禮，謝沛坐著花轎被抬出家門。

嗩吶聲頓時歡悅起來，一行人再次繞著附近街道轉圈。

等花轎轉回來，李彥錦來到門前，這次終於能從轎中把謝沛請出來了。

大門處，有人高高撒起穀豆，小夫妻牽著同心結，跨入家門。

三拜後，兩人被送入洞房。

新房裡，喜婆上前，給兩人行了撒帳、合髻之禮後，就帶人退了出去。

終於安靜下來了。李彥錦好奇地打量著旁邊一身青色婚衣的謝沛，真沒想到，在這個世界裡，新婚時竟然不是穿大紅喜服。再想到自己頭上黑底配紫花的襆頭，不禁慶幸，好歹不是綠色的呀……

謝沛見李彥錦傻乎乎地盯著她，嘴角微微翹起。「怎麼，癡傻了不成？」

李彥錦嘿嘿樂道：「娘子，妳今日真好看。頭上亮閃閃的，衣服上也有好多花紋……」

謝沛眼角抽搐了下。「回頭多讀點書吧，你誇得我都想揍人了！」

「嘿嘿嘿……」

「得了，你去前院吧，記得幫我弄點吃的。我看爹今天做了腐乳燒蹄花，拿兩塊來。」

「行，娘子等著，我幫妳端一盆！」

「……」

直到夕陽西下時，筵席才結束。前來幫忙的鄰居帶著一份好吃食，各自歸家。

今兒婚禮辦得非常順利，有智通鎮宅，附近的地痞們都很識相，沒來找死，甚至還有不少自封的小弟，跑前跑後地幫忙做事。

對於這些人，智通大手一揮，都安排到同一桌上，好酒好菜，正經八百地款待一番。

再加上李長奎和李長倉、蔡鈺等人的幫忙，所有婚儀都沒有出錯。

李彥錦在前院喝得臉色發紅，人卻還算清醒。多虧謝棟在李彥錦的酒裡偷兌了不少涼水，再加上他練武已經小有所成，比起常人來，酒量要更好些。
送走賓客後，李彥錦被謝棟催促著，回了屋。
看著李彥錦進了閣樓，關了門後，謝棟心裡有些發虛。
按理說，閨女成親前，應該由母親或者姊嫂傳授某些不可言說的經驗。奈何謝家除了謝沛外，再無一個女娘。
謝棟掙扎幾日，終是沒臉去跟閨女多說，想著李彥錦應該已經學過了，女子就算不懂，順著點，也能成事。
於是，他只在昨日反覆叮囑閨女，今晚不要任性，有什麼不舒服的，忍一下就過去了。
上輩子，謝沛也沒這些經驗，雖然嘴裡順著答應下來，心裡卻想，若是李彥錦真敢做些讓她不痛快的事，那就別怪將軍她，在新婚之夜翻臉無情了！
然而，謝棟並不知道，他寄予厚望的李彥錦，也沒學過這些事。沒辦法，他最親近的兩個長輩，竟是清一色的光棍。
別說智通不通曉某些俗事，連李長奎這廝，都是爺爺輩的人了，竟還把自己的元陽保存得極好……
於是，這兩位誰都沒想過，要在婚前教點什麼給李彥錦。
幸虧，李彥錦乃異世之魂，無論是科教片還是愛情動作片，都算略有研究。
胸有成竹的他滿臉笑意，走進了新房。

屋裡，紅色燭火熒熒跳動。

此時，謝沛已經卸了釵環，洗去妝容，頭髮披散著，坐在床上。

李彥錦覺得，謝沛的臉色在燭光映襯下，紅得可愛。

「快去洗洗，把衣服換了。忙了一天，怪累的吧？」謝沛靠在床頭，語氣溫和地說。

李彥錦點點頭，卻站著沒動，只笑嘻嘻地問道：「妳餓不餓？」

謝沛搖頭。「不餓，剛才吃過了。你去洗漱吧，水還熱著呢。」

李彥錦嘴角一歪，對謝沛擠了擠眼睛。「娘子勿急，稍待片刻就來。」

謝沛聞言，抓起枕頭，做了個要砸人的姿勢。

李彥錦見狀，哧溜一下就鑽到後面的淨室去了。

聽著淨室中嘩啦啦的水聲，謝沛微微仰頭，發起了呆。

上輩子那些鮮血四濺、拚死搏殺的記憶，彷彿已經遠到天際。那時，她如何都想不到，有一日自己會與人成親拜堂，共入洞房……

此刻，她覺得心底泛起了一股甜意，默默咂了下嘴，暗下決心，這輩子定要把這甜味吃個夠本，吃到膩！

一會兒後，李彥錦套了件長袍睡衣，哼著不知名的小調從淨室中走出來。

他看見謝沛嬌美的面容上帶著恬淡笑意，心裡猛地跳了一下。

十五歲的謝沛，比兩年前長得更美了。膚色白嫩、紅唇水潤，略帶英氣的長眉下是一雙盈盈美眸。尋常衣物無法遮掩住的玲瓏身段，更給她添了一份媚意。

若不是早兩年就訂了親，李彥錦覺得，今日想要入贅謝家的，恐怕大有人在。

「快上來，小心凍著。」帳中美人伸手招了招。

李彥錦咧嘴一笑，竄了上去。

只是，他心急了點，這一竄，差點直接竄到美人頭上。

謝沛不由伸手一撈，抓住某人的腳踝，朝床上就是一摔……

砰！新床上傳來一聲悶響。

後院中，幾位耳聰目明的長輩聽得一抖。

智通在房中嘆了口氣，搖搖頭，嘟囔道：「成什麼親啊？看，這鐵定是正挨揍呢……」

正「挨揍」的某人，從厚厚的被褥中，掙扎著爬了起來。

謝沛乾笑兩聲。「對不住，沒留神，下次一定輕點。」

李彥錦搓了搓臉。「是我不好，嚇著妳了……」

兩人湊得近，一說話，彼此氣息相通。李彥錦聞到謝沛身上淡淡的甜香，謝沛則嗅著李彥錦身上夾著一絲酒意的皂莢氣味。

有什麼東西，在空氣中偷偷擴散開來。

李彥錦不知自己是如何伸手摟住謝沛的，謝沛也不知自己是如何扯下了某人的袍子。

熒熒燭光中，一對人影在床帳後重疊在一起……
微風潛進房中，捲起床帳一角，似想偷窺一點嬌豔春景。
可惜，床帳剛被吹起，兩個袒裎相對的人兒突然分了開來。
伏在上方的某人有些疑惑地說：「奇怪，怎麼找不到啊？」
下方的女子不解。「找什麼？成了嗎？」
「成什麼啊?!我……根本還沒進去吶！」
「進去？進哪兒去？」
「進……妳身子裡啊……」
「欸？可是……可是你這麼大個玩意，要從哪兒進啊？別是想找碴吧……」
「妳……算了，妳別吵，讓我再找找。」
「啊，哈哈，癢……」
「別動！」
「你在我腿上戳什麼？」
「天啊，都說打碼害死人，關鍵的地方就該清晰無碼啊……」
「什麼大馬烏馬的？你到底想做什麼？再折騰，我可真揍你了！」
「算了，二娘，這麼摸黑瞎整不成，我把蠟燭拿過來，照清楚點，不然等到天明，咱倆怕是還沒成事！」
「啊？天明？我可受不了，太睏了。你趕緊去拿蠟燭，早點搞完，早點睡覺。」

「……」

新房中，床帳被人撩起，光溜溜的李彥錦跳下床，小心地抽了枝紅燭，回到床前。

謝沛看著燭光下某人一走一晃的物事，忍不住噗哧笑了起來。

「喂！不要偷看，不要笑啊！」李彥錦有點羞惱。

謝沛扯過被子遮住臉，悶笑道：「長得那麼醜，還不讓人笑。哈哈！」

「什麼醜啊！妳個臭丫頭！」李彥錦伸手，把被子掀在謝沛頭上，半跪著坐到她腿間。

「張開點，我看不清楚……」

「好了沒？」

「沒。妳別吵啊！咦？這顆小珠子難道就是……竟是藏在這兒吶……」

「哎呀！燙燙燙！」謝沛突然把被子一掀，急促叫道。

李彥錦這才驚覺，他看得太投入，不知不覺中，紅色蠟油竟是滴進萋萋芳草中。

更要命的是，謝沛向後掙扎，一滴燭淚竟直接落到了那顆粉嫩可愛的小珍珠上……

次日清晨，謝棟早早就起來了。

他心裡總有點不踏實。昨晚閨女的新房中，動靜可真不小，不知這兩個傻孩子到底在瞎整啥……

眾人在堂屋裡坐好後，新婚小夫妻才磨磨蹭蹭地出了場。

走在前面的是神色古怪的謝沛，而李彥錦則低著頭，跟在她身後，肩膀還微微抖動。

「完了、完了！」謝棟一見這情況，頓覺大事不妙。顯然是閨女動了粗，把女婿揍得還在哭吶……

他還沒想好要如何安撫可憐的女婿，卻見李彥錦走上前來，撲通一聲跪下。

謝棟本應坐在首席，接過女兒、女婿的敬酒才是，結果，被李彥錦這一跪，竟嚇得險些從椅子滑到地上。

「賢婿莫急，有什麼委屈，我給你做主！莫哭、莫哭，我……我、我，我幫你揍二娘幾下出氣……」

謝棟說著，衝閨女瞪眼睛，還抬手在她肩頭輕輕拍了兩下。

智通等人無語以對……

在地上跪著的李彥錦聽見動靜，疑惑地「啊」了聲，順勢抬起頭，看向自家疑似發瘋的岳父。

他這一抬頭，房中頓時一靜。

轉瞬間，哄堂大笑聲險些掀翻了屋頂。

「啊哈哈哈……」智通伸手指著徒弟的臉，笑得話都說不出來。

李長奎摀著肚子，笑得直喘。

李長倉已經成婚，比較沈穩，看著李彥錦臉蛋上非常對稱的四個指印，死死咬住牙齒，才沒有笑出聲來。

這……這分明是被媳婦摔臉了，哈哈哈哈！

李彥錦羞躁地跪在堂中，過了片刻，才硬著頭皮道：「昨晚……帳子裡進了兩隻蚊子，二娘幫我……捏死了……」

他起床後，就發現自己臉上獨特的彩妝，雖然已經抹了活血藥膏，但謝沛神力留下的印子，豈是那麼容易褪去的？

想到過兩天，紅印只怕要變成紫印、黑印，李彥錦開始考慮，要不要弄張面具戴算了。

「啊哈哈哈哈！」智通笑得活像隻瘋狗。

謝沛尷尬地撓撓臉，她真不是故意的。那地方被猛地燙了一下，她沒把李彥錦拍死在牆上，就夠可以了。只是揪住某人的臉蛋，使勁朝兩邊扯了扯，有什麼嘛……

「爹，喝茶！」謝沛眼神發虛，不敢看李彥錦。

李彥錦舉起茶杯，生無可戀地也跟著喊了聲：「爹，喝茶～～」

謝棟努力維持住場面，好笑的同時，也如同閨女一樣，泛起了愧疚同情。

想當年，陳貞娘最多只拿雞毛撣子抽他屁股兩次。出門見人的臉，可沒掛過一點傷……

不過，新婚之夜要只是挨揍的話，今早李彥錦肯定不會這麼平靜。

昨夜，謝沛被燙到之後，他為了戴罪立功，就想用涼水幫她敷一敷。

後來因為擔心那位置沾太多涼水，對女子不好，李彥錦靈機一動，直接用了最方便也最溫和的……口水。

誰知道，舔了……咳，敷了一會兒，竟引來了源頭活水。

再後來，小倆口就沒工夫閒扯了。

李彥錦羚羊掛角地輕輕一拋，紅燭穩穩當當插回大紅燭臺上。

喜桌上，燭光雙映；幔帳中，玉股交纏。花蕊輕綻，歡愉漫過微痛；光電濺射，馳騁不知疲倦。

春宵易逝，兩輩子沒這麼痛快過的李彥錦，哪怕頂了一臉指印，一夜過後，心裡竟沒存住一絲火氣。

反正都是自己人，丟個臉，怕啥？

李彥錦敬了茶，坦然接受老丈人和娘子的愧疚，覺得自己好像還賺到了……

謝家的喜事過後，左鄰右舍便聽說，謝棟打算回祖籍請族譜回來。

新人入門，上家譜是很正常的事情，而謝棟幼年孤身流落至衛川的事，也不是秘密。所以，此時他要回老家一趟，實在是合情合理。

不過，尋常百姓出遠門，不是那麼簡單的事情。

謝棟先在飯館外掛了牌子，告知老客，謝家飯館會暫時歇息一段時間，待老闆辦完家事後，再繼續開張。

隨後，他要去衙門幫一家人辦路引。

雖然有掏錢打點，待路引辦好時，也到了四月中旬。

這段時日裡，謝沛繼續存糧，但沒再運回家裡，而是藉口家中無人看管，統統運到古德寺，交給慧安大師。

在這運來運去的過程中，謝沛陸續又採購了些柴米油鹽，一併送去。

慧安聽說智通也想去蜀中，琢磨幾日後，還是請府城的僧正師弟，幫他開一份路引。憑著這份路引，加上古德寺的度牒，若路上遇到寺廟佛堂，留宿、歇腳，肯定沒有問題。

謝沛把家裡的存糧都運到古德寺時，特意說了，這些糧雖是暫時寄存，可若是寺中遇到難處，可自行取用。待難關過去後，再補回就可以了。

原本慧安想著幫智通一把，才同意保管這些米糧，畢竟古德寺並不缺糧食，每年還賣糧給外面的人呢。

可他聽了謝沛這番話後，有些愣住了。

雖然謝沛沒有明說，但話中之意卻十分明白。寧國亂象漸顯，世道不太平，是怕天有不測風雲，才有這番提醒吧……

想到這裡，慧安找來副寺詢問銀錢結餘。幾日後，他下定決心，既然暫時不缺錢，今年古德寺的產糧不再出售，還在田莊和寺廟中修了幾個結實耐用的糧倉。

另一邊，來參加謝沛和李彥錦婚禮的李長倉夫妻，也離開了。

他倆走時，得知謝家要去蜀中，留了三個手下幫忙，這三人身上已帶著路引，不需謝家操心。

再加上要同去的李長奎，出行隊伍從四人變成八人，多半還會武，更安全了。

第二十七章

眼看出發的日子將至，謝家人把家裡稍微值錢點的東西封存到閣樓的二樓。關好門窗後，其他房裡只留下粗笨沈重的幾張空床。

接著，讓大家沒想到的是，智通竟從古德寺中把覺明帶過來。

原來，智通真的挺有心。他們走後，碼頭上的炸豆腐攤子便要喊停了，古德寺賣豆腐的那點賺頭，自然就沒了。

既然這樣，不如直接讓古德寺的人把炸豆腐攤子接下來，平日出攤回來，就留在謝家，還能看家護院，可謂是兩全其美。

對此，謝家一點意見都沒有。家裡有人照看著，自然是再好不過。

謝沛想了想，做出幾種素蘸醬教覺明。覺明心思靈巧，半天功夫就得了真傳。

家裡的事都安置好後，謝棟終於能放心出發了。

臨走前，謝棟按之前說好的，付了半年工錢給阿壽。兩人約好，若謝家歸來時，阿壽還願意回來，就接著繼續幹；若是阿壽找到新活計，謝家也絕不會多言。

阿壽一家對此很是感激，像謝棟這麼講良心的東家，實在不多了。

升和十五年，五月初八下午，謝家一行人趕了一輛騾車，謝棟和謝沛各騎了一頭小黑驢，離了衛川縣。

這騾車和黑驢都是李長倉走前給他們備好的，原本想弄馬車，可謝棟死活不願意。畢竟不管是馬還是馬車，對平頭百姓而言，都是極其昂貴的奢侈品。

李長倉和蔡鈺商量著，這說得也是，弄來馬車和馬匹，路上搞不好還招人眼紅，不如簡單點，少些麻煩。

因此，最後他們弄來一頭青花大騾，配上車子。此外還尋來一公一母兩頭驢子，皮毛都長得油光水滑，以後不用了，配種生下小驢，也是極好的事情。

此時，謝棟騎著那頭白嘴公驢，喜孜孜地對身邊走路的女婿說：「阿錦啊，你累不累？這黑驢有勁，馱著我，一點事兒都沒有，你要不要來試試？」

李彥錦看著岳父美滋滋地摸著驢脖子，忍著笑，道：「爹啊，您可當心點，騎一會兒就好，等等還是上車靠著舒服吶。」

謝棟嘿嘿笑著，只點頭不應聲，又轉頭去看自家閨女。

謝沛騎的是一頭白環眼的母驢，雖然比公驢略小了點，但也養得極好，馱著她這個小娘子，毫不費力。

一行人，除了謝棟，個個都是好手，打架揍人不嫌累，走路更是一點問題都沒有。

他們出城，走了半天，到了六紡鎮，今晚留宿，明天走一整天，才到下一個落腳之地。

因為騾車裝載有限，且謝家這趟又不趕。所以，出發前，眾人商議好，儘量找有人煙的地方過夜，這樣不僅能及時補充食、水，而且人也不吃虧。

在六紡鎮上住了一夜後，清早補充了清水和乾糧，八人再次上路。

這一走，就走了三個多月。

當他們踏入蜀中地界時，已經過了八月中秋節。

這三個月裡，他們遇到幾次明搶暗偷，幸好一行人幾乎個個都會武藝，還有李長奎和謝沛這樣的高手。但凡敢伸爪的，就沒一個得了好。

謝棟從最開始的心驚膽戰，到後面，已經練出豐富的戰鬥經驗。乃至於再開打時，他還能顧著三頭牲口，不讓牠們亂跑。

入了蜀中，便開始尋找謝棟的老家。

當年謝棟與家人失散時，只有六歲，幾十年過去，他只記得，小時候家人是跟著鹽把頭住在一個叫福壩的地方。

幸好福壩不是太過偏僻之處，他們在渝州城打聽幾天後，終於找到了方向。

他們一路走、一路問，花了半個月，終於來到福壩鎮。

幾十年光陰滑過，這座小鎮好似沒什麼改變。

謝棟幾乎第一眼就認出了這個地方，略帶些茫然與倉皇，帶著眾人穿街過巷，來到鎮子南邊的某處巷口。

兒時的記憶裡，巷子裡右手第三戶，就是他家。

可看著那陌生的宅門，謝棟遲遲不敢邁步上前。

此時，巷子裡傳來嘎吱一聲，左側巷子頂頭的一扇門被人推開了。緊接著，一個佝僂著腰的老者拄著柺杖，挽住簍子，有些蹣跚地走出來。

老者剛走幾步，抬頭就看到了堵在巷子口的謝棟等人。原本前一刻還蹣跚遲緩的步伐，立刻停了下來。

老者駝著背、彎著腰，可渾濁的雙眼中，竟射出帶著幾分凌厲之勢的警戒目光。

不過，這目光，在掃過謝棟時，卻微微遲疑了一下。

「你們……找誰？要做什麼？」開口便是極重的鄉音。

老者的話還未說完，謝棟就有些驚疑地問道：「袁把頭？袁叔？」

老者眼睛一突，已經有多少年沒聽人這麼喊過他了。

「你是……」老者湊近幾步，上下打量起謝棟。

謝棟微微彎腰，笑得有些難看地大聲道：「我是寶娃兒！謝家的寶娃兒呀！」

「謝家……」袁浩瞇著眼，努力回憶，盯著面前略微眼熟的男子，終於想起四十年前，那場折損鹽幫一半勢力的大內鬥。

老頭轉頭，朝右邊第三戶那邊指了指。「那個謝家？」

謝棟猛點頭。「就是那個謝家！」

袁浩嘴角先是一揚，可還沒待他笑起來，又僵住，漸漸露出苦澀。

「寶娃兒……為啥你不早點回來？你爹、你媽過得苦喲……那裡現在不是你家嘍。走，先到我家坐會兒。」

老頭一點都不畏懼謝棟身後人高馬大的智通，向眾人點點頭，就抓著謝棟的胖手，朝自家走去。

眾人跟在謝棟身後，一邊走、一邊四下打量。李彥錦還朝謝沛丟個眼神，要不要他先去右邊那戶人家看看。

謝沛搖搖頭，低聲道：「不急，先看看這邊情況。」

一行人進了老頭的家。

剛進去，謝棟就吃了一驚。

小時候，他可記得，把頭袁浩家是附近家境最好的，不管吃的、住的，還是用的，都是頂好。平日裡，一幫小孩誰要是能進袁家待一會兒，都夠得意好一陣子了。

可如今，袁家竟是家徒四壁、破敗凋零的模樣。

袁浩看謝棟的表情，嘆了口氣。「先坐，我去給你們倒茶。」

眾人把騾車和驢子停在院子裡，然後跟著他進了草堂中坐下。

似乎是沒有茶，就無法說話一般，直到粗茶泡好後，袁浩才再次開了口。

「這些年，你去了哪裡？你爹、你媽找了你好久，活計都沒心思做了。你爹八年前過世，你媽也跟著去了。寶娃兒，你回來晚了……」

謝棟伸手摀住眼睛，半天說不出一句話。

李彥錦看岳父難過，湊過去安慰：「爹，也不知爺爺、奶奶埋在哪兒，該去看看呀。」

袁浩聽李彥錦喊了聲爹，就仔細打量起他和謝沛。

「這是你娃兒啊？」袁浩有些欣慰地問。

謝棟哽咽點頭。「閨女跟女婿，三月才成親。聽我想回來，就跋山涉水地陪著來了。」

「好娃娃呀……」袁浩拍拍謝棟的肩膀。

謝棟接過謝沛遞來的帕子，擦了擦臉，問道：「把頭叔，我爹媽埋在哪兒？現在我家被誰住了？」

袁浩又嘆了口氣。「就在鎮子東頭的山上，回頭我帶你們去。只是你家那房子……」話沒說完，就搖了搖頭。

謝棟皺起眉。「當初我失蹤，他們占我家房子，也就罷了。如今我回來了，自然要把老宅拿回來。」

三個月的跋涉，更讓謝棟見識自家女兒、女婿有多強，此刻才有底氣說這些話。

袁浩點點頭。「既然你回來咯，謝家就不算是斷了根，你家老房子說不定還能要回來。當初，你爹一走，那些龜孫就咬著你家房子不放……你媽也是被氣壞了，才走得那麼快。」

一老一小有太多話要說，一開口就說個不停，沒人打斷的話，只怕說到晚上都不會罷休。

謝沛看著，這老者實在不像富裕之人，所以湊到謝棟耳邊嘀咕了幾句。

謝棟回過神來，對袁浩道：「袁叔，如今我賺了點小錢，回來了，也不會立刻就走。要不，我先找個地方安置，明天再來。」

袁浩皺眉搖頭。「怎麼這樣客氣，鎮上沒什麼店家，要不嫌棄，就住在我這兒。且如今鹽幫與往日不同，你們這些生面孔住在外面，不穩妥……」

謝棟還有很多話想問袁浩，乾脆不推辭，只是堅持讓女婿出去買些熟食飯菜回來。晚上讓大家都吃點好的，養養腸胃。

袁浩拒絕謝棟付的房錢，對買菜回來這事卻不阻攔，先把價錢說了一遍，免得這些外地人糊裡糊塗被騙。

李彥錦和李長奎一起出門，一邊打量福壩鎮的大街小巷、一邊觀察鎮上的各色人物。從剛進福壩鎮起，李彥錦就清楚地感覺到排斥。

好在李彥錦頗有幾分見人說人話、見鬼說鬼話的本事，操著一口不倫不類的蜀腔，嘻嘻哈哈地與小販們閒聊。

待兩人返回袁家時，已經對這個鹽幫聚居的鎮子有個大概的了解。

一路上所見多是婦孺，想來鎮上的壯丁恐怕都在外面跑鹽。而不管是大人或小孩，幾乎都閉口不提鹽幫的事。

袁浩見兩人拎著酒、肉、菜蔬回來，上前翻揀一遍。又問問價錢如何，才點頭道：「沒吃虧，小子精靈！」

謝沛見謝棟忙著打聽消息，就主動接下做飯的活兒。

晚飯做好後，袁浩看著一桌子菜，笑得眼睛瞇成一條縫。他也不客套，招呼了聲，就伸出筷子吃起來。

因為謝棟口味的關係，以前謝沛做菜時，也經常放些花椒、辣椒。

即便如此，晚餐時，袁浩還是邊吃、邊惋惜嘆道：「什麼都好，就是不夠麻、不夠辣……」

吃過飯後，眾人便分頭行動。

李彥錦去了下午閒聊過的幾戶人家，而謝沛則把巷子裡的住家挨個摸了一遍。

兩人回來後，各有收穫。

李彥錦從幾家人的瑣碎閒聊中，偷聽到一些袁浩的事，回來與謝沛一說，兩人拼拼湊湊，就把袁浩的遭遇猜了個七七八八。

原來，謝棟六歲那年，福壩鎮鹽幫發生了一次內鬥。

在內鬥中，袁浩的幾個兒子都丟了性命，他也傷了身子。不得已，只能收幾個乾兒子，重新培養。

這些乾兒子中，有個叫丁誠的傢伙最是靈光，很快就得了袁浩的看重。

然而，誰能想到，丁誠竟是個白眼狼！等到翅膀變硬後，竟趁袁浩不備，給他下了藥。

不過，袁浩命大，在丁誠假扮孝子，接下鹽幫把頭的位置後，掙扎著活了下來。

丁誠見狀，軟禁了袁浩。待他解決掉那些硬骨頭，全面掌控鹽幫後，才把人放出來。

丁誠倒不是捨不得弄死義父，而是他當初天天對著袁浩喊爹，心裡總覺得屈辱，如今正想把這分屈辱加倍還給袁浩。

後來，袁浩雖然保住性命，卻被變相地關在小鎮上。這些年苦熬下來，就是想看看鹽幫在丁誠手裡，到底能變成什麼模樣。

其實，這些都與謝家沒什麼關係，但狼心狗肺的丁誠卻讓謝沛不得不在意。因為這廝不但是鹽幫的把頭，如今，還混了個里正的職位。在不驚動縣衙的情況下，可以說，丁誠就是福壩鎮上的土皇帝了。

如此一來，謝家的事，就不好走正路解決了。

因為謝沛打聽到，現在住在謝家老宅的，不是旁人，正是丁誠的姊姊周丁氏一家。

謝沛微皺眉，對李彥錦說道：「占了我家房子的，是里正姊姊一家。所以，不用指望丁誠能主持公道了。」

李彥錦點頭。「就他那人品，指望得上才怪。沒事，咱們總有法子治他。」

第二十八章

又過了幾日，這天上午，謝家一行人來到了丁誠家中。

雖然丁誠知道謝家登門不會有什麼好事，在還沒弄清楚前，只能把人先迎進來再說。

剛見面時，他先被李長奎和智通魁偉的身材震了下，接著，就看到大鬍子的李長奎走上前，抱拳行了個禮。

他行禮時，左手手指飛快地做了幾個動作。

對面的丁誠一見，臉上的假笑險些維持不住，嘴巴開合半天，才冒出怪音——

「趕緊上、上茶！」

帶著福壩鹽幫混了幾十年，丁誠早對蜀中幾大鹽幫有所了解。

其中，勢力最大的就是羅泉鹽幫。羅泉鹽幫在與同行見面時，就是用李長奎剛才的手勢表明身分。

鹽幫起家時，多是從販賣私鹽開始，坐大後，為求穩妥，就會想方設法與官府搭上。

羅泉鹽幫的人，據說都是從某個匪寨出來的，早期為了避開官府追查，就特意弄了一套暗號手勢。

幾十年下來，羅泉鹽幫已經腳踏黑、白兩道，勢力不容小覷。而福壩鹽幫只能在羅泉等幾大鹽幫看不上的邊角地帶，撿點飯粒剩渣。

只是，羅泉鹽幫雖已與官府合作多年，但那股匪氣卻始終沒能脫個乾淨，這套手勢暗語才一直沿用至今。
別看丁誠在福壩鹽幫裡當把頭，說一不二，但實際上，他只認識羅泉鹽幫一個分線的小頭目。為了巴結他，給福壩鹽幫留口飯吃，丁誠只差叫人家爹了。
正因如此，丁誠才知道幾個羅泉鹽幫的手勢和暗語。
但讓丁誠心頭猛跳的是，剛才李長奎的手勢，前幾個動作確實是「羅泉」的意思，可後面幾個動作，他卻完全不認識。
這讓他有了可怕的猜測。小頭目教給他的，都是羅泉鹽幫低層的手勢，如果對面之人真是羅泉鹽幫的人，必然是高位者。
雖然有那麼一刻，丁誠懷疑李長奎是假冒的，但很快就打消這個疑慮。
當謝家幾人落坐後，跟在李長奎身後的男子忽然開口道：「丁把頭，前年起，你們跑了羅泉的六線，可有準備給我們一個交代？」
丁誠一聽，汗都下來了。
沒錯，兩年前，他終於哄好那個小頭目，許出去三成純利，才讓他答應瞞著上面，將羅泉鹽幫的六線讓給丁誠來跑。
這六線的收益，對羅泉鹽幫來說，實在微不足道，小頭目做套假帳，也就糊弄過去了。
然而，這點利潤，卻足夠養活福壩鎮上的小鹽幫。
也因此事，丁誠在福壩鹽幫中，威望更盛。

然而，志得意滿的丁誠不曾想到，才跑不到三年，羅泉鹽幫的人就找上門來……

「咳，誤會、誤會！我們怎麼會去占羅泉的線呢？這位是？」丁誠點頭哈腰，朝李長奎賠笑問道。

李長奎大馬金刀地坐著，根本不理他。

身後的下屬心中憋笑，帶著鄙夷表情開口：「按說，這事太小，我們武長老根本懶得費心。但我們跟著謝棟來福壩辦事，既然撞上，就沒辦法再當睜眼瞎了……」

「失敬、失敬！武長老好！請聽我解釋，此事確實是謠傳。之前我手下有批新人，為了練練這些小崽子，我厚著臉皮想了個法子，由我們出人出力幫羅泉跑鹽。回頭，跑鹽的錢，自然要交還羅泉……」

丁誠額頭冒汗，連眼珠都不敢朝李長奎那邊轉上一轉。

「咳……」李長奎喝了口茶，慢條斯理地道：「幫著跑鹽？」

「幫著跑，幫著跑的！」丁誠趕緊點頭。

「那利都交給羅泉？」李長奎追問。

此時丁誠哪敢說個不字，連連稱是，心中卻嘩嘩淌血地估算，他要掏出多少老本，才能把這三年的利潤補上。

「哎……這不太好吧……」李長奎拖長了音調。

丁誠心裡一緊，暗道糟糕，這武長老莫不是根本就不打算善了？

誰知，討人嫌的武長老話音一轉，又道：「若丁把頭真能做到公平無私，那我們羅泉也不是那等不講道義之人。既然你們辛苦了這麼久，總不好叫大家白跑吧……」

丁誠一愣，完全沒想到，對方竟會說出這種話來。

李長奎的下屬似乎怕丁誠不開竅，輕聲嘟囔：「咱們做事都要看人，對公正之人，自然也講個公正；對貪婪之人，那就……」

李長奎輕咳一聲，打斷了他的話。

丁誠睜大眼珠，在謝家幾人身上來回掃了幾遍，忽然福至心靈地明白過來。

對方這是在提點他啊！

武長老顯然是跟謝棟交情不錯，管的可能不是羅泉六線的事，但若謝棟的事情處理得不好，這長老定然是不會放過他的。

想清楚後，丁誠舔舔發乾的嘴唇，轉頭對謝棟道：「謝大哥，還沒問您吶，今日過來可是有什麼事情？」

謝沛幾人一聽，這位連「您」字都用上，看來是知道該怎麼做了。

謝棟面帶微笑地回答：「特來找里正說說謝家老宅的事情。」

丁誠心裡大石頭一落，果然如此！

「當初我失蹤，幾年前父母亡故，謝家香火看著是斷了，所以宅子被收、家產充公，也不算太過。」

謝棟說著，臉上笑容漸漸淡去，越發讓丁誠心驚膽戰。

「咳……唉，也是太不湊巧，若是能早些過繼個孩兒，當初謝伯也……」

丁誠有些結巴起來，忽然想到，謝家老太婆死前，可是被他家姊姊氣得暈厥的。如果這事被翻出來，怕是大大不妙。

謝棟彷彿沒見到丁誠眼珠亂轉的心虛模樣，自顧自地繼續說：「如今，我回來了，那謝家就沒有絕嗣之說。所以，被收走的宅子和家財，是不是應該還給我了？」

「應該的、應該的！」丁誠瞟了眼旁邊的李長奎等人，一點推託之詞都不敢說，滿口應承下來。

「謝大哥，都怪我太糊塗，竟沒想到這事，該打！也是巧了，當初這宅子收來後，一直沒賣掉。因為宅子空久了，容易破敗，我就尋了戶老實人家暫時住著，順帶幫忙照看。

「如今大哥回來了，我這就去讓那戶人家搬走。三天……不，兩天之內，便能讓您住回去。至於當初謝家的家財，變賣的，就由公家出錢補貼；沒有賣的，還留在老宅裡。」

丁誠極為痛快地說了一通，待他說完，轉頭去看李長奎，見他緩緩點頭，面上神色和緩了許多。

丁誠知道，他做對了！

當天下午，丁誠懶得跟姊姊一家扯皮，直接找了十幾個鹽幫青壯，把謝家老宅騰出來。

「都聽好了，謝家背後有大靠山，得罪了他們，以後咱們不但跑不了六線，這三年的收益，怕是都要吐出去！我沒那麼多錢賠，說不得就要從各家各戶裡出了。所以，如今要盡可能把謝家安撫好，誰敢得罪他們，誰就是福壩鹽幫的罪人！現在，趕緊把周家的東西挪出去，搬到鎮東的空屋，先湊合幾天再說！」
丁誠一聲令下，鹽幫青壯立時推開哭鬧的周家人，搬箱子的搬箱子，收物什的收物什。
丁誠見狀，突然想起一事，趕緊喊道：「不許動家什！只能搬被褥細軟，其他大件的，一概不許搬！」
「丁老二，你這個喪良心的王八蛋！當初，爹媽都走了，是我一把屎、一把尿把你拉扯大呀……哎喲，我的老天爺啊，喝我血長大的親弟弟，如今要把我們一家趕出去要飯，狼心狗肺的白眼狼呀！」周丁氏扒著門框，嚎得撕心裂肺。
巷子深處，袁浩聽到這通哭嚎，忍不住哼笑。「還是自家人知道自家事，可不就是個白眼狼嗎？我還真是瞎呀……」

兩天後，謝棟終於踏進了闊別四十餘年的老宅。
房子被打掃乾淨，恢復周家人住進來之前的面貌。至此，謝棟才依稀辨認出，這裡是爹娘的臥室，那裡是放雜物的廂房……
一行人中，除了謝棟還對老房子有些記憶，其餘人都是滿臉新奇地四下打量。
房子被騰出來後，丁誠又親自跑了一趟，送來八十兩銀子，只當是謝家老兩口去世時留下的錢財。
其實，謝家那些被賣掉的東西不值這麼多錢，不過，謝棟也沒推辭。他知道，這錢並不是衝著他給的，而是衝著「武長老」的面。這種錢，不要白不要啊！

待丁誠走後，謝家人彼此看看，忍不住笑了起來。能坑這隻白眼狼一把，實在讓人很開心～～

原來，李長倉和蔡鈺夫妻為了經營李家宗族產業，與蜀中鹽幫打過交道，其中自然少不了羅泉鹽幫。

當他們得知謝家人要去蜀中尋親後，就特意把熟悉蜀中事務的下屬留了下來。

其中就有一位非常熟悉羅泉鹽幫，教會李長奎那幾個手勢，把丁誠唬了一跳。

另外，前段時日裡，李長奎和智通帶著三個下屬到處閒逛，不想竟發現，丁誠隔三差五就要派人出去送禮。

於是，他們跟著這條線摸到羅泉小頭目那裡，沒用多少工夫，也把丁誠和小頭目之間那點貓膩弄明白了。

福壩鎮上的居民九成都是鹽幫的人，若直接動手硬來，也能弄回謝家房子。可這樣的話，今後很難保證，丁誠會不會唆使全鎮老少都攪和進來。

謝沛不想成天揍些老婆子、小娃子，所以，眾人商議一番後，決定借羅泉鹽幫一位長年在外雲遊的長老名頭，來震懾住丁誠。

此計甚妙，終幫謝棟奪回了老宅。

老宅拿回來後，謝棟一拍肚皮，要把家裡重新修整一番。

謝沛見老爹幹得起勁，就專心盤算起來。

如今才剛九月，要待洪災過去，至少還要在此處待上近一年。可誰能想到，老爹的親人都走光了。若是把老宅修好，祭拜完就直接返回衛川的話，那她的避災大計就白想了吶……

為此，謝沛思索了好幾天，卻是無果。

直到這天中午吃飯時，袁浩咂著嘴道：「寶娃兒啊，你炒菜時能不能再多放點麻椒？」

謝沛一聽，頓時靈光一閃，有了主意！

她湊到謝棟身邊，說道：「爹啊，我覺得，咱們好不容易回老家一趟，不好白白浪費了機會。」

「嗯？」謝棟不太明白，嘴裡含含糊糊地應了聲。

謝沛抿嘴一笑。「之前咱們在路上，爹還跟人打聽過一些菜式的做法，怎麼如今到了老家，卻忘記了呢？」

謝棟停下刀，仰頭琢磨了一會兒，道：「起初是真沒心思，後來，覺得人家也不會願意說，所以就忘了。」

「爹，其實您想岔了。這鎮上沒什麼好學的，難道縣城裡也沒有嗎？縣城裡沒有，府城裡總有吧？現在咱們也沒什麼正事，乾脆到附近轉轉，看到生意好的館子，咱們就進去嚐嚐。吃吃聊聊，總能學到一些，對吧？」

謝沛說著，衝李彥錦擠擠眼睛，抿嘴笑了起來。

謝棟聽說要出門上館子，頓時也咧嘴樂了起來。比起做菜，其實他還有張饞嘴吶！此刻琢磨閨女的話，立刻就願意了。

不但如此，他還給自己找了個很好的藉口，多學些蜀菜回去，館子裡的生意肯定也會更好，畢竟衛川人也吃辣呢！

李彥錦對這個主意舉雙手贊同，一想到上輩子那些馳名中外的川菜，麻辣鮮香的美味彷彿就在舌尖上跳舞。雖然時空不同，但古人的廚藝不是蓋的，哎喲，真是讓人口水直流～～

因著眾人都想出去玩，所以最後商量好，分成兩班輪著來。

第一次出門，李家三個下屬留下兩個，李長奎想藉機見見羅泉鹽幫的人，所以也跟去。智通是個吃貨，很想跟著去。不過畢竟還有幾個小輩在場，得端著師父架子，不好在光天化日之下胡亂撒潑。沒奈何，只得向李長奎預定四隻雞腿、四個滷豬蹄，才勉強安撫了他的肚腸。

有智通和兩個李家高手留守，其他人就跟著謝棟一起出門了。

第二十九章

當初來時，因為不認識路，從福壩鎮到渝州城，謝家人走走停停，硬是花了十幾天。如今不一樣了，不但認識路，還有個跑了一輩子鹽的袁浩跟著。

一行人趕著騾車，騎著黑驢，走五天就到了。

當初謝家人只在渝州城停兩天，且又裝著心事，所以沒仔細打量過府城的模樣。這次不一樣，幾個人從進城開始，就津津有味地四下觀望。

因想著要在府城多玩幾天，所以大家趕著車，先去了袁浩說的同福客棧。

走了三炷香工夫，來到城西的同福客棧。

袁浩下了騾車，拄著枴杖走進客棧，環顧一周後，暗暗嘆了口氣。這些年沒來，客棧裡的夥計，他已經一個都不認識了。

「幾位客官是來住店的嗎？」一個圓臉的小夥計走上前，笑著招呼眾人。

李彥錦點頭。「我們六個人住店，開三間上房。外面的騾車和兩頭驢，也一起安置。」

「好咧！您這邊請！」夥計顛顛地在前面引路。

三間上房都在二樓，大家放下包袱，就到了吃中飯的時辰。

這頓中飯，袁浩說，可以先嚐嚐同福客棧的幾道招牌菜。這客棧做不出什麼珍饈，可家常菜裡，卻有幾樣非常道地的。

吃貨們一聽，自然樂意。尤其是謝棟，本就是開家常飯館，比起幾兩銀子一盤的昂貴菜式，他更願意學些簡單又好吃的家常味。

果然，中午這頓飯讓眾人吃得格外過癮。謝棟愛上辣子雞丁和乾鍋田雞，謝沛則對著水煮魚片連吃三碗米飯。李長奎啃著東坡肘子、大嚼鮮辣肥腸，袁浩則捉著滷兔頭啃得起勁。

李彥錦大概是所有人中最開心的，他口味雜，哪道菜都喜歡，離他最近的毛血旺更是上輩子大愛的美味。

大夥吃得開心，袁浩也瞧著直樂，舉起手裡的兔頭道：「誒，你們不怕辣的，真該嚐嚐這個。」

李長奎拽著蹄膀啃了一口。「老爺子，那個太費勁，半天都吃不到二兩肉，還是我這個過癮，嘿嘿！」

袁浩笑著搖頭。「要是旁人滷的兔頭，我也不勸了。可今兒這個，一嚐就知道，肯定是姚大娘滷的，這味道太道地了。來，都嚐嚐……」

因是在大堂裡吃飯，所以袁浩這番話，被櫃檯後算帳的中年掌櫃聽個正著。

掌櫃沒有辜負自己長的那雙招風耳，聽得格外清楚。沒想到這位老者竟然知道姚大娘的名頭，不禁抬頭仔細打量起來。

看了片刻，掌櫃放下算盤，朝謝家的桌子走去。

「各位，吃得可還行？」掌櫃個子不高，腦袋也不大，把那對招風耳襯得特別明顯。尤其是他笑呵呵點頭時，那對耳朵彷彿也跟著撲搧了幾下。

「挺好、挺好！」謝棟正愁沒人請教，見掌櫃過來，連忙笑著開口：「哎呀，幸虧我們聽了袁老爺子的話，中午在您這店裡吃了一頓。味道極好，價格也實惠，真是用心了。」

掌櫃本是想與袁浩聊聊的，卻得了謝棟這頓誇，一高興，就與他說道起來。

因為都是些家常菜，雖然掌櫃不是廚子，但多少也知道些尋常做法。

而且，謝棟也不好直接去問人家的廚子。如今這樣正好，能說、不能說的，掌櫃最清楚。

兩人談著，其他吃貨也沒歇著，大家說說笑笑，吃得歡快。

李彥錦夾了幾塊毛血旺裡的鴨血和鱔魚段給謝沛，轉頭問袁老爺子：「袁爺爺，下午您是要去看老友，還是跟我們一起轉轉？」

袁浩嚥下嘴裡的兔肉，喝了口茶，道：「你們先玩，我去看看友人，晚上回來帶你們去吃三大炮和豆雞。你們要想自己去吃，記得去城東的羅江鋪子，那兒的豆雞最道地了。」

「鬥雞？鬥雞殺來吃？」

李彥錦沒聽懂，張嘴問了一句，結果引得掌櫃和袁浩都哈哈笑了起來。

掌櫃沒回答李彥錦的疑問，轉頭對袁浩道：「老爺子，我看您是個老食客啊。不但知道姚大娘的滷味，連羅江豆雞，您也清楚……」

袁浩嘿嘿一笑。「年輕時，不是惦記婆娘，就是惦記肚腸。如今婆娘沒了，好吃的再不記牢點，日子可沒法過了。」

眾人哈哈一笑，對袁浩所說的美味生出了幾分期盼。

下午，袁浩騎著驢子去探望老友，其他人則繼續在城裡吃吃喝喝。
吃過三大炮和羅江豆雞，謝棟就盯上了那些獨特的調料和烹製手段。
逛了一下午，謝棟有些吃不消，晚飯後就直接休息了。
倒是謝沛和李彥錦還頗有興致，趁著天色未晚，又出去溜達。
渝州城與衛川縣太不一樣，這裡的人更愛笑，也更自在些。
走在路上，偶爾還能看見情竇初開的少年、少女們紅著臉，兩兩相望。
看著身旁謝沛生機勃勃的美麗面龐，李彥錦心裡突然生出一股喜悅。
他不用再尋找，也不必經歷那些坎坷煎熬。眷侶已成，佳偶正好。
謝沛察覺李彥錦正呆呆望著她，不由轉過臉來。
月光下，她頰邊的一縷髮絲調皮地從耳後飄出來，如星子般燦爛的眸子，正含著笑意，專注地看著李彥錦。
一股熱意湧上來，李彥錦伸出手，偷偷牽住了謝沛。
兩人在寂靜的小巷中停下來。
李彥錦覺得黑暗中，有股甜甜的花香味在飄蕩，那香味若有若無，勾人心魂。
從牽手變成擁抱，李彥錦雙手捧住謝沛的臉蛋，異常溫柔地親了上去。
謝沛眨眨眼，安靜地接受了這個吻，覺得這個吻似乎與以前的……有點不同。
但到底哪兒不同，她也說不出來，彷彿帶著更濃郁的喜歡，又夾著溫柔的珍惜……

她輕輕咬著李彥錦的唇，覺得這滋味還挺銷魂……

夜風徐徐，不知過了多久，兩個練出內勁的高手，竟是親得氣喘吁吁，呼吸不勻起來。

謝沛摸著發燙的臉頰，李彥錦帶著笑意湊到她耳邊，低聲說道：「今晚，娘子來教我騎馬吧……」

次日吃過早飯，昨兒認識的汪掌櫃存了結交的心思，又跑來與謝家人聊起來。

「昨日諸位嚐的都是小食，今天不如去酒樓，嚐嚐他們的招牌菜——過門香。如果中午想吃，現在就得去排隊了！」

眾人一聽，來了興趣。汪掌櫃說著、說著，自己竟也犯了饞蟲，乾脆和夥計打個招呼，帶著謝家人直奔酒樓。

一行人趕到時，二樓的包廂已經滿了。好在沒人在乎這個，大家在一樓的廳裡找了桌子坐下。

夥計過來時，臉上帶著點歉意地說：「諸位客官若是要吃過門香，怕是要多等一陣，見諒、見諒。」

眾人自是點頭，夥計便回去交代廚房了。

等菜的工夫，大廳裡的客人越來越多，甚至還有不少女客大大方方地坐下來點菜。

汪掌櫃看謝棟等人目露新奇，開口解釋：「我們渝州乃至整個蜀中，風氣比別處更開化些，這其實是有緣故的。想必各位都聽說過，在大寧開國之前，蜀中近三十年都是戰亂之地，尤其是張西王在蜀中稱王後，竟引來幾路人馬圍剿。

「那一打啊，整個蜀中可說是十室九空，寡婦村比比皆是。男人死光了，想活著，女人就必須出來做事。從那時起，蜀中對女人便更寬厚些，大約除了不能當官，其他行當多能讓女子加入，漸漸就形成如今這個風氣。」

「這也算是因禍得福吧……」李彥錦看著鄰座幾個年輕女子開心地說說笑笑，小聲嘀咕了一句。

謝沛在一旁見了，不由也朝鄰座看去……嗯，沒她漂亮，沒我厲害，沒她……咳咳，謝沛忽然發現，自己在胡亂瞎比較啥呢？

正當大家聊著蜀中往事時，聽見有人大聲說道：「哎，你這夥計搞什麼，我明明要的是大份，怎麼來小的？」

夥計見狀，趕緊賠笑道：「莫急、莫急，客官稍坐，我們再給您上一份小的，這樣分量就補足了。」

「欸，你莫不是看我穿著粗布，就以為我家貧無錢吧？」

那男子不依不饒地大聲起來，夥計幾次想張嘴解釋，卻根本插不進嘴。

「我跟你說啊，我乃是涯石街馮木匠家的大郎，今年一十七歲，身體健壯。我爹娘都是好性情之人，也沒病沒痛。我家三間大屋，只我一個兒郎，兩個妹妹也性格乖巧。你說，我這樣的人，來吃個大份的過門香，應不應該？」

男子嘴裡說著不停，眼睛卻朝旁邊一桌瞟去。

夥計被他說得昏頭昏腦，實不知這傢伙亂七八糟都說了些啥，只記得掌櫃交代過，要對所有來店裡吃飯的客官好言相待，無奈又賠笑。

「應該、應該，馮大郎莫急，我這就再端一份給您。」

「誒，莫走！」馮大郎見夥計要走，趕緊一把抓住他，繼續嚷道：「我雖然未滿十八，可我爹的手藝都已學會，如今家裡的生意有一半是出自我手，今後的日子定然不愁。」

「不愁、不愁，客官您放手，我端菜去。」夥計想抽手，卻是被抓得更緊了些。

「你說得不錯，我這人就是直性子，對人好就掏心掏肺，如有壞人欺上門來，也絕不會畏畏縮縮。最喜歡的，也是痛快俐落之人，若是合意，絕不會拖拖拉拉……」

夥計見這大郎說得歡快，心裡不由覺得，莫不是吃錯藥吧？怎麼像在給自己說媒？

他打個哆嗦，顧不得了，拚命掙開男子的手，急急地朝後廚奔去。

因離得不遠，謝沛等人從頭看戲看到尾，扭過頭，忍俊不禁，想不到竟能在渝州城裡看到如此大膽赤誠之人。

最好笑的是，這小子一眼看中了位陌生姑娘，竟是想出這麼個主意，把身家底細都介紹了遍，還不忘幫自己臉上多貼兩道金，實在是個人才。

就在眾人低語竊笑時，大堂中，一個脆生生的女子也開口了——

「小二，怎麼我們桌上的涼菜少了一樣？」

另一個年紀稍大點的夥計隱約覺得不對，還是走過去招呼。

「這位娘子，從九月起，我們店裡的涼菜就換了樣式。如今正是吃這幾樣開胃涼菜的時候吶，並沒有少……」

他話音未落，那女子就搶著說了起來。

「就算換了菜式，也該是四道涼菜呀，莫不是看我頭上沒戴金銀，所以欺我家窮吧？」

眾人一聽，欸？這個套路很熟悉啊！

果然，嬌俏小娘子繼續說道：「我乃早慈巷香油鋪子的葉五娘，上面兩個姊姊都嫁在本城，兩個哥哥也已成親，家裡就剩下最小的我。雖然我已滿十五歲，可父母、兄嫂疼愛，捨不得把我早早嫁人，直待有了中意的人，方才結親。你看，我這樣的姑娘，可會貪圖你家的一道小涼菜？」

年長夥計聽愣了，呆呆地問：「小娘子可是看中我了？」

大堂裡所有人轟然大笑起來。

小姑娘臉蛋紅撲撲地白夥計一眼，又偷偷瞄了下方才那位健壯俊朗的馮大郎，忍著羞意，衝夥計大聲道：「我跟你說涼菜呢！我就是個痛快性子，最怕三棍子打不出個屁的悶貨。你這人呆呆木木的，趕緊閃一邊去吧！」

夥計被罵得一頭霧水，也知道自己似乎會錯意，在眾人嬉笑聲中，嘿嘿傻笑兩聲，也跑走了。

謝沛和李彥錦看得津津有味，汪掌櫃連連低笑。

「呵呵呵，哎……這怕是只有我們蜀中才能見到的奇景了。其實，他倆這樣的，我還見過不少。早些年，好多人家失了父母、長輩，可要說親這事，卻等不得人。尤其，有一段時日，渝州城裡女多男少，所以不少小娘子一旦看中哪個兒郎，搶得才凶吶。如今這樣，算是含蓄的了，哈哈哈！」

他說著，他們點的過門香也做好送來了。

色彩鮮豔的一大盤菜端上桌，誘人的鮮香就勾住了滿桌人的鼻子。

汪掌櫃用乾淨筷子點著盤中的各色食材，介紹道：「這黃中帶著黑絲紋路的是大黃鱔，粉白的是雞脯，紅的是兔脯，醬色的是雞腰和鴨肝，透明的是魚片。其他的嘛，木耳、綠椒和玉蘭片，剩下的就是蒜末、麻椒和芝麻了。來，都嚐嚐！」

眾人也不客氣，紛紛拿起筷子吃起來。

謝沛嘴裡嚼著鮮辣鱔片，眼裡看著這紅的、綠的、粉的、黃的菜式，只覺得吃起來又美味、又痛快，就像渝州城裡爽快鮮活的男女般。

埋頭吃個痛快後，謝棟打算晚上做頓拿手菜，權當是答謝汪掌櫃。

他擦了擦嘴，問道：「汪掌櫃，晚上我想做菜，需要買些蝦蟹河魚，不知何處能買？」

汪掌櫃喝了口清茶，道：「要買蝦蟹，那咱們得抓緊工夫去。過了晌午，就沒什麼人賣這些了。」

眾人一聽，趕緊結帳，跟著汪掌櫃溜達去買蝦蟹河魚。

申初時，一行人拎著濕漉漉的草編簍子回了同福客棧。

接下來，謝棟借了客棧的廚房，有些調料和食材需要提前收拾、準備起來。

謝沛兩口子本想給謝棟打下手，奈何客棧廚房就這麼點大，人多了，反倒施展不開。

謝棟把人都趕走後，開始殺魚、醃肉，又把大河蝦洗淨、去腸線，放在盤中備用。

忙了一通後，他伸了個懶腰，自言自語道：「再過兩刻鐘，就可以開始炒菜。現在先等著醃的肉入味吧。」

他話音剛落，就聽見不知哪兒傳來「喵嗷」一聲貓叫。

謝棟四下一找，發現廚房的後窗上，不知何時，蹲了一隻灰灰的小貓。

「喲，這是聞到腥味了啊！」謝棟樂呵呵地搓搓手。

開館子的，不少人都會養貓，就算沒養，看到附近野貓，偶爾也會餵上兩口。畢竟，廚房裡最討厭的就是蟲鼠之流，有貓出沒，總能嚇嚇牠們。

「二娘，過來一下！」謝棟從廚房裡伸出頭，對後院裡的兩個閒人喊道：「把我剛清出來的魚鰓、腸子拿去餵貓。」胖手一揮，就指使閨女餵貓去了。

可沒想到，那灰貓竟是喵喵叫著，圍著那堆魚蝦內臟轉了好幾圈。

「爹，牠怎麼不吃啊？」謝沛好奇地問。

謝棟也不清楚，走過去歪頭打量起來。

這時，灰貓終於低下頭，在一堆魚鰓、腸子裡叼來叼去，似乎在猶豫，該先吃哪個好。

正當父女倆都以為這灰貓怕是根本就不餓時，牠突然大口、大口吃了起來。一邊吃、一邊還嗚嗚叫著，不知是在說好吃，還是在威脅旁邊兩個沒眼色的，不許靠過來。

謝棟看灰貓吃了，轉身進廚房。只留下謝沛蹲在門口，看牠大快朵頤。

忽然，門口傳來謝沛的輕呼——

「哎呀，這貓把剩下的全叼走了！」

謝棟笑了聲。「那大概是隻母貓，叼這些回去餵崽崽了。」

「那我去偷看小貓崽，馬上就回來。」

不等謝棟答應，她就竄了出去。

謝棟好笑地看著閨女的背影，小聲嘟囔：「吶，都成親的人了，有時候還像個娃娃一樣呢。」便繼續做菜了。

今晚，且看他大展身手！

——未完，待續，請看文創風700《大笑迎貴夫》2

為流浪貓狗加油 和貓寶貝 狗寶貝 廝守終生(一定要終生喔！)的幸福機會

對人來說，貓寶貝狗寶貝只是生活的一部分，但妳（你）對牠們來說，卻是生活的全部，領養前請一定要考慮清楚——

▲ 純真的運動男孩　小咖啡

性　　別：男生
品　　種：米克斯
年　　紀：約3歲
個　　性：活潑、開朗
健康狀況：1.已結紮、注射晶片，已完成預防針注射，約18公斤
2.領養前出過車禍，有開刀，已痊癒；
領養後做過健檢，顯示都很正常
目前住所：台南市

『小咖啡』的故事：

悠太是在虎尾跟小咖啡相遇的。她第一次見到小咖啡時，小咖啡正在動物醫院，牠因為車禍導致右大腿受傷，被一位愛心的狗媽媽救下，送到醫院來。悠太當時看到小咖啡的處境後，便決定要將小咖啡帶回家，好好照顧牠。

悠太表示，經過一段時間相處後發現，小咖啡就像個天真爛漫的大男孩，喜歡吃東西，也很喜歡運動，且平時也都十分地乖巧，很討人疼愛。悠太還特別提到，她常常都會看到小咖啡的眼神中，流露出單純的快樂與希望，讓她也不自覺地嘴角也跟著上揚。

然而，雖和小咖啡生活的時間不長，但悠太仍察覺到小咖啡似乎開始有些不開心。因為悠太目前仍是學生，有時為了課業，她難以全心全意陪著小咖啡；還有，令她最難受的是，她無法提供小咖啡良好的活動空間。悠太說，即便她很喜愛小咖啡，但是為了能讓小咖啡過得更好、回到以往的開心時光，她只好為小咖啡找到一個更適宜的環境，她想為牠找尋一個愛牠、給牠溫暖的家。

運動時也想有人一起陪著努力嗎？小咖啡是個非常好的候選者喔！趕快接牠回家一起運動吧～請來信b5905490@gmail.com（悠太）。

認養資格及注意事項：

1. 認養者須年滿20歲，並有穩定的經濟能力。
2. 須同意簽認養寵物切結書，並讓中途瞭解小咖啡以後的生活環境。
3. 能有充足的時間陪伴小咖啡，以及有足夠的空間能讓小咖啡活動。
4. 小咖啡因出過車禍，所以稍有些怕車。
5. 小咖啡會暈車，若需長途坐車，得適時休息，帶牠下來走走，呼吸新鮮空氣。
6. 中途願意將目前之狗屋、玩具、飼料、零食等，給小咖啡的新主人。

來信請說明：

a. 個人基本資料：姓名、性別、年齡、家庭狀況、職業與經濟來源等。
b. 想認養小咖啡的理由。
c. 過去養寵物的經驗，及簡介一下您的飼養環境。
d. 若未來有結婚、懷孕、出國或搬家等計劃，將如何安置小咖啡？

文創風
699

大笑迎貴夫 1

國家圖書館出版品預行編目資料

大笑迎貴夫 / 漫卷著. --
初版. -- 臺北市 : 狗屋, 2018.12
冊 ; 公分. --（文創風）
ISBN 978-986-328-940-1（第1冊：平裝）. --

857.7　　107018144

著作者	漫卷
編輯	安愉
校對	林慧琪　周貝桂
發行所	狗屋出版社有限公司
地址	台北市104中山區龍江路71巷15號1樓
電話	02-2776-5889～0
發行字號	局版台業字845號
法律顧問	蕭雄淋律師
總經銷	知遠文化事業有限公司
電話	02-2664-8800
初版	2018年12月
國際書碼	ISBN-13　978-986-328-940-1

本著作物由北京晉江原創網絡科技有限公司授權出版

定價250元
狗屋劃撥帳號：19001626
網址：love.doghouse.com.tw　E-mail：love@doghouse.com.tw